무자비한

unfilled marriage

결혼

2

무자비한 결혼 2

1판 1쇄 찍음 2020년 12월 10일
1판 1쇄 펴냄 2020년 12월 17일

지은이 | 김지운
펴낸이 | 고운숙
펴낸곳 | 봄 미디어

기획 · 편집 | 오복실, 박나영, 이조은, 최수향
표지 디자인 | 우물

출판등록 | 2014년 08월 25일 (제387-2014-000040호)
주소 | 경기도 부천시 길주로 64, 1303(굿모닝 오피스텔)
영업부 | 070-5015-0818 **편집부** | 070-5015-0817 **팩스** | 032-712-2815
E-mail | bommedia@naver.com
소식창 | http://blog.naver.com/bommedia

값 9,000원

ISBN 979-11-6632-089-7 04810
　　　979-11-6632-087-3 04810(세트)

※파본은 구입하신 서점에서 교환하여 드립니다.

무자비한

결혼

김지운 장편 소설

contents

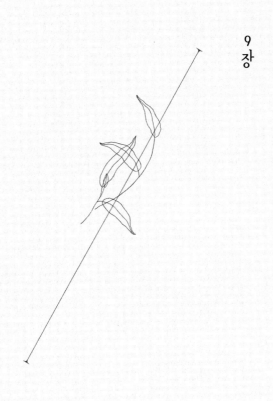

9
장

부서질 것 같았어

"키스했어."

주은이 말했다.

휴직을 앞둔 재이가 마지막 근무를 하고 온 금요일 밤이었다.

주은의 방 싱글 침대 위에서 긴 베개를 쿠션 삼아 나란히 기대어 앉아, 오지 않는 잠을 기다리며 지난 며칠 동안의 이야기를 나누던 순간이기도 했다.

누구랑? 하고 묻는 건 무의미했다. 주은에게는 율, 오직 한 사람뿐이니까. 소녀 시절부터 지금까지 변함없이 쭉 그래 왔으니까.

"첫 키스였어."

"축하해."

주은답지 않게 담담했으므로 재이도 담담히 말해 주었다.

"하고 나니까 은근 속상했어."

"왜?"

"너무 잘하잖아. 그동안 나 말고 얼마나 많은 여자애들하고 해 봤겠어? 그걸 증명해 보이는 것 같아서 기분 나빴어."

재이는 웃으며 말했다.

"그럼 이제부턴 하지 마."

"싫어. 또 할 거야. 근데 얼굴을 봐야 키스든 뭐든 하지. 1년에 겨우 서너 번 볼까 말까잖아. 비극이야."

비극을 들먹이는데도 그다지 슬프게 들리지는 않았다. 키스로 마침내 율의 마음을 확인했기 때문에 평온해진 것일지도 몰랐다.

"주은아."

"응?"

"나는…… 그 사람이 많이 좋아졌어."

"손무영 대표님?"

"응."

"너도 축하해. 그렇게 될 줄 알았어."

"생각보다 너무 빨라서 조금 두렵기도 해."

"결혼할 사이니까 그렇지. 이럴까 저럴까, 다가갈까 말까, 서로 재어 보는 단계가 필요 없었으니까. 안 그래?"

"맞아. 그런 것 같아. 같이 걸어가야 할 곳이 정해져 있었으니까, 어수룩한 밀당 같은 건 건너뛰게 된 건가 봐."

"성격이기도 할걸? 너랑 손 대표님, 둘 다 상당히 담백한 편이잖아."

재이는 끄덕였다.

손 엔터 대표로서의 그는 사막처럼 건조하다고만 생각해 왔는데, 손무영이라는 남자로 가까워지고 나니 담백함이 더 돋보였다.

거리감을 없애는 데에 서로 비슷한 성향이라는 것만큼 좋은 요소가 있을까.

"아직은 괜찮은데, 같이 살게 되면 엇비슷한 그 성격 때문에 부딪쳐서 자주 다투게 되는 건 아닌지 몰라."

"다퉈 봐야 수묵화일걸?"

"수묵화?"

"아주 고요하고 정적인 그림. 여백도 되게 많고. 언성 높인 말싸움 같은 건 절대 안 할 거야."

그럴듯한 주은의 표현이 재이에게 웃음을 불러일으켰다.

"너하고 율은?"

"우린 피카소급 추상화?"

대답하곤 주은이 키득키득 웃었다. 재이도 웃으며 동의했다.

학창 시절 율과 주은이 다신 안 볼 듯 싸워 대는 모습을 지켜본 게 한두 번이 아니었다.

그러다가 또 언제 그랬냐는 듯이 말랑해지곤 했다. 세상에 둘밖에 없는 절친인 양 서로를 챙겨 주는 모습에 살짝 소외감이 들기도 했었다.

"근데 서재이 휴대폰이 조용하네. 손 대표님한테서 전화 올 때가 된 것도 같은데."

"저녁에 제작사 대표 만난다고 했어. 자리가 좀 길어지나
봐."

"〈시그니처〉 제작사?"

"응."

"다음 달에 촬영 들어간다고 율이 그러던데. 별일은 없겠
지?"

별일이 있더라도 무영이 구구절절 늘어놓는 사람은 아니라
서 잘 알지 못하는 부분이었다. 주은을 안심시키기 위해 재이
는 무영에게서 들어 확실히 알고 있는 얘길 해 주었다.

"다음 달 중순에 제작 발표회 잡혀 있대."

"나도 가고 싶다, 제작 발표회."

주은이 꿈꾸듯 중얼거렸다.

참석할 수 있다 해도 율에게 다가가거나 반갑게 아는 척도
못 할 테지만, 먼발치에서라도 율의 얼굴을 보고 싶은 마음.

화면 속의 모습만 안타깝게 바라보는 게 아니라, 실존하는
율을 한 공간에서 지켜보고 싶은 마음.

주은에게는 오래 다져 온 소망일 터였다.

"잠이나 자자."

체념하듯 말하고선 몸을 누이던 주은이 휴대폰 진동음에 발
딱 튀어 올랐다. 사이드 테이블에 나란히 놓아둔 두 개의 휴대
폰을 들여다보고는 익살스럽게 말했다.

"서재이 당첨."

주은이 건네준 휴대폰을 쥐고 거실로 나온 재이는 소파에
옹크리고 앉아 무영에게서 온 전화를 받았다.

"저예요."

—서재이.

나직이 이름을 부르는 무영의 목소리에서 술의 향이 흘러드는 듯했다.

결코 취할 정도로는 마시지 않는 사람. 술의 힘에 의지해 함부로 비틀거리지도 않을 사람. 그런데도 오늘 밤엔 어떤 흐름이 느껴진다. 나른하게 흘러가는 흔들림이.

이 밤, 전화를 걸어 한 여자의 이름을 부르지 않고는 견딜 수 없었을 마음의 기류가.

"술 마셨구나."

—마셨어.

"얼마나?"

—세 잔?

"거짓말."

귓가로 그의 낮은 웃음소리가 다가들었다. 듣기 좋았다. 짧지만 여운이 오래 가는, 그래서 마음을 포근하게 해 주는 소리.

"어디예요?"

—차 안.

"대리 부르셨죠?"

—음. 집으로 가는 중.

"조심해서 들어가세요."

—갈까?

"응?"

—서재이한테.

재이는 미소 지으며 무영을 만류했다.

"저 지금 주은이네 집에 와 있어요."

—아.

"같이 지내는 교사들이 집에 가고 주은이만 혼자 남았거든요. 주은이 방에서 자고 내일 여기서 바로 출발하려고요."

내일은 주은과 함께 보육원 원장님 산소에 들렀다가, 주은의 엄마와 동생이 사는 천안에 가서 하루를 묵고 일요일에 돌아올 예정이었다. 주은과의 약속을 미리 말해 두었기에 무영도 알고 있는 일정이었다.

—그럼 이틀 동안 못 보는 건가.

낙담이 밴 목소리가 재이를 다시금 미소 짓게 만들었다.

"일요일 저녁에 보면 되잖아요."

—일요일 저녁에.

되새기듯 읊조리는 무영에게 재이도 약속해 주었다.

"일요일 저녁에."

방으로 돌아오니, 벽 쪽에 붙어 누운 주은이 팔을 하나 펼쳐 두고는 재이에게 과장되게 눈을 깜박거려 보였다. 베고 누우라는 뜻일 테지만 뭔가 좀 쑥스러웠다.

"우리 재이, 수줍어서 그래?"

장난스런 주은의 말에 재이는 웃어 버렸다.

"오늘 아니면 언제 너한테 팔베개 해 주겠어? 오글거려도 참아 봐."

"알았어. 열심히 참아 볼게."

재이는 주은의 바람에 호응해 주려 그녀의 팔을 베고 누웠다. 주은과 같이 누워 잠드는 것도 참 오랜만이었다.

유치원 원장 소유의 셰어 하우스다 보니 아무래도 편히 드나들기는 어려웠다. 다른 교사들이 있으면 있는 대로, 없을 땐 없는 대로 신경이 쓰였다. 그래서 늘 주은이 재이 방으로 찾아들곤 했다.

"우리 어릴 때 말이야. 재이 너 매일같이 윤이 팔베개 해 주곤 했잖아."

재이에 비해 예민하고 까탈스러웠던 윤이는 자다가 종종 깼는데, 그럴 때면 늘 울먹이며 재이 품으로 기어 오곤 했다.

그러면 재이는 잠결에도 팔을 내어 윤이를 안아 주었다. 무서운 꿈을 꿨다며 훌쩍이는 어린 동생을 품어 안고 다독이던 재이도 윤이보다 고작 두 살 많은 아이였을 뿐이었다.

그럼에도 언니 노릇을 톡톡히 해냈던 것은 세상에 윤이와 단둘만 남겨졌다고 생각했기 때문이었다.

보육원의 아이들 대부분이 혼자 버려졌던 반면에, '우리는 둘이다. 진짜 핏줄이다'라는 자부심 같은 것도 있었다. 그래서 더 윤이를 챙기고 둘밖에 없다는 걸 각인했다.

"난 그게 그렇게 부러울 수가 없더라."

"그랬어?"

"응. 나도 언니나 동생이 있었으면 좋겠다고 생각했어."

"선재 있잖아."

"남동생 말고 자매 말이야. 둘이서 뭐든 다 공유할 수 있는 그런."

"현실 자매들끼린 엄청 싸운다더라."

"너흰 싸운 적 없잖아."

"그땐 뭐, 둘 다 어렸으니까."

"아냐. 재이 네가 무조건 다 받아 줘서 그랬던 거였어. 윤이가 원하는 거라면 뭐든 다 들어줬잖아."

원하는 거라고 해 봐야 아주 작고 보잘것없는 것들이었다.

간식으로 나온 요구르트 한 병이라든가, 좋아하는 색깔의 크레파스 한 개라든가, 꽃 장식이 달린 머리핀이라든가, 그 외에도 조잡한 장난감 따위들.

그런 것들쯤이야 윤이한테는 얼마든지 양보할 수 있었다.

윤이가 울먹이면 마음이 아팠으니까. 인형처럼 예쁜 얼굴에, 그 커다란 눈망울에 눈물이 차오르면 훔쳐서라도 다 안겨 주고 싶었으니까. 윤이를 다시 웃게 해 주고 싶었으니까.

"주은아."

"응?"

"우리 윤이. 행복하게, 잘 살고 있겠지?"

"그럼! 우리보다 100배는 더 행복하게 살고 있을 거니까 걱정일랑 마셔."

소식도 들은 적 없고 자취도 찾을 수 없으니 그 누구도 알 수 없는 일이겠지만, 확언해 주는 주은이 고마웠다. 정답이 아니라 해도 좋으니 그저 확답이나마 듣고 싶었나 보다.

"이건 순전히 내 생각이지만, 너의 윤이는 행복하게 살 의무가 있어."

"권리가 아니라?"

"응, 의무. 그렇게 떠났는데 행복하지 않으면 안 되는 거잖아."

그렇게……. 그 말이 품고 있는 의미를 설명하지 않아도 재이는 알 수 있었다. '그렇게'라고 축약해서 말할 수밖에 없을 그날의 그 정경이 주은에게도 잊히지 않고 있나 보았다.

그렇게 떠났으니 윤이는 행복할 거라고. 아니, 반드시 그래야만 한다고.

재이 또한 지금껏 세뇌하듯 생각해 왔다. 그렇지 못하면 너무 억울할 것 같았다. 윤이가 너무나 가여울 것 같았다.

그러니까 윤이는 주은의 말처럼 행복해야 할 의무가 있는 것.

그런데 그저께 저녁, 레스토랑 화장실에서의 편유진을 보고 난 이후로는 불쑥불쑥 불안이 밀려들곤 했다.

어쩌면 행복하지 않을 수도 있으리라는. 생각보다 고단한 삶을 이어 가고 있을지도 모른다는. 보육원에서의 어린 날들처럼 두 눈에 눈물 그렁그렁한 날들이 더 많을지도 모르겠다는.

그런 불안한 가능성이 수면 위로 떠오르면서 재이는 자꾸만 유진을 생각하게 됐다. 마치 윤이를 생각하듯이. 잘 모르는 사람인데도. 마구 호감 가는 여자가 아니었는데도.

"좋은 부모 밑에서 고생이라곤 모르고 귀하게 자란 것만 같은 사람이, 화장실에서 몰래 약을 삼키고 있는 거야."

"무슨 약을?"

"나랑 얘기하다가 약병을 놓고 나갔거든. 금세 되돌아와 챙겨 가면서 그러더라. 공황 장애 약이라고."

"공황 장애 요즘 흔하잖아. 연예인들도 많고. 근데 누구 얘
기야, 그거?"

"지난번에 백화점 주차장에서 무지 예쁜 여자 봤다고 했잖
아. 우연히 다시 만나게 됐는데 대표님 동생이랑 아는 사이더
라고."

"진짜? 신기하네. 세상 참 좁다, 그지?"

"대표님이랑 넷이서 저녁을 같이 먹었거든. 근데, 왼손잡이
야."

"윤이 생각났겠네."

"응……."

재이 손에 든 약병을 와락 채 가던 손길. 궁지에 몰린 고양
이처럼 날카롭던 눈초리.

무슨 약인지 묻지도 않았는데, 공황 장애 약이라고 공격적
으로 내뱉던 목소리.

찰나였지만 그 순간에 윤이를 떠올렸던 건 맞다. 제 뜻대로
안 돼 짜증 부릴 때의 윤이가 생각났던 것이다.

가져다주려고 챙겨 든 거였는데, 유진의 그러한 태도에 당
황스러웠던 것도 사실이었다.

바로 얼마 전, 거울 앞에서 몇 마디의 대화를 나눌 때.

정말 특이한 이름이라며 본명이냐고 묻던 유진에게, 동생
이름은 윤이라는 얘기까지 덧붙여 말해 주었을 때.

여동생이냐는 물음에 그렇다고, 유진 씨와 나이도 같다고
대답해 주었을 때. 가만히 끄덕이다가 명함 한 장 달라고 재이

에게 청할 때. 받아 든 명함을 들여다보며 자신은 갓 졸업해서 아직 명함이 없다고 말할 때.

그 순간들마다 침착하던 유진과는 사뭇 달라서 놀랐던 것이다.

찬찬히 돌이켜 보면, 감추고 싶은 것을 들켰다고 생각한 사람의 과잉 반응 같은 게 아니었을까 싶기는 했다.

이상하게도 재이는 그때부터 내내 유진의 전화를 기다리게 됐다. 명함이 유진의 손에 쥐어지던 순간부터 그녀에게서 곧 연락이 올 것 같은 기분이 들었다.

모르는 번호가 떠도 망설이지 않고 받으리라 생각하고 있지만, 유진은 아직 잠잠했다.

그 잠잠함이 불안을 부추기는 측면도 있었다. 유진이 굳이 명함을 받아 간 이유가 있을 거라는 생각이 자꾸만 드는 거였다.

"예쁜 여자만 보면 멈춰 서서 돌아보는 서재이 씨. 미모에 속아 넘어가지 마세요. 의술의 마법일 수도 있답니다."

연극 대사처럼 말하고선 웃어 대는 주은을 따라 재이도 웃었다.

"이러다 밤새우겠다, 우리. 이젠 진짜로 자자."

"내가 팔베개해 줄까?"

"응!"

신나게 대답하는 주은의 목소리에 휴대폰 진동음이 겹쳤다.

"누구지?"

기대감에 부푼 얼굴로 후다닥 일어나 휴대폰을 확인한 주은이 꺅! 소리를 질렀다. 물어보나 마나 율이겠다.

"응, 율아."

주은이 달콤한 목소리로 전화를 받았다.

"응, 이제 자려고. 응, 재이랑 같이. 응. 아냐, 괜찮아. 아직 잠 안 오는 걸, 뭐."

둘이 편하게 통화하라고 자리를 비켜 주려 일어나는데, 주은이 재이 소매를 붙잡았다. 눈으로 묻는 재이에게 주은이 다시 앉으라는 눈짓을 보냈다.

"잠깐만."

그러고는 주은이 휴대폰을 재이 귀에다 대 주었다.

"김율."

—어제 대표님이 청첩장 주시더라.

"올 수 있어?"

—당연히 가야지.

"고마워."

—고맙기는. 서재이 결혼식인데 내가 안 가면 누가 가? 결혼 축하금도 봉투에 두둑하게 넣어 놨어.

"그런 거 안 해도 돼. 대표님이 축의금은 안 받는다고 했어."

—난 해. 할 거야. 너한테만 따로 주면 되잖아.

고집스레 우기는 율에게 재이는 웃으며 말했다.

"그럼 기대하고 있을게."

—너 울게 하면 가만 안 둔다고, 대표님한테 내가 단단히 으름장을 놓아 놨지.

"참 내. 대표님 어이없었겠다."

—왜 어이가 없어?

"사고뭉치 막냇동생이 오빠 노릇 하려 들었던 거잖아."

—내가 왜 사고뭉치냐? 막냇동생은 또 뭔 개소리야. 내가 너보다 생일도 빠른데.

"한 달 오빠. 결혼식 날 만나요."

율이 크크 웃어 댔다.

재이는 주은에게 휴대폰을 넘겨주고 방에서 나왔다. 스탠드만 켜 둔 거실은 조용하고 아늑했다.

소파에 오도카니 앉아 무영에게 전화를 걸어 볼까 어쩔까 생각하고 있을 때, 손안에서 휴대폰이 부드럽게 떨렸다. 발신자는 여섯 글자, 손무영 대표님.

"저예요."

—샤워하고 나오니 술이 다 깨서.

샤워 직후에 젖은 머리칼일 무영을 상상했다. 깊은 밤이라서 그럴까. 상상만으로도 설레었다.

—아까 혹시 실언한 건 없나 하고.

"없어요. 그럴 만큼 마신 것도 아니잖아요."

—제작사 대표한테 맞춰 주느라 오늘은 좀 많이 마셨어.

"힘들었겠다."

—힘들었지. 술잔에 서재이 얼굴이 떠다녀서.

재이는 미소 지었다.

"아직 덜 깬 거 같은데요?"

전화 너머의 무영에게서 나지막한 웃음이 건너왔다. 기대고 싶어졌다. 곁에 있다면, 지금 같이 있다면.

─서재이 울게 하면 가만 안 둔다는 사람이 있어.

"감히 나의 대표님을 협박하다니. 누군지 찾아내서 혼내 줘야겠다."

─울고 있는 서재이를 생각하니까, 마음이…… 부서질 것 같았어.

이 남자, 오늘은 정말 술이 과했나 보다. 가슴 저 깊은 데에 잠겨 있을 부분들을 이렇게 끄집어내 보여 주니까.

덤덤해서 더 애틋하게 느껴지는 고백을 소중히 간직하며 재이는 짐짓 낭랑하게 말했다.

"절대로 울면 안 되겠다. 손무영 씨 마음 부서지면 안 되니까."

─손무영 씨라. 이제 '대표님'은 졸업하는 건가?

"휴직했으니까, 아마도?"

─복직하면 '대표님'으로 복귀?

"음……. 그건 그때 가서 생각해 볼게요."

─쉽지 않네, 서재이는.

재이는 조그맣게 소리 내어 웃었다. 귓가에서 무영이 함께 웃었다.

밤은 고요히 깊어만 가는데, 대화는 시간 가는 줄 모르고 이어졌다.

외로움의 자리가 줄어들었다

알람을 맞춰 놨는데도 10시가 넘어서야 겨우 일어났다. 새벽까지 이어진 무영과의 통화 덕분이었다.

율과 긴긴 통화로 밤을 새우다시피 한 주는 역시 마찬가지여서, 아침은 먹는 둥 마는 둥 둘 다 씻고 나오기 바빴다.

시외버스에 올라 한시름을 돌리니, 무영에게서 문자가 왔다.

[일어났어요?]

재이는 미소를 머금고 답을 보냈다.

[늦잠 잤어요. 방금 출발!]

[밥도 못 먹었겠네.]

23

[버스에서 먹으려고 도넛이랑 커피랑 샀어요.]

[잘했어요. 얼마나 걸리지?]

[한 시간 반. 내려서 30분쯤 걸어 올라가야 돼요.]

[데려다준다니까 고집 부리고.]

[오늘은 주은이랑 데이트잖아요. 보고 싶어도 참기.]

[참을 수 없다면?]

웃음이 나와서 재이는 이내 답을 보내지 못했다. 목을 빼고 힐끔 넘겨다본 주은이 도넛을 베어 물고는 물었다.

"뭘 참을 수 없다는 거야?"

보고 싶은 마음, 이라고 대답해 주는 대신 무영에게 문자를 찍었다.

[도착하면 전화할게요.]

"웃음 이모티콘이라도 좀 넣지, 딱딱하게 그게 뭐냐?"

곱게 타박하는 주은에게 재이는 웃으며 말해 주었다.

"우린 원래 이래."

"어제 보니까 휴대폰에 '손무영 대표님'으로 저장돼 있더라? 이젠 좀 바꿔 봐. 좀 더 스윗한 걸로."

"너도 김율이라고 이름만 저장해 놨잖아."

"바꿨어."

"뭐라고 바꿨는데?"

"나의 지구."

재이는 미소로 끄덕여 주었다. 괜스레 애잔해지는 마음 가운데로 주은의 흥얼거림이 스며들어 왔다.

"지구한테는 달이~ 지구한테는 달이~."

승객이 몇 되지 않는 시외버스 안. 주은이 멋대로 곡조를 붙여 부르는 노랫말이 여운처럼 맴돌았다.

구불구불한 산길을 돌아 올라가 원장님 묘소에 이르렀다.

소박한 묘비 앞에 뜻밖에도 꽃다발이 하나 놓여 있었다. 재이는 주은과 의아한 눈길을 나누었다.

"누가 왔다 갔나 봐."

"율이야."

단정적인 주은의 말에 재이도 끄덕일 수밖에 없었다. 국화나 조화도 아니고 저토록 화사한 꽃다발을 떡하니 갖다 놓을 사람이 율 말고 또 누가 있을까.

"어젯밤에 내가 같이 안 갈 거냐고 물어봤거든."

"그랬더니?"

"다음에, 하고 딱 자르더라. 그래서 더 말도 안 했어."

"그래 놓곤 우리보다 한 걸음 빨랐네."

"잠도 없나 봐. 이럴 거면 그냥 같이 왔으면 좋았잖아."

"사람 없을 때 오느라고 새벽에 다녀갔나 봐. 지금쯤 자고 있겠지."

"전화해서 아는 척 말라고?"

"멋쩍어서 괜히 성질 낼 거야."

"맞아, 그러고도 남지."

꽃다발을 보며 율이라도 보듯 주은이 흐뭇한 표정을 지었다.

온 김에 웃자란 잡풀들을 뽑아낼 생각이었는데, 묘가 이미 깔끔히 정돈된 상태였다. 아마도 율의 손길일 터였다.

"나의 지구, 기특하네."

"그러게."

재이는 오는 길에 사 온 국화 다발을 율의 꽃다발 옆에 내려놓았다. 집에서 보온병에 타 온 믹스커피도 종이컵에 따라서 올려놓았다.

"원장님. 믹스커피 진짜 오랜만에 드시죠? 죄송해요. 저희가 먹고사느라 바빠서 이제야 찾아왔어요."

주은에 이어 재이도 원장님께 인사를 드렸다.

"저희 왔어요, 원장님. 그동안 많이 외로우셨죠? 자주 못 와 뵈어 죄송해요."

"재이 시집가요, 원장님. 제일 늦게 갈 줄 알았는데, 웬걸, 우리 중에 제일 먼저 가는 거예요. 쫌 얄밉지만 부디 잘 살라고, 남들이 부러워할 정도로 행복해지라고, 원장님이 응원해 주세요."

웃음 섞인 주은의 말에 마음이 아련해지려고 했다. 주은 옆에 서서 재이는 가만히 눈을 감고 고개를 숙였다.

살아 계셨다면 결혼이라는 소식 앞에서 더없이 기뻐하며 꼭 안아 주셨을 분께 마음의 말을 건넸다.

원장님.

마르지 않던 눈물과 원망에도 불구하고 언제나 너른 품에 껴안아 주셔서 고마웠어요.

보육원을 떠난 뒤 척박했던 시절을 잘 이겨 내고 지금의 제가 될 수 있었던 것은, 원장님에게서 사랑받았던 기억 덕분일 거예요.

살면서 몸과 마음이 힘겨워질 때가 오면, 따뜻한 그 사랑의 기억으로 꿋꿋이 이겨 낼게요.

고맙습니다.

묵념을 마치고 재이는 마을이 내려다보이는 둔덕에 주은과 나란히 앉았다. 보온병에 남은 커피를 둘이서 나눠 마시며 잠시 옛 추억에 잠겼다.

"눈 감고 원장님한테 무슨 얘기했어?"

"원망까지 다 껴안아 주셔서 감사하다고."

"어린애가 너무 아파서 그랬던 거지, 정말 원장님이 미워서 그랬던 건 아니었잖아."

재이는 끄덕였다. 주은의 말이 맞았다. 윤이와 찢기듯 헤어지고서 마음껏 원망할 대상이 필요했던 건지도 몰랐다.

원장님을 실컷 원망함으로써 그 깊은 슬픔을 완화시킬 수 있었던 것일지도. 그러므로 원장님은 슬픔의 완충지 역할을 해 주셨던 셈이었다.

여덟 살 윤이를 보낸 후, 열 살 재이의 시간은 날마다 눈물이었다. 원망하고 미워하고 그리워하고, 원망하고 미워하고 그리워하고.

원망은 오롯이 원장님에게. 그리움은 오롯이 윤이에게. 윤이에게 가려던 미움도 길을 틀어 모두 원장님에게.

그렇게 1년을 울고 나니까 받아들여졌다. 생살이 찢겨 나가는 것 같던 아픔도, 윤이를 향한 그리움도 1년이 지나니까 점점 흐릿해져 갔다.

세상에 일어나지 못할 일은 없다는 것을, 어떤 일이 닥쳐오더라도 결국엔 견디게 된다는 것을 재이는 어린 날 그때에 이미 깨달아 버렸다.

그 한 해 동안 눈물을 모조리 흘려보낸 열 살 여자애는 자라서 어지간한 일에는 울지 않는 여자가 되었다. 위기가 닥칠수록 초연해질 수 있는 사람이 되었다.

어쩌면 살면서 겪을 수 있는 모든 일들에 일찌감치 내성이 생겨 버린 것인지도 모른다. 그래서 생의 어떤 국면에선 독하다는 소리를 들어야 했던 건지도.

옛 기억들을 삼키듯 재이는 식어 버린 커피를 들이켰다.

어릴 적 살았던 작은 마을도 이젠 예전 같지 않아서, 보육원이 있던 자리엔 연립 주택 단지가 빼곡하게 들어서 있었다.

"저 땅만 원장님 소유였어도 보육원이 없어지진 않았을 텐데."

주은이 새삼스레 한탄했다.

"원장님이 안 계신 곳이 과연 의미가 있었을까 싶어."

"하긴. 원장님 안 계신 자혜원이 우리 고향으로 남아 있을 수는 없겠지."

"고향……."

"너하고 윤이는 저 마을이 고향이지만, 율이랑 나한테는 자혜원이 고향이야."

주은과 율, 둘 다 갓난아기 때 들어왔으니 그렇게 여길 법도 하겠다. 괜스레 또 애잔해져서 재이는 주은의 등을 토닥여 주었다.

"참. 손 대표님한테 전화 안 해? 도착하면 전화할게요, 그랬잖아. 대표님 지금 목을 빼고 기다리시겠다."

그러고는 옆으로 비껴 앉은 주은이 휴대폰을 꺼내 들고 귀에다 이어폰을 꽂았다. 재이는 마음껏 통화하라고 배려해 주는 주은에게 웃어 보이고는 휴대폰을 열었다.

전화를 걸자마자 기다렸다는 듯 귓가로 무영이 찾아들었다.

—어딥니까?

"원장님한테 왔어요. 꽃이랑 믹스커피랑 올려놓고 인사드렸어요."

—믹스커피?

"원장님이 제일 좋아하셨던 거거든요."

—아……. 거기가 경기도 어디라고 했었지?

재이는 소도시와 마을 이름을 일러 주었다.

—보육원 이름이 혹시…… 자혜원?

"맞아요. 어떻게 아세요?"

—예전에 아버지께서 후원하시던 곳이었어.

"아……. 그랬구나."

기분이 묘했다. 전혀 예상하지 못한 지점에서 가는 실처럼 이어져 왔던 인연이란 생각에 조금 두근거리기도 했다.

"그럼 혹시 대표님도 와 본 적 있을까요?"

무영의 대답은 숨을 길게 내쉴 만큼의 틈을 두었다가 다가

왔다.

—음.

"언제요?"

—아주 어릴 때.

"몇 살 때?"

—여덟 살.

"아······."

부풀어 오르려던 마음이 가라앉았다. 무영이 여덟 살일 때 재이는 한 살. 윤이와 둘이서 보육원에 버려지기 여러 해 전이었다.

"그 뒤로는 아버님과 같이 왔던 적 없나 봐요."

—없어.

그러니 어느 하루일지언정 시기가 겹쳤던 적은 없다는 얘긴데.

그렇다고는 해도 자혜원과 원장님을 중심으로 하여 미미하나마 어떤 연결 고리가 존재하는 것만 같아 신기하고도 특별한 느낌이 들었다.

—무척 따뜻하신 분이셨지.

"원장님, 기억나세요?"

—기억나지. 믹스커피를 즐겨 드시던 것도.

"그게 원장님의 유일한 사치였다고나 할까요?"

—검소한 분이셨······다고, 아버지 말씀이.

"그렇게 좋은 분이 일찍 떠나 버려서 안타깝고 안쓰러워요."

─돌아가신 줄은 몰랐어.

"보육원이 내려다보이는 마을 뒷산에 묻히셨어요. 근데 대표님하고 이렇게 원장님 얘기를 하니까 둘이 같이 시간 여행을 다녀온 것 같아요."

─생각도 못했던 접점이라서?

"네. 생각지 못했던 거 또 하나 있어요. 대표님 여덟 살 때저는 기저귀 찬 한 살 아기였다는 거. 아장아장 걷기나 했을까?"

귓가로 무영의 낮은 웃음소리가 흘러 들어왔다. 흐린 날의하늘빛을 연상케 하는 웃음이었다.

"그렇게 웃으니까 보고 싶잖아요."

그렇게 말고, 맑은 날의 태양처럼 활짝 웃게 해 주고 싶잖아요.

미처 하지 못한 말은 가슴에만 담아 두었는데, 그가 문득 물어 왔다.

─갈까?

"어젯밤부터 '갈까?'를 남발하는 버릇이 생겼네요."

무영이 웃었다. 재이도 웃었다. 같이 웃을 수 있어 좋았다.

같이 웃을 수 있어 좋은 사람이 세상에 하나 더 생겨서 좋았다. 외로움의 자리가 그 사람의 무게만큼 줄어들었다.

내가 올라갈게

천안, 주은의 집 거실에 저녁상이 차려졌다. 넉넉한 크기의
교자상을 가득 채운 음식들은 전부 주은의 어머니 솜씨였다.

재이와 주은, 주은의 어머니와 선재가 마주 보며 상 앞에 앉
았다.

"엄마. 너무 무리하신 거 아니야? 내 생일날도 이렇게는 안
차려 주시면서 재이한테는 인심 팍팍 쓰셨네?"

주은의 툴툴거림에 선재가 한마디를 얹었다.

"나는 오늘이 내 생일인 줄 알았다니까?"

웃음 짓는 재이에게 주은의 어머니가 말했다.

"쟤네들 신경 쓰지 말고 모쪼록 많이 먹어. 푸짐한 생일상
받을 땐 언제고 괜히들 그러는 거야."

"이거 다 만드느라 너무 고생하셨겠어요. 감사히 잘 먹겠습
니다."

"그래, 많이 먹어. 그래야 내가 고생한 보람이 있지."

그러며 주은의 어머니가 잡채 접시를 재이 앞으로 옮겨 놔 주었다. 좋아하지만 자주 먹을 수 없는 것을 특별히 더 챙겨 주시는 손길에 마음이 따뜻해졌다.

"많이 먹어, 재이야. 넌 살 좀 더 쪄도 돼."

"누나는 다이어트 좀 하시고."

주은을 향한 선재의 말에 재이는 웃어 버렸다. 주은이 선재에게 눈을 흘기고는 말했다.

"너나 하셔, 다이어트. 난 지금 딱 표준이거든?"

"나는 남자거든요?"

"남자면 뭐? 난 뚱뚱한 남자 딱 질색이걸랑."

"나 안 뚱뚱하거든?"

"뚱뚱하기 일보 직전이지."

"살 아니고 근육이야."

"나도 근육이다."

"누나는 여자잖아."

"근육에도 남녀 차별하냐?"

주은과 선재가 티격태격하는 사이, 주은의 어머니는 재이한 테 이것저것 살뜰히도 음식들을 챙겨 주기 바빴다.

"저만 챙기지 마시고 아줌마도 얼른 드세요."

"재이야. 결혼한 여자한테는 자고로 친정이 있어야 하는 법. 이제부터는 아줌마 말고 이모라고 불러라."

그 말인즉, 재이에게 친정이 되어 주겠다는 뜻일 터. 뭉클해 진 재이는 뭐라 말도 못 한 채 시큰해진 콧날을 꾹 눌렀다.

"친정이 뭐 별거니? 내가 남들 앞에 떵떵거릴 만큼의 돈은 없어도, 시댁에서 속상한 일 생겼을 때, 신랑이랑 싸우고는 갈데 없어 막막할 때, 재이 너 밥 먹이고 재워 주는 정도는 충분히 해 줄 수 있어."

갈 데 없을 때의 그 막막한 심정을 헤아려 주는 주은의 어머니가 너무도 고마웠다. 옥탑방을 정리하던 날, 집주인 할머니가 해 주었던 말도 더불어 떠올랐다.

이런 게 어른들의 마음이자 엄마들의 마음인가 싶었다.

"……고맙습니다."

울컥해진 감정을 다스리며 겨우 대답하는 재이에게 주은의 어머니가 다정히 채근했다.

"이모, 해야지."

"고맙습니다. ……이모."

옆에서 보고 있던 주은이 끼어들었다.

"재이 잘 안 우는데, 엄마가 재이 울릴 뻔했어."

"울어야 될 땐 울어야지. 참으면 병나, 누나."

제법 의젓한 선재의 말을 주은의 어머니가 받았다.

"그건 선재 말이 맞다. 울고 싶을 땐 울어. 참고 있다고 누가 상 주는 것도 아닌데, 뭐 하러 참아. 나한테 와서 울어. 그래도 돼."

"베프를 두고 왜 엄마한테 와서 울어? 재이야, 나한테 와. 울고 싶을 때는 이 엄주은한테로!"

선언이라도 하듯 말하고선 주은이 상 아래로 손을 뻗어 재이 손을 꼭 잡았다가 놓았다. 언제까지나 곁에서 지켜 주겠다는 약속 같아서 재이는 다시금 뭉클해졌다.

"가만. 우리 엄마가 이모면, 재이 너랑 나랑 이종사촌이 되는 거야?"

주은의 말을 날름 받은 건 선재였다.

"나는 처남이 되는 거지."

"뭔 처남?"

주은의 물음에 선재가 웃으며 얼버무리듯 대답했다.

"아니, 그, 재이 누나 남편 분한테는 내가 처남 되는 거 맞잖아."

어이없다는 얼굴로 재이와 눈을 맞추던 주은이 결국 웃어버렸고, 다 같이 웃음을 터뜨렸다.

정성을 다해 마련한 음식. 사소한 토닥거림. 별것 아닌 말에도 와르르 터지는 웃음.

가족이란 이런 거구나, 실감했다.

주은에게 고마웠다. 주은의 가족에게 고마웠다. 주은과 주은의 가족들에게 재이도 고마운 사람이 되고 싶었다.

허기진 마음을 든든히 채워 준 저녁상을 물리고, 주은과 같이 시작한 설거지를 거의 마쳐 갈 무렵이었다.

"누나! 전화 왔어!"

선재의 부름에 주은이 나섰다.

"나?"

"아니, 재이 누나."

주은이 옆에 선 재이를 엉덩이로 밀쳐 내며 말했다.

"대표님인가 보다. 얼른 받아 봐."

재이는 물 묻은 손을 닦고 거실로 왔다. 두 손으로 재이에게 휴대폰을 건네주며 선재가 말했다.

"매형이에요."

선재에게 웃어 주고는 전화를 받았다.

"저예요."

—베란다로 나와요.

불현듯 두근거렸다. 휴대폰을 귓가에 댄 채로 재이는 베란다로 걸어 나갔다.

창을 열자, 건물 아래의 이면 도로에서 위를 올려다보고 서 있는 남자가 보였다. 무영이었다. 가로등 빛이 그의 머리와 어깨를 은은히 비추고 있었다.

재이는 활짝 웃었다. 재이를 올려다보는 무영의 얼굴도 환했다.

"갈까, 그러더니 진짜로 왔네요."

—참을 수 없었으니까.

"손무영 대표님, 참을성 갑인 사람 아니었어요?"

—서재이 한정으로 나약해졌어.

"나약해진 게 아니라 솔직해진 거 같은데요?"

—아무튼.

"내려갈게요."

—내가 올라갈게. 그래도 된다면.

재이는 놀랐다.

누구에게든 일정량의 거리를 유지하는 사람.

침범도 허용하지 않고, 스스로 세워 놓은 서늘한 경계선 밖으로 선뜻 나오지도 않는 사람.

본인에게 질척거리는 것도 싫어하지만, 좀처럼 타인에게 스며들려고도 하지 않는 사람.

그런 사람이 손무영이었다.

재이는 지금껏 그렇게만 알고 있었다.

그런데 주은의 집으로 들어와서 주은 가족들 앞에 서겠다고? 한 여자와 결혼을 앞둔 남자로서 여자의 가족에게 첫인사라도 드리듯이?

어쩐지 믿기지가 않았다. 재이의 요청이 있었던 것도 아닌데, 그가 스스로 이런 자리에 뛰어든다는 것이 너무도 뜻밖이었던 것이다.

주은을 일컬어 가족 같은 사람이라고는 했지만 피가 섞인 진짜 가족도 아닌데, 어색하고 불편할 자리를 자처하려는 그에게 고마움을 넘어선 감동이 느껴졌다.

―안 되나?

"그럴 리가요. 돼요. 올라오세요. 참, 엘리베이터가 없어서 걸어 올라와야 되는데, 괜찮겠어요?"

―누가 들으면 4층이 아니라 40층인 줄 알겠어.

재이는 웃어 버렸다. 여전히 자신과는 다른 세계의 사람으로 취급해 버린 셈인데, 불쾌하게 여기지 않고 태연히 대꾸해 주는 그가 미더웠다.

고마운 일들이 자꾸만 생기는 것도 고마웠다.

이토록 포근하기만 한 날들이 이어지는 것도. 지금 이 순간 눈앞에 나타나 준 그를 그가 모르고 있었던 세계 안으로 들이는 것도.

갑작스러운 무영의 방문 소식에 주은의 가족들이 현관에 나란히 모여 섰다. 재이도 그들 가운데 하나였다.

"환기를 좀 시킬 걸 그랬나? 집 안에 음식 냄새 진동할 텐데."

주은이네 어머니의 걱정에 주은이 말했다.

"사람 사는 집이 다 그렇지 뭐. 괜찮아. 대표님도 우리랑 똑같은 인간이라고."

"우리 집 너무 좁아서 놀라시는 건 아니겠지?"

선재까지 그러니까 재이는 좀 미안해지려고 했다.

"지금이라도 못 들어오게 할까 봐요."

재이가 말하자마자, 주은 가족 셋이서 다급히 손사래를 쳤다.

"안 돼, 안 돼. 여기까지 찾아오신 귀한 손님한테 그럴 수야 절대 없지."

"맞아, 맞아. 여긴 이제부터 재이 누나 친정이니까, 장모님께 인사드리러 오신 거나 마찬가지라고."

"그럼, 그럼. 우리 모두 대표님 완전 대환영이야."

주은의 어머니와 선재와 주은이 연이어 말했다.

"잠깐만 있다가 갈 거니까 불편해도 조금만 참아 주세요."

웃음 어린 재이의 말에 주은이 냉큼 소리쳤다.

"우린 하나도 안 불편하다고!"

주은의 어머니와 선재도 열심히 끄덕였다.

드디어 초인종이 울렸다. 재이가 문을 열자, 양손 가득 선물

꾸러미를 든 무영이 나타났다.

말끔한 정장 차림이야 평소에도 그렇다지만, 풍성한 과일 바구니와 한우 세트, 그리고 고급 와인까지.

정말 처가에 인사 온 사위 같은 모습이라 재이는 슬며시 새어 나오려는 웃음을 감추어야 했다.

"어서 오세요, 대표님. 대박 환영입니다!"

주은이 나서서 반갑게 인사하고는 무영에게 엄마와 동생을 소개했다.

"처음 뵙겠습니다."

덤덤한 어조로, 그러나 엷은 미소를 띤 채 무영이 주은의 어머니에게 인사했다. 주은의 어머니와 선재도 밝은 얼굴로 무영에게 인사를 건넸다.

"반가워요."

"환영합니다!"

현관에서의 즐거운 소란이 한바탕 지나간 뒤, 재이와 무영은 다과상 앞에 주은의 어머니와 마주 앉았다.

"보기 드문 미남이시네요."

주은의 어머니가 건넨 첫마디에 무영이 입가에 웃음을 머금었다. 재이도 웃음 지었다.

"이렇게 오실 줄 알았으면 기다렸다 저녁을 같이 먹는 건데 그랬어요."

"아닙니다. 폐가 될 것 같아 오는 길에 저녁을 먹었습니다."

"다음엔 그러지 마세요. 꼭 저희랑 같이 드셔야 돼요."

"네, 그러겠습니다."

"차가 입에 맞으실지 모르겠어요."

찻잔을 들어 한 모금 마시고는 무영이 말했다.

"향이 그윽하네요."

"다행이다. 우리 재이도 이 찻잎처럼 향이 그윽한 아이랍니다."

"네, 알고 있습니다."

"처음 뵈어 어떤 분인지 잘은 모르지만, 재이랑 분위기가 좀 닮은 것 같아요."

무영이 미소 지었다. 재이도 같이 미소 지었다.

그가 아니라고 정색하지 않아 주어 기뻤다. 주은의 어머니 앞이라서 그랬을 수도 있지만, 이제는 그가 짓는 표정 하나에서도 그의 진심이 언뜻언뜻 보였다.

닮은 면을 찾으려 애쓰지 말라던 그의 건조한 말투도 이젠 먼 기억이 되었다.

"율이 사람 구실하며 살 수 있게 해 주신 분이라, 늘 감사하고 있어요."

"율 덕분에 저희 회사도 더욱 탄탄해질 수 있었으니, 저야말로 율한테 고맙게 생각하고 있습니다."

"우리 재이도 율이 못지않게 많이 또 많이 아껴 주세요."

"네⋯⋯. 그러겠습니다."

재이는 무영을 돌아보았다. '네'와 '그러겠습니다' 사이에 잠시 둔 여백이 그의 다짐이리라 생각했다.

눈길을 느꼈는지 무영이 재이를 돌아보았다. 마주친 눈빛에 재이는 말갛게 웃어 보였다. 그도 조용히 웃음 지었다.

"엄마. 대표님 그만 뜯어보고 놓아드려. 재이랑 둘이서 데이트하게."

저만큼 물러나 있던 주은이 독촉했다.

"호숫가에서 밤 벚꽃 데이트 추천합니다."

선재의 말에 주은이 신나게 동조했다.

"나도 적극 추천!"

후회하지 마

대학생들을 대상으로 원룸 임대업을 하는 주은이네 어머니의 집 부근에 대학교가 여럿인데, 그중에서는 호수를 거느린 곳도 있었다.

예전에 이 호숫가에서 주은과 밤 산책을 한 적이 있던 재이는 오늘 무영과 같이 걸으니 기억이 새로웠다. 밤이라지만 날이 포근해 호숫가엔 산책 나온 사람들이 적지 않았다.

처음엔 서로를 곁에 둔 채 천천히 걷다가, 어느 샌가 손끝이 스치고 자연스럽게 손을 마주잡게 되었다. 완벽하게 겹쳐진 두 개의 손에서 공유하는 온기가 가슴 어딘가를 따뜻하게 데웠다.

"손잡고 걷는 거 처음 같아."

재이의 중얼거림에 무영이 담담히 대꾸했다.

"처음이니까."

생각해 보니 정말 그랬다.

키스하기 직전에 손목을 휘어잡힌 적도 있었고, 손등에 그의 손이 감싸듯 내려앉은 적도 있었고, 데리고 나가려 내민 그의 손에 손을 얹은 적도 있지만.

이렇게 같이 걸으며 손을 마주 잡은 건 처음이었다.

"우리, 모든 순서가 다 뒤죽박죽이네요."

무영이 낮게 웃었다. 재이도 같이 웃었다.

"그렇지만, 아니, 그래서. 함께 나이 든 어느 날, 이 모든 과정들이 정다운 얘깃거리가 될 거예요."

"함께 나이 든 어느 날……."

"싫으세요?"

"그럴 리가. 상상하니까 뭔가……."

"뭔가 어떤데요?"

"아련해져서."

미소 지으며 재이는 끄덕거렸다. 그가 느낀 그 아련함에 대해 재이도 알 것 같았다.

함께 나이 들어 갈 수 있는 사이. 지난 시절을 추억하며 도란도란 이야기를 나눌 수 있는 사이. 남자와 여자 사이에 그런 그림은 부부 말고 또 무엇이 있을까.

이 사람과 부부라는 연을 맺게 되는 거구나. 이제 닷새 후면 그 길고도 먼 여정이 시작되는 거구나.

아련하면서도 막막한 기분이 밀려들었다.

잘 해낼 수 있을까? 먼 길을 끝까지 둘이서 잘 걸어갈 수 있을까?

다가드는 두려움을 떨쳐 내려 무영에게 놀림조로 말했다.

"대표님 아까 살짝 긴장하셨죠?"

"긴장 따위를 왜 하나."

"아줌마 앞에 앉았을 때 살짝 긴장한 거 다 보였거든요?"

"긴장했다기보다는, 아무래도 낯선 집이니까."

"그게 그거죠. 대표님 본가에 처음 인사 갔을 때의 제 마음, 이제 좀 아시겠죠?"

"그때도 알았어."

"그땐 머리로만 알았을걸요?"

"그랬을지도."

순순히 인정하는 그에게 재이는 아까는 건네지 못했던 마음을 전했다.

"고마워요."

"뭐가?"

"선물 바리바리 싸 들고 주은이네 집에 찾아와 주셔서. 불편함을 감수하며 들어와서 무릎 꿇고 앉아 있어 주셔서."

"무릎 꿇고 앉아 있었는지는 몰랐는데."

재이는 웃고 말았다. 그만큼 긴장하고 있었음을 자인하는 말이니까.

"감동했어요."

"그 정도 일에 감동은."

"마음이 부서질 것 같았다는 말도요."

"서재이 때문에 나약해지고 있다니까."

"나약해지는 게 아니라 솔직해지는 거라니까요?"

"서재이가 그렇다면 그런 거겠지."

"서재이 한정으로 착해지고도 있다."

"그러니까."

잠시 웃음이 오갔다. 맞잡은 두 손에 더욱 힘이 들어갔다.

"근데요. 마음 부서질까 봐 걱정 안 하셔도 돼요. 저 원래 잘 안 울어요."

"원래……."

"평생 흘릴 눈물을 열 살 때 다 써 버렸거든요."

"윤이하고 헤어질 때?"

단번에 알아듣고 그 마음을 헤아려 주는 그가 믿음직해 코 끝이 찡했다. 그러나 재이는 담담하게 대답했다.

"네."

손가락 사이로 무영의 손가락이 파고들었다. 깍지 낀 두 손 이 빈틈없이 얽혔다.

"어린 맘에도 내가 언니니까, 하나 남은 가족이니까, 윤이를 지켜 줘야 한다는 생각이 있었나 봐요. 결국 지키지는 못 했지 만……."

그의 손이 만든 든든한 결속에 기대어 재이는 말을 계속해 나갔다.

"끝내 가지 못하게 막았다면. 그랬으면 윤이는 행복했을까. 모르겠어요. 어쩌면…… 자라는 내내 절 원망했을지도 모르 죠."

호수를 건너온 바람이 가지마다 탐스럽게 매달린 벚꽃송이 들을 흔들어, 작고 여린 잎들이 흩어져 날렸다.

"위탁 가정을 전전하면서 힘겨운 일을 겪을 때마다 윤이 생각을 했어요. 잘된 일이었다고, 못 가게 잡지 않기를 잘한 거라고."

무영이 걸음을 멈추었다. 재이도 걸음을 멈추고 그를 쳐다보았다. 올곧은 눈길로 재이를 내려다보며 그가 입을 열었다.

"살다 보면 누구의 탓도 아닌 일들이 일어나요. 그렇게 되어버린 일에 대해서 자책이나 원망 같은 것은 부질없지. 윤이에게도, 서재이에게도."

재이는 끄덕였다. 흔한 위로의 말이 아니어서 더 마음에 와 닿았다.

"그렇게 말하니까 큰오빠 같잖아요."

"큰오빠 맞잖아."

"서재이한테만?"

눈으로 끄덕이는 무영에게 발돋움한 재이는 가볍게 입을 맞추었다.

되돌아올 수는 없었다. 그에게 이미 포박당해 버렸으므로. 입술도, 머리도, 허리도, 등도, 전부 다 그에게로 얽혀 버렸다.

분리되고 싶지 않다고 생각했다. 이대로 내내 하나인 듯 얽혀 있었으면 좋겠다고. 그에게 더 깊이 얽혀 들고 싶다고.

밤의 호숫가에서 돌아와 무영의 차 앞에 섰을 때, 문득 생각나서 물었다.

46

"근데 주은이 집은 어떻게 알았어요?"

"알려고 들면 어려울 것도 없지."

"율한테 물어봤구나."

"엄주은 씨한테."

"주은이한테? 언제요?"

대답은 없이 무영이 조수석 문을 열고 꽃다발을 꺼내 재이에게 건넸다. 연한 핑크와 아이보리 꽃잎들이 겹겹이 배합된 라넌큘러스였다. 그에게서 꽃을 받아 드니 어쩐지 수줍었다.

"오다 주운 것 같지는 않고."

짐짓 장난조로 말하자, 그가 덤덤하게 받았다.

"서재이가 좋아하는 꽃이라고."

그도 좀 수줍어하는 거라고 생각했다. 그래서 미소조차 띠지 못하는 거라고.

한 여자가 좋아하는 꽃을 알아내고, 그 여자한테 꽃을 주는 일. 손무영이란 남자에게는 없던 일이라서.

꽃다발에 대한 낭만적인 소망이 있는 편은 아닌데, 오늘은 설레었다. 아마도 주는 사람이 그래서. 손무영이라서.

통유리창 너머 도시의 하늘에 노을이 번져 가던 그 저녁이 생각났다. 퇴근 무렵 무영의 호출을 받고 그의 사무실로 올라갔던 그날.

"생각나세요? 처음 저를 불러 올렸던 그날 저녁."

"당연히 생각나지."

"만약 그날 제가 거절했으면. 그다음은 어떻게 됐을까요?"

"결혼은 둘이 하는 거니까, 강요로 이뤄질 수는 없었겠지."

"제가 당돌하게도 그날 바로 수락해 버려서 내심 놀랐겠어요."

"내가 제안한 결혼을 독배라고 했지. 그때 서재이는."

"얼마쯤은 독한 오기로 받아들인 거였는데……. 정말 현실이 될 줄 몰랐어요."

"그래서 후회된다는 뜻은 아니겠지?"

"후회된다고 말하면……. 놓아주실 거예요?"

"그런 말은 안 할 거야, 서재이는. 아니, 못 할 거야, 이젠."

"오만한 손무영 씨."

무영의 입술에 비로소 미소가 떠올랐다. 만지고 싶었다. 손으로, 그리고 입술로도.

후회된다는 말. 그런 말은 못 할 것 같다. 아니, 안 하고 싶다.

그의 곁에서 같이 살고 싶으니까. 이젠, 그렇게 되어 버렸으니까. 만약 후회된다고 그가 말하면, 슬픔에 휘청거릴 것 같으니까.

"서재이."

나직한 부름에 이어 무영이 말했다.

"후회하지 마."

눈물이 날 것만 같아, 재이는 우아하게 피어난 라넌큘러스 꽃송이에 얼굴을 묻었다.

지금은 안 돼

　결혼식을 하루 앞둔 목요일 저녁, 옥탑방 할머니한테서 전화가 왔다.

　무영과 저녁을 같이 먹고, 내일을 위해 아쉬움을 달래며 헤어져서는 막 집으로 들어온 참이었다. 뜻밖이었지만 재이는 반갑게 받았다.

　"할머니, 잘 지내셨어요?"

　—우리 재이도 잘 지내고 있지?

　"그럼요, 저는 잘 있어요. 근데 어쩐 일이세요, 할머니?"

　—그게……. 혹시 우리 정오한테서 연락 온 거 없지?

　"없어요. 정오한테 무슨 일이라도 생긴 거예요?"

　할머니가 한숨을 푹 내쉬고는 대답했다.

　—정오가 아르바이트하러 간다고 나가서는 사흘째 집에 안 들어와.

"전화는 해 보셨어요?"

―전화도 안 받아. 어떻게 된 일인지 알 수가 있어야지.

"별일 없을 거예요, 할머니. 꾸지람 듣기 싫어서 일부러 전화 안 받는 애들도 많아요."

―그렇겠지? 내 전화 받아 봐야 잔소리 들을 거 빤하니까 안 받는 거겠지?

"그럼요, 할머니. 너무 걱정하지 마세요."

―한국엔 아는 사람도 하나 없는데, 대체 어딜 가 있는지 모르겠어. 오죽 답답하면 내가 재이한테 전화해 볼 생각을 다 했을까.

정오의 행방을 찾기 위해 실낱같은 가능성에 매달리고 있는 할머니가 안쓰러웠다. 아마도 미국의 정오 부모에게 연락해서 알리기 전, 마지막 시도일 터였다.

"할머니. 그럼 제가 전화 한번 해 볼까요? 제 전화라면 혹여 받을지도 모르잖아요."

―그래 줄 테야?

반색하는 할머니의 얼굴이 눈에 선했다.

"네, 할머니. 정오 전화번호 가르쳐 주시면 제가 전화해 볼게요."

할머니와 통화를 마치자마자, 재이는 할머니가 가르쳐 준 정오의 휴대폰 번호로 전화를 걸었다.

할머니한테 말이야 그렇게 했지만 정오가 반드시 받으리라고는 생각지 않았다. 그저 할머니에 대한 배려 차원이었다.

예상대로였다. 신호가 가다가 기계음으로 넘어갈 때까지 정오는 전화를 받지 않았다.

좀 있다 한 번쯤 더 해 본 다음 할머니한테 전화드려야겠다고 생각하며 휴대폰을 내려놓는데, 진동음이 요란하게 울렸다.

"여보세요?"

전화 저편에서는 침묵만이 흘렀다. 그냥 끊으려다가 행여나 싶어 불러 보았다.

"정오 씨?"

―저, 편유진이에요.

가슴이 쿵 내려앉았다.

올 것이 왔다는 생각. 기다리고 있던 것을 이제야 만났다는 느낌. 그런데도 반갑다기보다는 미미한 불안에 더 가까운 기분.

재이는 숨을 가다듬고 나서 입을 뗐다.

"네, 유진 씨."

―잠깐 뵙고 싶은데, 괜찮겠어요?

괜찮지 않다고 말하면 없었던 일이 될까. 갑작스런 이 전화도, 화장실에서 유진과 나누었던 대화들도.

그럴 리 없다는 것을 재이는 너무도 잘 알고 있었다. 아니, 느끼고 있었다. 그날의 유진에게는 명함을 받아 갔던 이유가 명백히 존재하리라는 것 또한.

"네, 괜찮아요. 어디예요?"

―주차장이에요.

"주차장이라면……?"

―조금 전에 손무영 대표님 차가 나가는 걸 봤어요.

　유진의 말은, 이 아파트 지하 주차장에 미리 와서 재이가 들어오기를 기다리고 있었다는 의미였다. 재이를 데려다준 무영이 가고 난 뒤에야 전화를 걸어 왔다는 뜻이었다.

　불쾌하진 않았다. 유진에게는 오늘 재이를 꼭 만나야 될 목적이 있고, 그 목적은 재이와도 밀접하게 연관된 일일 거란 직감이 닥쳐왔다.

　"그럼, 지금 내려갈게요."

　―네.

　전화가 끊겼다. 하지만 재이는 휴대폰을 손에서 내려놓지 못했다. 심장이 바쁘게 뛰고 있는데 마음이 갈피를 잡지 못하는 형국이었다.

　이 두근거림이 부디 멋진 방향으로 흘러가기를.

　그 누구도 아프지 않기를.

　엘리베이터에 몸을 싣고 지하 주차장으로 내려가는 동안, 재이는 바라고 또 바랐다.

　아까 무영의 차가 잠시 주차했던 자리까지 걸어가자, 맞은편 라인에서 전조등을 깜박이는 차가 보였다. 재이는 그리로 다가갔다.

　가까이로 온 재이를 보고서도 운전석의 유진은 차에서 내리지 않았다. 재이는 조수석 쪽으로 돌아가 차에 올랐다.

　차 안에 나란히 앉으니 유진의 눈빛을 볼 수 없어 갑갑했다. 형식적인 인사말도, 눈인사도 없이 그대로 앉아만 있는 유진에게 재이가 먼저 말을 걸었다.

"잘 지냈어요?"

"네."

"요 며칠 무호 씨랑 자주 만난다고 들었어요."

"누구한테 들었는데요? 무호 오빠가 그래요?"

"아뇨, 무호 씨하고는 그날 이후론 만난 적 없어요. 손 대표 님한테서 들었어요."

"무호 오빠하고 저, 결혼을 전제로 사귀는 사이예요."

지난 주 수요일, 무호가 선보러 나갔던 자리에서 유진을 다 시 만났다는 것은 재이도 그날 들어 알고 있었다. 그날의 만남 이 세 번째라는 것도.

그렇지만 '결혼을 전제로'라는 조건에 대해서는 들은 바 없 다. 그날의 무호에게서도 그런 느낌은 받지 못했다. 그러니까 무호가 유진과 진지한 관계로 접어들려 한다는 느낌 말이다.

한 여자와의 인연을 꾸준히 지속해 나간다는 것. 더구나 결 혼을 전제로 그렇게 한다는 것. 무호에게는 어쩐지 어울리지 않는 일이라고 느껴졌다.

세 번이나 겹쳐진 우연에 대해서 무호라면 재미있는 이벤트 정도로만 여길 뿐, 결혼할 운명으로까지 연결 짓지는 않을 것 같았다.

수평을 유지하지 못한 채로 시작되는 관계는 불안하다.

어느 한쪽이 훨씬 더 무거울 때는 다른 한쪽에 날개가 달리 곤 하니까. 무거운 쪽은 추락하고, 날개가 달린 쪽은 날아가 버릴 테니까.

재이는 지금 유진의 무거움이 걱정스러웠다.

따지고 보자면 재이에게 유진이야말로 오늘까지 세 번째 만남에 불과했다.

첫 번째는 스치듯이 잠깐. 두 번째는 마주 앉아서 제법 긴 시간 동안. 세 번째인 오늘은 같은 방향을 바라보면서 막막하게.

어쨌거나 잘 알지 못하는 사람이라는 것만은 분명했다. 유진을 걱정스러워할 까닭도, 유진 때문에 불안해질 이유도 없는 것이다.

그런데도 자꾸만 마음이 쓰였다. 왼손잡이에다 인형처럼 예쁜 외모가 윤이를 연상하게 만들어서일지도 몰랐다.

그저 거기까지만. 연상하는 데까지만.

무심결에도 재이는 조바심 내며 바라고 있었다. 엘리베이터 안에서 바라고 또 바랐던 그 마음처럼.

"많이 좋아하나 봐요."

재이의 말에 유진이 고개 돌려 재이를 돌아보았다. 재이 역시 유진을 응시하고 있었으므로 그제야 서로 눈빛이 마주쳤다.

유진의 눈에서 쨍, 소리가 나듯 빛나는 것이 있었다. 다정하거나 따사로운 종류의 것은 아니었다. 깨진 거울 조각 같은 것. 그래서 날카롭고 불온한 것에 가까웠다.

재이는 다시금 불안에 휩싸였다.

"많이 좋아하냐고요?"

도전적으로 되묻고는 유진이 재이로부터 시선을 싹 거두어 갔다.

"2년 전 처음 만났던 그때부터 내내 좋아해 왔어요. 매일매일 생각했어. 하루도 잊어 본 적 없어요. 1월에 시드니에서 우연히 만난 거 아니에요. 무호 오빠 보러 간 거였어요. 일주일 동안 같이 지냈어. 물론, 같이 잤어요."

"아……."

같이 잤다는 말까지 하는 이유가 뭘까. 궁금하지도 않고, 알아야 할 필요도 없는 일들. 재이는 당혹스러웠다.

"서재이 씨는요?"

"……네?"

"많이 좋아하는지 나한테 물었잖아요. 서재이 씨는 어떠냐고요."

"유진 씨."

"손 대표님하고는 3개월 남짓 되었다고 들었어요. 그러니까 제가 무호 오빠한테 가진 마음하고는 비교조차 할 수 없을 거예요."

3개월이 아니라 한 달이라고 말하면, 유진이 어떤 표정을 지을까.

2년 동안 키워 온 마음과 한 달밖에 안 된 마음. 둘을 놓고 비교하자면 당연히 유진 쪽이 무거울 것이다.

하지만 지금 시점에서 왜 두 마음이 서로 비교당해야 하는지 재이로서는 도무지 이해할 수 없었다.

"유진 씨. 저와 결혼할 사람은 손무호가 아니라 손무영 씨예요."

"왜."

씹어뱉듯 한마디를 내던진 유진이 울먹이며 말을 이었다.

"왜 하필 무호 오빠 형이냐고."

울먹임 속에 짜증과 화가 잔뜩 섞인 이런 말투…… . 낯설지 않다.

재이는 떨려 오는 손끝을 추스르려 두 손을 꽉 움켜쥐었다. 다리 위에 올려 둔 두 개의 주먹에서 푸른 핏줄들이 도드라졌다.

온 힘을 다해 움켜쥔 두 손을 내려다보며 재이는 간신히 입을 열었다.

"너…… . 윤이니?"

물음을 던져 놓고도 차마 옆을 돌아볼 수 없었다.

윤이었으면, 그립던 내 동생이었으면, 하는 마음이 반. 아니었으면, 전혀 상관없는 타인이었으면, 하는 마음이 반.

어째서 나머지 반이 이토록 커다란 분량인지, 재이는 스스로도 믿기지가 않았다.

지금껏 가슴 저 깊은 데다 품고 살아온 꿈이었는데. 그토록 염원했던 일이었는데. 어째서 아니기를 바라는 마음도 그 염원만큼이나 큰 것인지.

어쩌면 본능적으로 어떤 위험을 감지했기 때문인지도 몰랐다.

이 시점에 등장한 윤으로 하여 혹여 무영과의 관계에 붉은 신호등이 켜질까 봐. 아프게 될까 봐. 자신이, 그리고 무영이.

도대체 무슨 소리를 하는 거냐고, 나는 서재이 씨 동생 서윤이가 아니라 편유진이라고, 유진이 지금 당장 말해 주었으면

했다.

그러나 유진은 눅눅한 침묵을 지키고 있었다.

시계도 없는데 어딘가에서 초침이 돌아가는 소리가 들리는 듯했다. 그러다가 심해에라도 들어온 것처럼 먹먹해졌다.

시간이 어떻게, 어디까지 흘러갔는지 알 수 없었다. 다만 한 가지 사실만은 명확해졌다.

대답하지 않음으로써 더욱 똑똑히 말하고 있는 것.

침묵함으로써 진실을 환히 드러내고 있는 것.

편유진이라는 이름 뒤에 숨어 있던 사람, 그것은 서윤이라는 것.

재이는 아프도록 움켜쥐고 있던 두 주먹에서 힘을 풀었다. 막혀 있던 피가 비로소 온몸을 타고 흐르는 것 같았다. 먹먹해져 있던 머리와 가슴도 숨을 쉬기 시작했다.

"손, 잡아 봐도 돼?"

유진에게, 아니, 윤이에게 물었다. 대답은 없었다.

재이는 고개 돌려 윤이를 보았다. 하얗게 질려 버린 얼굴로 윤이는 앞만 바라보고 있었다. 어차피 각오하고 왔을 터인데, 재이의 직감에 단숨에 꿰뚫려 버릴 줄은 몰랐을지도.

"윤이야."

"그렇게 부르지 마."

튀어 오르듯 내뱉었다.

짐작해 온 순간이었으므로 재이는 상처받지 않았다.

우연히 서로 만나져도 윤이가 기쁘게 껴안아 주지 않으리라는 두려움이 늘 재이 가슴 저 아래에 있어 왔다. 차갑게 외면

할지도 모른다는 두려움 또한 함께 존재해 왔다.

그렇다 할지라도, 만나고 싶었다.

어떤 모습으로 자라났는지, 제 몫의 삶을 잘 살아 내고 있는지, 양부모에게 사랑받으면서 행복한지. 먼발치에서 지켜만 보더라도 꼭 윤이를 만나 보고 싶었다.

그러니 이젠 꿈이 이루어진 걸까.

내내 예측해 온 대로의 만남일지라도. 그래서 손 한 번 잡아 보지 못하고, 부둥켜안아도 못 보지만 이제는 괜찮은 걸까.

"내 이름, 기억하고 있었구나."

"어떤 멍청이가 그걸 기억 못 해?"

여덟 살.

잊으려면 얼마든지 잊을 수 있는 나이. 그러나 가슴속에 품고 살려면 얼마든지 기억할 수도 있는 나이.

후자여서 참 다행이라고 생각했다.

"고마워."

"뭐가?"

"다 잊은 줄 알았어. 내 이름도, 우리가 같이 살았던 날들도."

"잊고 살았어. 잊고 싶었어. 다 지웠어. 어떤 것도 기억하기 싫었어."

"그런데?"

재이는 침묵하는 윤이에게 재차 물었다.

"그런데 왜 나한테 왔어?"

그것도 내일, 무영과의 결혼식을 앞둔 이 저녁에.

"나는 편유진이야."

윤이가 다부지게 말했다. 넘어오지 마시오, 경고하며 선을 그어 놓는 것처럼 들렸다.

재이는 끄덕이듯 말해 주었다.

"그래, 넌 편유진이야."

"난 부유한 교수 부부의 외동딸이고, 보육원에 버려졌던 적은 절대 없어."

"그래, 절대 없어."

"당연히 보육원에서 살았던 적도 없고."

"그래."

"그게 나라고."

힘겹게 끄덕이며 재이는 또 대답해 주었다.

"⋯⋯그래."

"나는 무호 오빠랑 결혼할 거야."

"그래."

"그래? 지금 '그래' 라는 말이 나와?"

재이를 쏘아보는 윤이의 눈매가 화장실에서 약병을 채 갈 때와 똑같아졌다.

"언니가 무호 오빠 형이랑 결혼하면. 그럼 나는 어떻게 되는데?"

어떻게 되나.

재이는 찬찬히 생각해 보았다.

자매가 한 형제와 결혼하는 것. 결코 있을 수 없는 일인가. 드물기야 하겠지만 불가능한 일은 아니지 않을까.

하지만 고 여사가 내막을 알게 된다면?

단연코 불가능해질 것이다. 고 여사만의 문제는 아닐 터. 그런 결혼을 어느 집에서 쌍수 들어 환영할까.

만일 고 여사가 모르도록 숨긴다면?

끝까지 숨기는 게 가능할까? 가능하다 해도 윤리적 관점에서 과연 그래도 되는 걸까? 서로 남남인 척, 자매 아닌 척, 서로 간에 '형님', '동서' 부르면서 태연하게 지낼 수 있을까?

그럴 수 있었다면 윤이도 여기까지 찾아오진 않았을 것이다. 그렇게는 살지 못할 거라서, 들킬까 봐 조마조마한 날들을 도저히 견뎌 내지 못할 거라서 찾아왔을 것이다.

그렇지만……. 무영에게 말해서 그의 조력을 받는다면?

"대표님과 의논해 보면 어떨까?"

조심스럽게 말을 꺼내 보았더니, 윤이가 눈을 치떴다.

"미쳤어? 지금 대체 무슨 소릴 하는 거야? 대표님과 뭘 의논하는데? 내가 서재이 동생이라는 걸 밝히겠다고? 편유진이, 보육원에 버려졌다가 입양된 애라는 걸 온 세상이 다 알게 떠들고 다니겠다는 거야?"

"세상이 다 알긴 어떻게 알아. 대표님 그렇게 입 가벼운 사람 아니야."

"싫어! 싫다고! 대표님이든 누구든 아는 거 싫단 말이야!"

흥분해서 마구 소리치는 윤이 눈에 기어코 눈물이 고였다. 큰 눈 가득 고인 눈물은 곧 방울방울 떨어져 윤이의 연분홍빛 스커트를 적셨다.

16년 만에 다시 만난 동생이, 기쁘고 감격스러워서 눈물을 흘리는 게 아니라 잊고 싶어 몸부림쳤던 제 과거가 까발려질까 봐 두려워 우는 모습을 지켜봐야 하는 이 순간.

마음이…… 부서지려고 했다.

무영에게서 들었던 그 말이 은유가 아닌 실체임을 깨달았다.

"울지 마, 윤이야."

"그렇게 부르지 말라고!"

"그래, 미안해. 윤이라고 안 부를게. 울지 마. 울지 마, 제발."

재이가 건넨 티슈를 낚아채듯 받아 쥔 윤이가 눈가를 꾹꾹 눌렀다. 젖은 뺨도 그렇게 눌러 닦고는 윤이가 말했다.

"무호 오빠를 사랑해. 오빠 없이는 살 수 없어. 손무호는 내 희망이고 전부야."

"무호 씨는?"

윤이가 재이를 보았다.

"무호 씨도 네 마음이랑 같아?"

"아니라는 말을 하고 싶은 거야? 그런 거야? 그렇게 말해야만 속이 시원하겠어? 나한테 어쩜 그래? 그러고도 언니야?"

"그런 얘기 아니야."

"같아질 거야. 같아지게 만들 거야. 자신 있어. 무호 오빠도 나 좋아해. 나만큼은 아니지만 날 많이 아끼는 거 알아. 느껴져. 진짜야. 진짜라고……."

말끝에 다시금 울먹임이 묻어났다.

울지 않으려고 입술을 깨물고 버티는 윤이를 안아 주고 싶었지만, 지금 운전석과 조수석 사이에는 물리적인 턱을 넘어서는 경계가 엄연히 자리하고 있었다.

손을 뻗어도 내쳐질 것 같은, 품을 열어도 밀쳐 내 버릴 것만 같은, 그런.

안아 주지 못하게 하려고 차 안으로 불러들인 걸까. 지난 세월의 그 아득한 거리를 고스란히 유지하려고.

재이는 윤이로부터 눈길을 거두어들였다. 무슨 말을 해야 할지 모른 채 쓸쓸히 앉아만 있을 때, 윤이의 말이 다가들었다.

"나를 위해서, 언니가 한 번만 양보해 주면 안 돼?"

윤이가 하고 있는 말의 의미에 대해서는 되묻지 않아도 알 수 있었다. 그러므로 재이는 윤이를 돌아볼 수 없었다. 윤이와 눈을 맞출 수도 없었다.

대답 없는 재이에게 윤이가 간절한 어조로 말했다.

"태어나서 처음이자 마지막 소원이야."

아니. 넌 여덟 살 때 이미 첫 소원을 빌었어.

입 안애 맴도는 그 말을 재이는 윤이에게 내보이지 않았다. 그럴 수 없었다.

멋진 집에서 좋은 엄마 아빠랑 같이 행복하게 살고 싶다고, 그게 내 소원이라고, 그러니까 제발 나를 잡지 말라고, 보내 달라고.

여덟 살 윤이는 열 살 재이에게 눈물 그렁그렁한 눈으로 애처롭게 빌었었다.

그때의 기억이 아직도 흉터로 남아 있는데……

"지난 일주일 동안 언니 때문에 내가 얼마나 끔찍한 지옥 속에 살았는지 알아?"

모른다.

지난 일주일뿐만 아니라 지난 16년 동안에 윤이가 어떻게 살아왔는지.

어떻게 살아왔기에 백에다 공황 장애 약병을 지니고 다니며 혼자서 몰래 약을 삼켜야 했는지.

모른다.

그래서 아프다.

그래서 괴롭다.

"언니."

부서져 가는 마음을 다잡으며 재이는 윤이에게 대답했다.

"지금은 안 돼."

어린 날 그때는 너의 간절한 소원을 들어주었지만. 살이 찢겨 나가는 것 같은 아픔에도 너를 위해 끄덕여 주었지만.

"늦었어. 내일이잖아. 지금은 내가 뭘 어떻게 할 수 있는 지점이 아니야."

"내가…… 이렇게 빌어도? 그래도 안 돼?"

간청해도 여전히 눈을 맞추지 않는 재이에게 윤이가 애걸했다.

"최소한 우리가 먼저 결혼할 때까지 기다려 주는 것까진 할 수 있잖아."

누구도 보장할 수 없는 그때를 담보로 잡아 둔 채, 내일로 닥쳐온 무영과의 결혼을 미뤄 두라고? 무탈한 너의 결혼을 위해서 나더러 숨죽이며 기다리라고?

"언니……."

재이는 다시금 두 손을 힘껏 움켜쥐었다. 푸른 핏줄이 돋아 오른 손등을 내려다보며 침착하게 말했다.

"우리는 현재고 너희는 미래야. 불확실한 미래를 위해서 현재를 희생할 순 없어."

미안하지 않았으므로 미안하다는 말 따위는 덧붙이지 않았다.

윤이를 다시 잃게 될 거라는 슬픔이 해일처럼 밀려들었다.

무영이 보고 싶었다. 목소리가, 미소가, 입술이, 손길이, 아늑한 어둠을 만들어 주던 그의 깊은 품이 그리웠다.

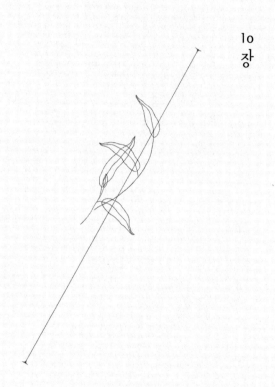

10
장

오늘부터 우리

　재이가 보였다.

　두 뼘쯤 열린 문 틈 너머로 새하얀 웨딩드레스를 입고 앉아 있는 그녀.

　가지런히 모은 두 손에는 라넌큘러스로 만든 부케가.

　그녀가 좋아하는 꽃. 우아하고 고귀하고 기품 있는, 오늘의 그녀를 닮은 꽃.

　무영은 문을 밀어 열고 신부 대기실 안으로 들어섰다. 다가서는 무영을 보며 재이가 웃었다. 여느 때처럼 차분하지만 어딘가 아련해 보이는 웃음이었다.

　기분 탓인지 뺨도 살짝 핼쑥해진 것 같다. 푹 자라고 어제 일찍 집에 들여보냈건만, 잠이 안 와 밤새 뒤척이기라도 했던 걸까.

　"설마 후회하고 있는 건 아니겠지?"

웃으며 말을 건네자, 재이도 웃음으로 받았다.

"아닐걸요?"

"전적인 대답이 아닌데?"

"밀당하고 싶은가 봐요."

"결혼식 날에?"

"뭐 어때요. 우린 모든 순서가 제멋대로였는데."

"그럼 이제부터 제대로 긴장해야 되는 건가?"

재이가 미소 지었다. 미소가 머무는 입술을 만지고 싶으면서도 마음이 쓰였다.

그녀의 마음결 어느 구석에 미진한 무언가가 자리 잡고 있을까 봐. 혹시라도 결혼이라는 결정을 되돌리고 싶을까 봐.

무영은 넌지시 물었다.

"어젯밤엔 잘 잤어요?"

"대표님은요?"

"말 돌리지 말고."

잠시 무영을 올려다보고만 있던 재이가 곁으로 더 가까이 오라는 눈짓을 했다. 곁으로 바짝 다가가자, 그녀가 속삭이듯 작은 목소리로 말했다.

"아랫배가 좀 불편해서요."

"아."

그제야 무영은 자신의 미련함을 깨달았다.

결혼식 즈음에 생리 주기라는 얘길 재이로부터 이미 듣지 않았던가. 그래서 허니문도 결혼식 며칠 뒤로 미루자고 했던 그녀인데 말이다.

"잠깐 있어요."

그러고는 약을 사 오려고 돌아서는데, 재이가 무영의 소매를 붙들었다.

"약 먹어야 될 정도는 아니에요. 평소엔 통증 거의 없는 편인데, 오늘은 좀 그러네요. 긴장했나 봐요."

무영은 의자를 끌어다 재이 곁에 앉았다.

"정말 괜찮겠어요?"

"네, 괜찮아요."

"미안해."

"왜요?"

"날짜를 좀 더 신중히 잡았어야 했는데."

재이가 웃었다. 오늘 보인 웃음 중에서 가장 맑은 빛깔이었다. 마음이 놓였다.

"진짜로 나약해지셨잖아요. 손무영 대표님답지 않아요."

"솔직해진 거라고 우길 땐 언제고?"

"결혼식 날을 디데이라고 무미건조하게 말하던 사람 어디 갔을까."

"질책도 고단수로 하시네."

"그래서 후회되고 있는 건 설마 아니겠죠?"

"절대로."

"전적인 대답, 아주 맘에 들잖아요."

"초콜릿이 필요한 얼굴인데."

환히 웃고는 재이가 말했다.

"필요하지만 참아 볼게요. 화장 지워지면 곤란하니까."

갖고 싶은 입술 대신 무영은 재이의 이마에 스치듯 입술을 댔다. 그녀의 뺨이 웃음을 머금고 부드럽게 둥글어졌다. 내려 깔린 눈길에 속눈썹들이 곱게 드리웠다.

예쁘다, 서재이.

말해 주고 싶어, 무영은 입이 간질거렸다. 한편으론 재이 앞에서 속절없이 허물어지는 벽이 얼마쯤 두렵기도 했다.

지금까지의 무영에게 있어서 연약해진다는 것은 처절한 외로움과의 대결에서 지는 것을 의미했다.

외로움마저 차갑게 단련해서 혼자인 날들을 버텨 가는 것. 그리고 무원에 대한 죄책감을 등에 지고 견뎌 내는 것.

그것이 무영의 삶이었다.

그런데 이젠 함부로 흔들리고 있었다. 재이 때문이었다. 재이가 사라져 버린 삶은 이제 상상할 수조차 없게 되어 버렸다.

만약 그런 순간이 닥친다면, 재이 앞에서 수시로 연약해지는 것을 넘어서서 아예 무너져 버릴지도 모른다는 두려움.

무영은 입 안에 든 마음을 삼켰다. 입 밖에 내어 말하지 않으면 어떤 두려움도 이겨 낼 수 있다는 듯이.

"손무영 씨가 무슨 생각하고 있을까?"

"지키고 싶은 것이 생기면 나약해질 수밖에 없구나, 하는 생각."

"저예요?"

미소와 더불어 재이가 덧붙였다.

"지키고 싶은 것."

무영은 눈으로 끄덕였다. 얼마간 무영과 눈을 맞추고 있던 재이가 은은한 미소를 띤 채 말했다.

"욕심내 주셔서 고마워요."

"욕심에는 욕심으로 보답해야 하는 법."

재이가 또 맑게 웃었다. 그러고는 낭랑한 어조로 말했다.

"열심히 욕심내 볼게요."

지금까진 별생각 없었는데 이제부터야 욕심내 보겠다는 건가. 은근히 서운한 마음이 깃들었지만 그녀에게 내색하진 않았다. 무영은 끄덕이듯 미소만 지었다.

"그림 같네."

툭 내던지는 목소리가 들려왔다.

무영은 재이와 동시에 문 쪽으로 고개를 돌렸다. 문가에 삐딱한 자세로 서 있는 사람은 율이었다.

"율아."

재이가 다정히도 이름을 불렀다.

거슬렸다. 언젠가 사무실에서 율의 소맷자락을 잡아 곁에다 앉히던 재이를 볼 때처럼.

상관 마. 저 녀석은 재이의 남자가 아니야. 재이에게 율은 주은과 마찬가지로 그저 어린 날부터 많은 것들을 함께해 온 친구일 뿐.

더구나 서재이는 동갑내기 남자애는 남자로 쳐 주지도 않잖아? 그러니까 신경 쓸 필요도, 거슬려 할 이유도 없어.

무영은 스스로를 다그쳤다. 그새 율은 재이 바로 앞까지 다가와 있었다.

"축하한다, 서재이."

"고마워. 바쁠 텐데 와 줘서 또 고맙고."

"스케줄 다 펑크 내더라도 와야지."

"주은이 봤어?"

"봤어."

"너 온다고 무지 예쁘게 하고 왔는데."

"그래 봐야 신부가 더 예쁘지."

재이가 웃었다. 무영은 또 거슬렸다. 수줍은 듯 짓는 그녀의 웃음이 매혹적이라서. 율이든 그 누구든 없이 혼자만 보고 싶은 웃음이라서.

"축하해요, 대표님."

비로소 건너온 인사에 무영은 턱만 끄덕였다.

"이건 축의금."

그러며 율이 재이에게 흰 봉투 하나를 내밀었다. 입구에다 '축의금은 정중히 사양합니다' 라고 써 붙여 두었기에 이리로 갖고 왔나 보다.

"두둑하게 넣었어?"

장난스런 재이의 물음에 율이 허세를 섞어 대답했다.

"당연하지! 나 김율이야."

"기대된다."

"기대해도 좋을 거야."

"고마워. 내 가방 주은이가 갖고 있을 텐데, 주은이한테 맡겨 둘래?"

"그러지 뭐."

무영을 흘끗 보며 율이 말했다.

"대표님 건 없으니까 괜히 기대하지 마세요."

무영은 비식 웃고 말았다.

"도대체 축의금을 왜 사양하는데? 알뜰히 다 챙겨 받아서 우리 재이한테 주면 되지."

율의 투덜거림에 재이가 소리 내어 웃었다.

무영은 웃지 않았다. 우리 재이, 라는 표현이 또 거슬렸기 때문이었다.

율 때문에 이토록 곤두서는 것도 결국은 연약해졌다는 증거일 터. 다행히도 율은 더 머무르지 않고 나가 버렸다.

율과 교대라도 하듯 나타난 것은 무호였다.

"들어가도 되겠습니까?"

문밖에서 얼굴만 비쭉 들이밀고 선 무호에게 재이가 정답게 대답했다.

"네, 들어오세요."

무호의 손에는 지난번에 무영이 사 준 필름 카메라가 들려 있었다.

"사진 찍어 주시려고요?"

재이의 물음에 무호가 허락을 구하듯 무영을 보았다. 무영은 턱을 끄덕였다. 결혼식을 위해 전문 포토그래퍼를 불러 놓긴 했지만, 무호가 따로 찍어 준다면 말리고 싶진 않았다.

필름 카메라 특유의 질감이 지난번에 휴대폰으로 찍어 준 사진들만큼이나 분위기 있을 것 같았다.

"나 없다 생각하고 둘이 자연스럽게 대화 나눠 봐요."

무호가 말하자, 재이가 물었다.

"유진 씨는 같이 안 왔어요?"

"네, 몸이 좀 안 좋대요."

"어디가 안 좋은데요? 많이 안 좋대요?"

"그냥 좀……. 그런 게 있어요."

무호와 매일 만나는 눈치더니, 정작 초대받은 결혼식엔 오지 않는 유진이 무영은 좀 못마땅했다. 말을 흐리는 무호를 보면 몸이 안 좋다는 것도 핑계가 아닐까 싶어지는 거였다.

"그나저나 형수님 오늘 예술인데요? 작품 사진 건지겠어요."

너스레를 떠는 무호에게 재이가 조용히 웃어 보였다. 그 순간, 찰칵. 그녀가 무호의 카메라에 담겼다.

무영을 돌아볼 때도, 무영과 눈길이 마주칠 때도, 웃음 지을 때도, 그윽한 눈길로 부케를 내려다볼 때도, 무영에게 무어라 말을 건넬 때도, 무영의 말을 귀 기울여 들을 때도.

찰칵, 찰칵, 찰칵. 셔터 소리가 연이어 터졌다.

"재이야!"

명랑한 목소리의 주인공은 주은이었다. 주은 옆에는 주은의 어머니와 남동생 선재도 함께였다.

"우와! 선녀 같다, 누나."

"선녀는 뭔 선녀. 그럼 대표님은 나무꾼이냐? 이렇게 세련된 나무꾼 봤어?"

"말이 그렇다는 거지, 누가 진짜 선녀래?"

"방금 네가 선녀라고 그랬잖아."

"선녀만큼 아리땁다는 얘기지."

"그러니까 내 말은 21세기에 웬 선녀 타령이냐, 이거야."

주은과 선재가 저희들끼리 티격태격하는 사이, 주은의 어머니가 다정한 웃음으로 재이에게 축하와 덕담을 건넸다.

"축하한다, 재이야. 행복해야 돼. 꼭."

"네, 이모."

천안에 갔던 날 밤에만 해도 주은의 어머니를 아줌마라 지칭하더니, 오늘부터는 이모라 부르기로 마음을 다진 모양이었다.

"축하드려요, 대표님. 우리 재이랑 둘이서 꼭, 꼭, 행복하셔야 돼요."

주은이네 어머니의 인사말은 무영에게도 건너왔다.

"네, 고맙습니다."

주은을 비롯한 주은 가족들과 무호가 인사를 나누느라 대기실 안이 삽시간에 와자지껄해졌다. 재이도 혼자 앉아 있던 때보다는 생기 있어 보였다.

이쯤에서 비켜 주려고 일어나는데, 무호가 즐겁게 외쳤다.

"포토 타임!"

주은 가족들이 재이를 중심으로 둥그렇게 모여 섰다. 무호가 그들을 카메라에 담을 때, 무영은 재이를 두 눈에 담았다.

호텔에 마련된 예식 홀의 문이 열렸다.

현악과 피아노의 협연으로 결혼 행진곡이 흐르기 시작했다.

무영은 곁에 선 재이에게 팔을 살짝 들어 보였다. 잠시 무영과 눈빛을 나누던 재이가 마침내 무영의 팔을 꼈다.

재이와 둘이서 나란히 걸어 입장했다. 걸음걸음마다 하객들의 박수 소리가 축복처럼 뒤따라왔다.

찬란히 퍼지는 샹들리에의 빛 아래에서 결혼반지를 나눠 끼고, 재이와 같이 결혼 서약서를 읽었다.

오늘부터 우리

같이 웃고, 같이 울며

우리에게 주어진 모든 시간을

귀하게 아끼며 살아가겠습니다.

지쳤을 때는

편히 기댈 수 있는 등이 되고

어두울 때는

발밑을 비춰 주는 빛이 되고 싶습니다.

만나서 참 다행이라고 생각되도록

서로에게 좋은 친구가 되겠습니다.

세상에서 가장 소중한 사람,

가족을 이루겠습니다.

며칠 전 재이가 문구를 적어 보여 줄 때도 그랬지만, 오늘 사람들의 눈길 앞에 서서 둘이 같이 낭독하게 되니 새삼 뭉클해져 왔다.

축가는 손 엔터 소속의 싱어송라이터가 직접 기타를 치며 불렀다. 무영과 재이의 결혼을 위해 이번에 새로 만든 곡이었는데, 그의 담담한 음색과 가사가 썩 잘 어우러졌다.

모두가 감동으로 경청한 축가가 끝난 뒤, 무영은 재이와 같이 서른 명 남짓한 하객들 쪽으로 돌아섰다.

손수건으로 눈물을 훔치는 주은이 보였다. 옆에서 주은의 등을 토닥이는 선재가 보였다.

주은과 멀찍이 떨어진 자리에서 인상 쓰고 앉아 있는 율도 보였다.

한 치의 흐트러짐도 없이 혼주석을 지키고 앉은 고 여사가 보였다. 신부 쪽 혼주석에서 애써 눈물을 참고 있는 주은의 어머니도 보였다.

제휴 사업 팀의 홍 팀장은 평소의 시크함 대신 온화한 미소를 짓고 있었고, 사회를 맡긴 윤 팀장은 곧은 자세를 유지하고 있었다.

포토그래퍼가 작업 중인데도, 무호는 저 나름 셔터를 눌러 대느라 바빴다.

소중한 사람, 아버지의 빈자리가 안타까웠다.

그러나 안타까움은 가슴에다 묻어 둔 채로 무영은 재이와 함께 하객들을 향해 몸을 깊숙이 숙였다.

축하의 박수가 터져 나왔다. 셔터 소리도 요란했다.

부케는 주은이 받아 들었다. 언제나 명랑할 것만 같던 주은의 두 눈이 빨갰다.

무영은 슬며시 재이를 살폈다. 주은 때문에 혹여 울컥해져 있는 건 아닌가 싶었으나, 재이 얼굴은 단정했다. 입술에도 눈가에도 은은하기 짝이 없는 미소만이 머물러 있었다.

원래도 잘 울지 않는다던 그녀의 말이 다시금 아프게 와닿았다.

울어도 될 때 눈물을 참고 있느라 힘겨운 것은 아닌지. 눈물이 나려 할 때에도 있는 힘을 다해 참아 내며 울음을 견디고 있는 것이나 아닌지.

울게 해도 좋으리라, 생각했다. 서재이에게서 가끔은 눈물을 이끌어 내어도 괜찮으리라고.

결혼식의 대미를 장식하는 행진이 시작됐다.

흩날리는 꽃잎들 속에서 무영은 재이를 돌아보았다. 눈빛이 마주친 순간, 그녀가 환히 웃었다.

재이야

피로연도 무사히 끝나고 모두 떠나, 호텔엔 무영과 재이 둘만 남았다. 신혼여행이 계획되어 있었다면 모두의 배웅을 받으며 둘이서 먼저 호텔을 떠났겠지만, 거꾸로 된 셈이었다.

"드디어 끝."

산뜻한 재이의 말에 무영은 짐짓 반박했다.

"이제부터 시작."

놀라는 시늉을 하며 눈을 크게 뜨는 재이에게 웃어 보이자, 그녀도 따라 웃었다.

무영은 예약해 둔 스위트룸으로 재이를 데려왔다.

"와⋯⋯."

창가에 선 재이가 도시 전경을 내려다보며 나직이 감탄했다. 그녀의 등허리를 매만지듯 내려오는 원피스의 실루엣이 아름다웠다.

무영은 재이에게로 다가가 등 뒤에서 그녀의 어깨를 감싸 안았다.

"밤엔 더 아름다울 거야."

도시의 야경도, 그리고 서재이도.

재이가 무영의 팔에 두 손을 얹었다. 한동안 그대로 몸을 겹 친 채 서 있었다. 날 선 욕망이 꿈틀거렸다.

"돌아서고 싶은데, 못 그러겠어요."

"……왜?"

"미안해서."

"뭐가?"

"오늘은 아무것도 할 수 없는데, 돌아서서 눈길이 마주치면 몹시 위태로워질 것 같거든요."

무영은 미소 지었다.

"누가 위태로워진다는 거지? 나? 서재이?"

"아마도, 둘 다?"

"전적인 대답을 피하는 버릇이 있네."

재이도 웃으며 받았다.

"말했잖아요. 밀당하고 싶나 보다고."

"결혼식 날부터 본격적으로 밀당하려 드는 신부라니. 곤란 한데."

"긴장감 있고 나름 재미있을 거예요."

"허니문까지는 참아 줄 수 있으니 걱정 말고 돌아서도 돼."

정확히 일주일 후, 대만으로 떠난다. 재이가 가고 싶은 곳, 허니문의 시공간으로 점찍은 곳으로. 그때를 위해서 일주일쯤 기다리지 못할 것도 없다.

게다가 오늘은 재이에겐 컨디션 최악의 날. 열망의 위태로운 발톱은 감춰 두고서 그녀를 편안히 쉬게 해 주어야 마땅했다.

재이가 몸을 가로지른 팔을 풀어내고는 무영에게로 뒤돌아섰다. 눈빛이 서로에게로 스며들었다. 미소도 함께 스며들었다.

"고생했어."

"고생했어요."

"두 번은 못 하겠지?"

"응."

대답과 더불어 웃음이 고이는 그녀의 두 눈이 사랑스러웠다.

사실상 피로연 내내 정말 고생한 것은 재이였다. 집안 어른들께 일일이 인사를 드리고 덕담을 가장한 참견의 말들과 온갖 질문들에 시달려야 했으니까.

결혼식 전에 왜 집으로 인사를 오지 않았느냐는 질타 섞인 말들까지도 무영 옆에서 오롯이 들어야 했던 것이다. 적당히 둘러대는 대답이야 무영이 나서서 했지만, 듣고 있던 그녀 마음이 편안했을 리 없었다.

재이 쪽으로는 주은 가족들 말고는 특별히 인사드려야 할 하객들이 없어서 무영으로선 부담스러울 일도 없었다.

지금껏 그다지 애틋이 여기지도 않았으면서 어른 노릇을 하려 드는 그들 모습이 무영은 좀 가증스러웠다.

그러나 어차피 끊어질 연. 오늘만 넘기고 나면 재이하고도 다시 볼 일 없을 사람들에 불과했다.

"아까 많이 힘들었지?"

"누가 누군지 얼굴이랑 연결시켜 기억하느라 머릿속이 엄청 바빴잖아요."

"기억, 안 해도 돼."

그러자 재이 눈에서 스르르 웃음이 가셨다. 무영은 조바심으로 물었다.

"……왜?"

"내 어머니에게 잘 보이려고 애쓸 필요 없습니다, 그러던 때 같아요."

"영민한 건가, 예민한 건가."

"기왕이면 영민한 걸로 할게요."

웃음 짓는 무영에게 재이가 물었다.

"알아요?"

"뭘?"

"여기 들어온 뒤로 편하게 반말하는 거."

"요즘은 늘 그랬던 것 같은데."

"대체로 그랬지만, 이따금 높이기도 했어요."

"그랬나?"

"나쁘진 않았어요. 뭐랄까……. 존중받는다는 느낌?"

"그럼 수시로 존대해야겠네."

"존대까지는 말고. 그랬어요? 정도로만. 수시로도 말고, 가끔."

"쉽지 않다니까, 서재이는."

재이가 다시금 눈웃음을 지었다. 무영은 손을 뻗어 그녀의 허리를 끌어당겼다. 품 안에 들어온 그녀도 두 팔로 무영의 허리를 감아 안았다. 마음껏 날뛰고 싶어 하는 욕망을 숨기며 무영은 그녀에게 권유했다.

"피곤할 텐데 옷 갈아입고 좀 자요."

"같이 자요."

"그런 말은 금지야, 서재이."

"허니문까지?"

"음."

"이제부터 일주일은 더 기다려야 하는구나."

아쉽다는 듯 중얼거리는 재이의 말이 가슴을 데웠다. 더는 견디지 못할 것 같아 빠듯한 품을 열어 놓아주려는데, 그녀가 속삭이듯 물어 왔다.

"우리, 진짜로 결혼한 거 맞죠?"

"믿어지지 않아?"

"자고 일어나면 어제로 되돌아가 있을 것만 같아요."

"한 달 전이 아니라서 그나마 다행인데?"

웃으라고 가볍게 받았으나, 품 속의 재이는 조용했다. 현실이라고 말하듯, 무영은 가만가만 그녀의 머리를 쓸어 주었다.

모로 누워 미동도 없이 잠들어 있던 재이가 부스스 몸을 일으켰다. 무영은 소파에서 일어나 침대로 다가갔다.

곁으로 와 앉는 무영을 보곤 그녀가 말갛게 웃었다. 화장을 말끔히 씻어 낸 민낯이 더 하얘 보였다.

"저 많이 잤어요?"

"아니. 한 시간쯤?"

"오후 내내 잔 것 같은 기분이야."

"푹 자서 그래. 잘했어요."

"푹 자고도 잘했다고 칭찬받다니. 결혼하길 잘했나 봐."

무영은 미소 지었다. 이마에 헝클어진 머리칼을 정돈해 주자, 재이도 미소 지었다. 조금 수줍은 듯 보이면서도 쏟아지는 눈길을 피하지 않는 그녀가 무영의 마음을 어지럽혔다.

"뭐 하고 있었어요?"

"저기 앉아서 서재이를 지켰어."

"지키고 싶은 거니까?"

"음."

"잠꼬대 같은 거 안 했나 몰라."

"했어."

"진짜요? 뭐라고 했는데요?"

건강 검진을 받던 날, 수면 마취에서 깨어나기 직전에 윤이를 애절히 부르던 재이 목소리가 떠올랐다.

"가지 마, 윤이야. 가지 마……."

그 순간 느껴졌던 미묘한 감정을 되새기며 무영은 대답해 주었다.

"가지 마, 무영 씨."

재이가 웃으며 반발했다.

"거짓말. 아무리 잠결이라도 그렇게 불렀을 리가 없잖아요."

"희망 사항이라면?"

"노력해 볼게요."

"어렵지도 않은데 노력까지?"

"어렵지는 않은데, 어쩐지 살짝 수줍다고 할까요?"

"그럼 허니문까지 숙제로 내야겠어."

"나도 숙제 낼까 보다."

"어떤?"

"재이야, 하고 부르기."

"재이야."

재이 얼굴에 어려 있던 미소가 은은한 흐름을 멈추었다. 기쁨이라고도 슬픔이라고도 할 수 없는 표정. 막막하고도 고요한 응시.

참 이상하다, 이 여자는.

간혹 뿌리가 없는 식물처럼 느껴질 때가 있으니. 언제라도 미련 없이 돌아서서 제 갈 길을 가 버릴 것만 같으니.

"서재이."

막연한 불안을 깨부수듯 단단한 어조로 이름을 부르자, 그녀가 정지된 표정을 풀고 사르르 웃음 지었다.

"자고 났더니 배고파졌어요."

"저녁 먹으러 갑시다."

"나 세수 좀 하고 올게요."

"아까 샤워했잖아."

"잤으니까요."

"눈곱 같은 거 없는데?"

"자세히 보면 있을지도?"

무영은 재이에게 얼굴을 들이밀었다. 그녀가 뒤로 물러나며 소리 내어 웃었다. 높지도 낮지도 않은 그녀의 웃음소리가 무영에게 깃들려던 불안을 몰아내 주었다.

재이가 원한 저녁 메뉴는 '엄마의 밥상'이었다.

무영은 재이답다고 생각했다. 아니, 재이라서 더더욱 오늘 같은 날엔 소담한 집밥이 그리웠을지도 모르겠다.

청바지에 흰 셔츠. 주은이 선물해 준 커플룩으로 갈아입고서, 지난번에도 왔던 골목 안 식당에 재이와 마주 앉았다.

'엄마의 밥상'과 '아버지의 밥상'을 각각 주문해 놓고 밥이 나오기를 기다리는 동안, 재이가 기대에 찬 얼굴로 말했다.

"오늘은 어떤 반찬이 나올까?"

"맛있을 것 같죠? 홍시 셔벗."

그러던 그녀 목소리와 표정이 새삼 되살아나 무영은 미소 지었다.

"대표님이 이렇게 잘 웃는 사람인 거 회사에선 아무도 모르겠죠?"

"모르겠지."

"회사에다 확 소문내 버려야겠다."

"아무도 안 믿을걸?"

"하긴. 서재이 한정이니까."

무영은 미소를 지닌 그대로 재이 앞에다 수저를 세팅해 주었다. 무영의 손길을 내려다보고 있던 그녀가 문득 말을 건넸다.

"고백할 거 있어요."

"해 봐."

"나 요리 잘 못해요."

"나도 못해."

재이가 활짝 웃었다.

"역시 우린 닮았네요."

그녀의 귀여운 주장에 무영도 웃었다.

"요리는 아주머니 담당이니까 걱정 안 해도 돼요."

"1년 동안 부지런히 배워야겠다."

"1년 동안?"

"휴직, 1년이잖아요."

3개월 뒤에 집에서 나올 것임을 알고 있을 재이가 당연한 듯이 1년을 말하는 데에는 필시 고 여사의 입김이 작용했을 터.

"3개월."

재이 눈을 보며 무영은 다시금 확인했다.

"더는 안 돼."

"고집 세네요, 손무영 씨."

"무영 씨."

대뜸 교정해 주었더니, 재이가 따라 하진 않고 웃기만 했다.

두 개의 밥상이 식탁 위에 놓였다. 오늘도 밥과 국에 아기자기한 찬들이 색색으로 자리 잡았는데, 무영의 밥상에 마침 연근 튀김이 있어 얼른 재이 쪽으로 옮겨 놔 주었다.

"신난다."

재이가 조그맣게 환호했다. 사랑스러웠다.

소박한 저녁 식사 후에는 손 원장의 병실에 왔다. 재이의 청이었다.

무영은 재이에게 고마웠다. 그녀에게 급속도로 스며들어 가며 아버지를 잊고 지내던 순간들이 많았는데, 그런 자신을 그녀가 일깨워 준 모양새였다.

"아버니임. 재이 왔어요."

대체로 담담하고 담백한 기질의 그녀가 유독 이곳에만 오면 어리광이라도 부리듯 나긋해진다.

처음 그녀를 여기로 데려왔던 날엔 술기운 때문인가 했는데, 오늘 보니 꼭 그래서만은 아닌 것 같다. 동질감 같은 것 때문일까. 외로운 사람을 알아보는 혜안 같은 것.

손 원장의 여윈 손을 두 손으로 부여잡고 앉아서 재이가 다정히 말을 이었다.

"얼른 일어나셔서 제 손 꼭 잡아 주세요. 우리 재이 예쁘다, 해 주세요."

이렇게 누워 계시지 않았다면, 단연코 그래 주셨을 것이다.

과연 재이의 기원처럼 그런 날이 올까?

그랬으면 좋겠다. 재이와 이루어 낸 가족을 아버지가 그 넓은 품에 따뜻이 껴안아 주었으면. 멀지 않은 어느 날에 반드시 그랬으면.

목이 메어 오는 먹먹함 가운데서 무영은 간절히 소망했다.

아버지와 헤어져 병원을 나왔을 때, 재이가 또 청했다.

"오늘은 첫 밤이니까, 호텔 말고 '우리가 살 집'에서 자요."

"기꺼이 받들어 모시지."

재이가 환해졌다. 주변이 다 반짝거렸다.

둘이서 같이 현관으로 들어설 때, 재이가 나직한 목소리로 말했다.

"우리 집에 왔다."

'우리가 살 집'에서 중간의 두 글자를 빼 버린 '우리 집'.

그리하여 미래는 현재가 되었다. 둘만의 소속이자 소유가 되었다. 덕분에 무영은 몹시 만족스러웠다.

"아주 맘에 들잖아."

재이의 어법을 흉내 내어 말했더니, 그녀가 웃었다. 그녀의 부드러운 웃음이 온몸으로 속속들이 파고드는 듯했다. 호텔 룸에서 그녀를 껴안고 서 있던 순간처럼 몸의 중심이 함부로 팽창했다.

"아주 맘에 들 땐 뭐다?"

"초콜릿."

무영의 대답이 떨어지자마자 재이가 두 눈을 감았다. 무영은 그녀의 뺨을 두 손에 감싸 쥐고 입술에다 입을 맞추었다. 그러나 더 깊이 침범하진 못하고 놓아주었다.

눈을 뜬 재이가 다시금 보드라운 웃음을 보이고는 뒤돌아섰다. 거실로 걸어가는 재이의 뒷모습을 바라보며 무영은 심호흡을 했다.

기다려, 손무영. 기다려.

야생의 들개를 조련하듯 스스로에게 엄중히 다그쳤다.

수컷의 본능에만 휩쓸린 모습을 재이에게 들키고 싶지 않았다. 오늘은 그래도 되는 날이 아니었다.

재이에게는 오늘 밤이 '우리 집'에 온 첫날이니까.

'우리가 살 집'에서 '우리 집'으로 전환된 첫 밤이니까.

"우리 집에 입성한 기념으로 축하주 한잔?"

무영의 제안에 재이가 흔쾌히 끄덕였다.

재이를 소파에 앉혀 두고 주방으로 가 냉장고를 열었다. 무영이 채워 둔 캔 맥주와 작은 사이즈의 병맥주가 고스란히 남아 있었다. 그녀 혼자 이 집에서 지내는 동안 맥주엔 손도 대지 않았나 보았다.

무영은 병맥주 두 병을 꺼내 재이 곁으로 왔다.

"오늘의 건배사는 서재이가."

"음……."

잠시 생각에 잠기던 재이가 곧 입을 열었다.

"3과 4를 위하여."

무영은 울컥해 버렸다.

어떤 의미인지는 오직 둘만이 아는 말.

0이었던 무영이 재이를 만나 2가 되고, 다시 3이거나 4가 되어 가족을 이루는 것.

그러므로 결혼 서약서의 마지막 구절대로 가족을 이루고 싶다는 말.

무영은 맥주병을 재이의 병에 살짝 부딪쳤다.

"위하여."

재이의 바람을 가슴에도 새겼다.

둘이서 나란히 앉아 맥주를 마셨다. 한 모금, 또 한 모금. 서로 눈빛이 마주칠 때면 웃음 짓고, 뭉클한 마음을 맥주와 함께 삼키고.

재이와 같이 이룰 3과 4를 상상하며 시간이 평화롭게도 흘러갔다.

"아까 주은이가 너무 울어서 좀 놀랐어요."

"나도."

"다시 못 보는 것도 아닌데, 긴 이별이라도 앞둔 것처럼 울어."

지금까지와는 달리 재이가 주은을 자주는 못 보게 되겠지. 적어도 본가에서 지내는 동안에는 더욱 그럴 터.

"주은 씨 보고 싶을 땐 언제든 얘기해요. 집 밖으로 불러내 줄게."

"주은이보다는 다른 사람이 더 많이 보고 싶을 것 같은데요?"

"다른 사람 누구?"

"알잖아요, 누군지."

"모르겠어."

짐짓 잡아떼자, 재이가 순순히 실토했다.

"손무영 씨."

"무영 씨."

"……무영 씨."

수줍은 듯 미소 짓고 있는 재이를 보며 무영도 함께 웃었다. 뜻밖의 시점에서 수줍음을 타는 그녀가 귀여웠다.

"후회하고 있는 건가."

"무슨 후회를요?"

"휴직 안 했으면 낮에도 회사에서 이 남자와 같이 있을 수 있었을 텐데, 하고."

재이가 웃으며 반격했다.

"그런 후회라면 대표님이 더 열심히 하고 있는 거 아니에요? 휴직 못 하게 말릴걸. 그럼 하루 내내 이 여자랑 같이 지낼 수 있었을 텐데, 하면서."

"실은, 퇴사 조항이 있었어."

의문이 담긴 재이의 두 눈을 보며 무영은 고백했다.

"하객 명단 작성하라고 내 방으로 불러 올렸던 그날, 사실은 계약서를 준비해 두었거든."

"아. 그 파일 속에 계약서가 들어 있었구나."

담담히 중얼거리는 재이에게 미안했다. 그날 빈 사무실에서 그녀 혼자 밥을 먹게 했던 것까지 함께 떠오르며 마음이 아려 왔다.

"혼전 계약서, 뭐 그런 거였나 봐요?"

"그런 셈이지."

"치밀하게 준비해 둔 계약서를 왜 안 꺼냈어요?"

"그날 서재이가 했던 말 때문에."

"어떤 말?"

"가장 나쁜 것에 대해서."

"아……."

재이 얼굴에 아련한 미소가 피어올랐다.

"갈 데가 없는 것. 서재이에게 가장 나쁜 상황은 그거라는 말을 듣고 나니, 차마 그 계약서를 내밀 수가 없었어. 계약서 조항 중에는 결혼을 종결하는 시한도 들어 있었으니까."

"그러니까 지금 제게 그 얘길 꺼내는 이유는, 후회하고 있다는 뜻?"

명쾌한 정리였다. 무영은 고개를 끄덕였다. 항복하듯 끄덕일 수밖에 없었다.

"고마워요."

"고마울 일은 아닌 것 같은데?"

"그 계약서 끝내 못 꺼내고 서랍 속에 집어넣어 주셔서. 만약에 파일에서 계약서를 꺼내 나한테 내밀었다면, 난 틀림없이 거기다 사인했을 거예요."

"독한 오기로 당당하게?"

"응. 그럼 오늘도 없었을지 몰라요."

"출근하면 당장 서랍 정리부터 해야겠군."

"대찬성."

그러고선 재이가 활짝 웃었다.

무영은 그녀의 머리를 끌어다 이마에 입술을 댔다. 물러나고 싶지 않은 입술을 떼어 내며 애가 탔다.

"참. 홍 팀장님 결혼식 내내 미소 짓고 있는 거 봤어요?"

"봤어. 좀 신기했지."

"그죠. 얼음 공주까진 아니지만 평소엔 좀 서늘한 편인데, 오늘처럼 그런 얼굴은 처음이었어요."

"오늘만은 큰누나 같은 얼굴이랄까."

"네 살인가 더 많죠?"

"맞아. 서른일곱일 거야."

"홍 팀장님 제 롤 모델이잖아요."

"워낙 일을 잘하긴 하지. 그래서 회사 설립 초기에 제일 먼저 스카우트해 왔던 거고."

"창립 멤버라는 거, 저도 들었어요."

"서재이가 제휴 사업 팀에 지원한 동기는?"

문득 궁금해져 물었더니, 재이가 웃으며 되물었다.

"갑자기 대표 모드로 질문하시는 거예요?"

"아니, 대표 말고 서재이 남편으로 묻고 있는 거야. 세세한 부분들이 궁금해지고 있으니까."

"대표 손무영에게 대답해도 될까요?"

"돼. 해 봐."

"제휴 사업 팀에서만 신입 사원을 뽑았거든요. 다른 부서에서는 최소 1년 이상의 경력 사원만 뽑았고요."

"아."

생각지 못한 대답이었다.

"손 엔터테인먼트에서 사원 모집 공고가 떴다고 알려 준 건 율이었어요. 엔터 쪽은 별 관심 없었지만, 율이 권해서 들여다봤죠. 그런데 신입이 지원할 수 있는 부서는 제휴 사업 팀 딱 하나뿐이더라고요."

급성장하는 회사를 키워 가던 시기여서 신입을 뽑아 가르쳐 가며 일시킬 여력이 없었다. 홍 팀장의 경우처럼 다른 회사에서 스카우트해 오거나, 더 좋은 대우로 경력직들을 유인하는 것이 효율적이었다.

제휴 사업 팀에서는 홍 팀장의 재량으로 신입도 뽑았던 모양인데, 덕분에 그 좁은 문으로 재이가 입사할 수 있었나 보다. 홍 팀장에게 감사해야 할 타이밍인가.

"변명하자면, 그 무렵까지만 해도 신입 육성할 정신까지는 없었어. 이제 회사도 탄탄해졌으니 앞으로는 모든 부서에서 신입 사원을 기본으로 지원받도록 하지."

"뿌듯한데요? 일개 사원의 의견을 즉각 받아들여 주신 대표님의 결정에 박수를!"

무영은 좀 멋쩍었다. 화제를 돌릴 겸 궁금하기도 해서 물었다.

"엔터 쪽에는 관심 없었고. 그럼 어떤 분야에 관심이 있었을까?"

재이의 대답은 금세 나왔다.

"카피라이터가 되고 싶었어요."

결혼 서약서도 그렇고 지난번 냅킨에 적은 메모도 그렇고,

어쩐지 예사롭지 않더라니.

"몇 군데 지원했다가 서류에서 다 떨어졌지만요. 손 엔터에서도 홍보 팀 쪽을 먼저 봤는데, 좀 전에 얘기한 것처럼 경력만 지원할 수 있어서 패스했죠."

"홍보 팀으로 옮겨 줄까?"

재이가 고개를 저었다.

"아뇨. 지금은 제휴 사업 팀 일이 좋아요. 나랑 잘 맞는 것 같아요."

침착하고 냉철하고 꼼꼼하게, 계약 관련한 업무가 주를 이루기에 어느 팀보다도 책임감이 필수적인 곳. 그러니 재이 말이 맞겠다. 그녀에게는 가장 적합한 팀이겠다.

"그리고, 대표 권한 남용하면 못써요."

웃음 어린 재이의 말에 무영은 또 항복하고 말았다.

"알았어."

병에 남은 맥주를 다 비우고는 재이가 말했다.

"우리 집에서의 첫 밤인데, 같이 자야 하나 따로 자야 하나."

3개월간은 본가에서 살아야 하므로 이 집엔 아직도 두 개의 침실에 두 개의 침대가 그대로였다. 그걸 돌려서 탓하는 건가도 싶었는데, 재이가 혼잣말처럼 덧붙였다.

"같이 자면 서로 힘들 것 같아."

"잠들 때까지만 같이. 그럼 되잖아."

"그래도 괜찮겠어요?"

"귀찮다고만 하지 않는다면."

"그럴 리가."

"커플 잠옷은 또 어떤 걸지 기대되네."

주은이 선물해 준 또 하나의 커플룩을 들먹이자, 그제야 생각난 듯 재이가 조르르 뛰어가 가방을 열었다.

"앗."

재이의 난감한 탄성에 가까이로 다가가 보니, 요즘 유행하는 펭귄 캐릭터가 커다랗게 그려진 잠옷이었다.

"이것은 첫날밤 분위기를 제대로 망치려는 엄주은의 큰 그림이 틀림없어."

툴툴거리는 재이를 보며 무영은 하하, 크게 웃어 버렸다.

아침.

눈을 떴을 때 재이는 곁에 없었다.

어젯밤 무영은 재이가 머물던 방 침대에서 팔을 베개로 내어 준 채로 그녀를 지켰다. 그녀의 잠을 지켰다.

곁에 누운 그녀가 잠들기까지 물론 매우 힘들었다. 한사코 마음을 얼리려 해도 몸은 주인의 의지를 맹렬히 거부했다.

재이의 머리칼을 만지는 일조차 스스로에게 금했지만, 그녀에게서 흘러드는 향은 차단할 수 없었다.

아마도 그녀는 무영의 괴로움을 알아차리고 있었을 것이다. 그래서 일찌감치 잠든 척하고 있었을지도 모른다.

하지만 무영은 재이가 진짜 잠에 들기까지 기다렸다. 팔베개가 되어 그녀의 고운 잠을 지키다가, 한밤이 지나서야 조심스레 팔을 빼냈다.

그대로 일어나 침대를 벗어나려 했는데, 아슴푸레한 잠결에 재이가 돌아누웠다. 그러고는 무영이 누워 있던 쪽으로 팔을 뻗었다.

그녀가 빈자리를 깨닫게 될까 봐 무영은 서둘러 그녀 곁에 몸을 뉘었다. 가슴팍으로 올라온 그녀의 손을 가만히 내버려 두었다.

무영이 숨을 들이쉬고 내쉴 때마다 재이의 손도 같이 오르락내리락했다. 이상한 기분이었다.

자신의 숨을 그녀가 관장하고 있는 것 같은 느낌.

재이의 손길이 자신의 숨결을 다스리고 있는 듯한 기분.

나쁘지 않았다. 아니, 점점 아늑해졌다. 몸과 마음의 교란 없이 이대로 잠에 들 수 있을 것도 같았다.

무영은 눈을 감았다. 얼마 지나지 않아 편안한 잠으로 빠져들어 갔다.

그리하여 맞이한 아침.

당연히 곁에 있어야 할 재이가 보이지 않았다. 잠이 확 달아났다.

바삐 방을 나선 무영은 거실 저편 통유리 창 앞에 서 있는 재이를 보았다. 이름을 부르려다 천천히 다가갔다.

발자국 소리를 들었는지 재이가 곁에 온 무영을 돌아보았다. 어제 오후 호텔 룸에서처럼 갓 잠을 떨치고 나온 얼굴이 맑고 희었다.

"잘 잤어요?"

"네. 대표님은 잘 못 잤죠?"

"나도 잘 잤어."

무영의 얼굴을 가만 올려다보던 재이가 미소 지으며 말했다.

"잠 설친 사람 같지는 않네요."

"그렇다니까."

"다행이다."

"서재이 덕분에."

"응?"

의아해진 표정의 재이에게 무영은 웃으며 말해 주었다.

"그런 게 있어."

"뭔지는 모르지만 내 덕분에 잘 잤다고 하시니까 선물 받고 싶다."

"선물? 무슨 선물?"

재이가 대답 대신 눈길을 피아노 쪽으로 돌렸다. 말하지 않아도 알 수 있는 간청. 어쩔 수 없었다. 이젠 칠 줄 모른다고 잡아떼기도 힘들었다.

재이의 손길에 이끌려 무영은 피아노 앞으로 걸어갔다. 닫아만 두었던 덮개를 열고 건반을 쓸어 보았다.

"손 뗀 지 오래돼서 엉망일 텐데."

"감안하고 들을게요."

무영은 의자를 끌어당겨 피아노 앞에 앉았다. 재이도 곁에 앉았다.

먼 기억 속의 시간들을 떠올리며 무영은 피아노를 치기 시작했다. 행복했던 어린 시절 무원과 즐겨 치던 곡들 중 하나, 슈만의 '트로이메라이'였다.

내 서재이

토요일 저녁.

무영은 재이와 같이 성북동의 본가로 들어왔다.

본래는 일요일까지 호텔에서 지내다 저녁에나 집으로 들어
갈 생각이었다. 계획이 하루 앞당겨진 것은 재이의 권유 때문
이었다.

다음 주에 대만에서 4박 5일간의 허니문이 예정되어 있는
데, 호텔에서 연이어 이틀 밤을 보내고 들어가기가 민망하다
는 얘기였다.

그러나 그건 명목상의 이유일 뿐, 고 여사의 심기를 거스르
지 않으려는 의향이 내포되어 있을 거라 짐작하는 건 어렵지
않았다.

어쨌거나 재이가 조금이라도 불편하다면 그녀의 의견대로
들어줄 수밖에 없었다.

무영과 재이가 오늘 올 줄 알고 있었다는 듯 저녁 식탁이 꽤나 풍성하게 차려져 있었다. 물어보나 마나 고 여사의 지시였을 터였다.

재이의 말대로 하지 않았다면 고 여사에게서 왜 여태 안 오느냐는 재촉 전화를 받았을 게 분명했다.

고 여사가 재이에게 시어머니 노릇을 제대로 하려 들면 어쩌나, 무영은 미리부터 걱정이 됐다.

만일 적정선을 넘어서는 모습이 보이면, 억지로 약속했던 3개월을 채우지 않고 그 즉시 이 집을 나가리라 다짐했다.

"드디어 저희 집에 입성하셨네요, 형수님. 가족이 되신 걸 환영합니다."

맞은편에 앉은 무호가 넉살 좋게 인사했다.

"환영 고마워요."

미소 띤 재이의 말을 고 여사가 잡아챘다.

"격의 없는 것과 예의를 모르는 것은 다른 법."

무영을 비롯해 재이와 무호의 시선이 동시에 고 여사에게로 향했다. 고 여사는 셋 중 어느 누구에게도 눈길을 두지 않은 채로 냉랭하게 말을 이었다.

"시동생한테는 깍듯이 존대를 해야 하느니. 시동생을 어떻게 불러야 되는지는 안 가르쳐 줘도 알겠지?"

그러니까 무호가 아니라 재이에게 던진 말이었다.

결혼 후 집에서의 첫 식사 자리에서 환영도 반가움의 표시도 아닌 타박과 지시가 먼저라니. 무영은 탐탁지 않은 눈으로 고 여사를 보았다.

하지만 재이는 그저 담담히 대답할 뿐이었다.

"네, 어머님."

"난 그거 싫은데."

불쑥 내던진 것은 무호였다.

"그거라니?"

고 여사가 묻자, 무호가 싱글거리며 답했다.

"도련님."

"뭐라?"

"그런 구시대적인 호칭은 듣기에 영 껄끄럽단 말이지. 그냥 이름을 부르면 안 되나?"

무호다운 발상이었으나 고 여사가 수긍할 리 없었다.

"말도 안 되는 소리."

"본인이 원하는데 왜 말이 안 돼, 엄마? 그럼 동생님은 어때?"

"시동생한테 동생님이라니? 천하에 그런 법은 없다."

"없으면 만들면 되지."

고 여사가 날 선 눈길로 무호를 쏘아보았다. 무호는 조금도 개의치 않고 유유히 식사를 시작했다. 이제 곧 고 여사가 수저를 탁 내려놓을 차례였다.

"저는 그거 해 보고 싶었어요."

재이였다.

"뭘요?"

무호의 물음에 재이가 웃음 어린 얼굴로 말했다.

"도련님."

"아, 진짜요?"

"네. 평범한 가족 관계 속에서 자연스럽게 오가는 호칭이잖아요."

"그럼 하세요. 도련님, 그렇게 부르셔도 돼요. 형수님께는 특별히 허용하겠습니다."

그러고는 능청스레 웃는 무호를 보며 무영도 웃음이 나려고 했다. 슬쩍 돌아보니 재이 눈가에도 웃음이 어른거리고 있었다. 쯧쯧, 고 여사가 혀를 찼다.

"언제 철이 들려는지."

"철들면 재미없어, 엄마. 손무호는 지금 이대로가 딱 좋다고. 근데 철도 안 든 놈한테 왜 장가를 가래?"

"헛소리 말고 밥이나 먹어라."

고 여사의 말엔 아랑곳없이 무호가 무영에게 눈을 찡긋해 보였다. 이런 식이면 3개월 내내 무호가 집에 머물러도 괜찮겠다. 고 여사와 재이 사이에 유연한 방패막이 역할을 해 줄 수도 있을 테니 말이다.

저녁 식사가 순조롭게 끝나 갈 즈음, 고 여사가 말을 꺼냈다.

"그 아이는 결혼식에 안 왔더구나."

듣자마자 편유진에 대한 얘기임을 알았다. 그런데 무호가 어제하고는 다른 대답을 했다.

"집안 행사가 있었대요."

무영에게라면 '그래?' 하고 진위 여부를 캐내듯 고 여사가 날카롭게 되물었겠지만, 역시 무호에게는 달랐다.

"어떤 아인지 보고 싶구나."

"집에 한번 초대할까, 엄마?"

"그래라."

무영으로선 그다지 마땅치가 않았다.

무호와의 관계가 아직은 어떻게 될지도 모르는데 굳이 집으로 불러들인다고? 혹여 재이가 보는 데서 유진을 추켜세우며 눈에 띄게 비교라도 하려 든다면?

고 여사의 속내에 의구심마저 드는 거였다.

"밖에서 만나지 그래?"

무호에게 건넨 말을 고 여사가 받았다.

"그럴 것 없다. 집으로 불러라."

"알았어, 엄마. 바로 날 잡을게."

"너는 왜 아무 말이 없니? 손님 초대가 불편하기라도 한 거냐?"

난데없이 날아든 말에 재이가 숟가락질을 멈추고 고 여사를 바라보았다. 재이 낯빛이 좀 해쓱해 보였다.

"가만있는 사람에게 괜한 시비를 걸고 계시는 것 같습니다."

무영의 말에 고 여사가 입가에 쓴웃음을 내걸었다.

"그래? 그렇게 들렸다면 미안하구나."

"아닙니다, 어머님. 그렇게 듣지 않았어요."

재이가 말했다. 담담한 가운데에도 미미한 떨림이 느껴지는 목소리였다. 무영만이 감지할 수 있는 흔들림이었다.

"동서가 될 사인데 미리 알고 서로 친하게 지내면 오죽 좋을까."

"……네, 어머님."

재이의 대답을 듣고서야 고 여사가 자리에서 일어나 다이닝
룸을 나갔다.

"우리 엄마, 왜 저렇게 보채시는 거지? 나 결혼 못 시켜서
안달이 나신 것 같잖아."

투덜거리는 무호를 뒤로하고 무영은 재이와 2층으로 올라왔
다.

방문 앞에서 재이가 무영의 팔을 당겼다. 돌아보는 무영에
게 그녀가 가만히 웃어 보였다. 괜찮아요, 말하듯이.

"안 괜찮은데 괜찮은 척 안 해도 돼요."

"대체로 괜찮은데 안 괜찮은 거 하나 있어요."

"뭔데?"

"내가 떠밀지도 않았는데 앞으로 나서는 손무영 씨."

무영은 하, 숨을 내쉬듯 웃고 말았다.

"이제부터는 그러지 마세요. 하나도 도움 안 돼."

"약속은 못 해."

"노력은 해 줄 수 있죠?"

별수 없이 끄덕였다. 재이가 보상처럼 웃음을 건네주었다.
그녀 본연의 고요한 웃음임에도 어딘가 애틋한 기운이 서려
있었다.

방으로 들어와 침대에 나란히 걸터앉아, 무영은 그녀에게
말했다.

"처음 이 집에 인사 왔던 날, 내 어머니에게 잘 보이려 애쓸

필요 없다고 했던 그 말. 진심이었어. 거리 두거나 벽을 세워 두려고 한 말이 아니라."

"지금 그 말을 다시 꺼내는 이유는, 걱정돼서?"

무영은 눈으로 끄덕였다.

걱정스러웠다. 고 여사로 인해 재이가 상처받게 될까 봐. 고 여사의 모든 언행들이 재이에게 아픔을 심어 주게 될까 봐.

아픔이 쌓이고 쌓여 재이가 뒷걸음질 치게 될까 봐. 모든 걸 처음으로 되돌리고 싶어질까 봐. 눈앞에서 그녀가 사라질까 봐.

"걱정 안 해도 돼요."

"어떻게 안 하나."

"저요, 위탁 가정을 여러 곳 거치면서 사람에 대한 촉이랄까, 그런 게 좀 발달해서. 상대가 나를 좋아하는지 그렇지 않은지 남들보다 잘 알아채는 편이에요."

생각을 다듬듯 잠깐 멈췄다가 재이가 말을 계속해 나갔다.

"나를 좋아하지 않는 사람에게 잘하려고 애쓰지 않아요. 사랑받으려고 노력하지도 않고요. 그저 기본만, 내 자리에서 내가 할 수 있는 만큼만."

지나온 삶이 가르쳐 준 지혜라기에는 마음을 아리게 하는 데가 있었다. 그런 자세를 취하기까지 그녀에게 내재되어 온 상처들에 대해서 생각하게 되는 것이다.

"대표님을 낳고 길러 주신 분이니까 어머님께는 조금 더 애써 보고 싶지만, 무리해서 힘겨울 정도까지는 하지 않을 거예요. 그러니까 걱정은 안 하셔도 돼요."

'내 어머니'라는 전제를 빼 버려도 된다고, 차마 그녀에게 말해 줄 수는 없었다.

피를 따지자면 그게 진실이지만, 단지 피만을 요건으로 그렇게 말한다는 것은 인간으로서 할 짓이 아니었다.

고 여사는 난임으로 여러 해 만에 어렵게 얻은 외아들을 잃은 사람이었다.

남편이 보육원에서 데려온 아들 때문에 그런 결과가 발생했다고 생각하는 사람이었다. 그런 까닭에 아직까지도 남편을 원망하고 있는 사람이었다.

그런 사람이었기에 죄를 갚는 심정으로 지금까지 감당할 만큼 감당해 왔다고 생각했다. 이제 더는 견뎌 내지 못하겠다고 결론도 내렸다.

그렇지만 핏줄로 연결되지 않았기 때문에 내 어머니가 아니라고 말한다는 건 인간으로서의 도리가 아니었다.

재이의 말들이 차분히 이어졌다.

"사람에 대한 호감이나 비호감은 노력해서 되는 건 아니라는 거, 경험으로 알고 있거든요. 어떤 사람을 좋아할지 싫어할지…… 그런 감정들. 대부분 첫인상이 결정해 버리는 것 같아요. 첫날, 처음 만난 순간의 몇 시간……."

"서재이에 대한 어머니의 첫인상은 그리 나쁘지 않았던 것 같던데."

"저도 그렇게 생각해요. 그래서 별로 걱정 안 해요. 게다가 가풍 익히는 데에도 제가 일가견이 있거든요."

위탁 가정 여러 곳을 전전했던 재이가 각각의 집들마다 적

응하느라, 또는 눈치를 보느라 애면글면 힘겨웠을 시간들이
눈에 보이는 듯했다.

사춘기에 접어든 소녀에게 얼마나 고단한 나날들이었을지,
생각하면 할수록 가슴이 뻐근해져 왔다.

"어머님에 대한 제 첫인상은 궁금하지 않아요?"

"썩 좋지만은 않았겠지."

"아주 나쁘지만도 않았어요. 고고한 기품이랄까, 서늘한 자
존심이랄까, 그런 게 느껴졌거든요. 두 번째 뵀을 땐 첫 느낌
과는 다르게 안쓰럽고 가엾다는 생각도 들었고요."

두 번째라면 고 여사가 무영 모르게 재이를 불러냈던 날이
다. 재이에게 퇴사를 원했다던 것 말고 다른 얘기들이 있었던
걸까.

"둘이서 무슨 얘길 나누었던 거야?"

"어머님께서 아들에게 무척 의지하고 있다는 느낌을 받았어
요."

"그럴 리가."

"순전히 제 느낌이니까 정답이 아닐지도 모르겠지만, 그날
은 그랬어요."

추측하건대 3개월을 그 이상으로 연장하고 싶어서 꾸며 낸
모습일 것이다. 스물여섯 재이가 상대하기에 예순아홉의 고
여사는 한참 고수였다.

소중히 아끼지도, 귀하게 여기지도 않는 아들을 끝내 곁에
두려는 이유는 하나.

고통을 주려는 것. 자유롭고 행복한 삶을 허용하지 않으려

는 것. 죄책감에서 벗어나지 못하게 끊임없이 상실을 되새기게 하려는 것.

고 여사의 내밀한 의도를 미루어 짐작하고 있는 무영으로선 결혼 허락 조건으로 내세운 그 3개월조차 단칼에 거절하고 싶었지만, 아버지 손 원장 때문에 그러지 못했다.

네 어머니를 혼자 두지 마라. 가여운 사람이다.

그렇게 말하던 아버지의 마음을 깨뜨릴 수 없었던 것이다.

그러므로 재이가 좀 전에 했던 말처럼, 할 수 있는 만큼만. 그것이 무영에게는 결혼 후 3개월의 합가였다.

아버지를 생각해서 딱 거기까지만 아들로서의 마지막 의무를 다한 다음, 이 집을 떠날 것이었다.

길다면 길고 짧다면 짧은 3개월의 기간. 그 시간 동안에 재이가 상처 없이 무탈하기만을 바랄 뿐이었다.

"어. 내 스노우 볼."

재이의 탄성이 무영을 심란한 상념으로부터 끌어냈다. 내 스노우 볼 어떻게 했냐고 상큼하게 따지던 그녀 목소리가 다시금 되살아났다.

사이드 탁자로 다가간 재이가 상체를 숙이곤 스탠드 곁에 놓인 스노우 볼에게 인사라도 건네듯 손끝으로 어루만졌다.

"여기 있었구나, 내 스노우 볼. 머리맡에서 매일매일 이렇게 이 사람의 잠을 지키고 있었구나."

잔잔히 기뻐하는 재이를 보고 있으니 흐뭇하면서도 한편으론 쑥스러워져서 공연히 소유를 주장해 보았다.

"내 스노우 볼이지."

그러자 재이가 말을 바꿨다.

"우리 스노우 볼."

"우리……."

이제 모든 것들이 '우리'라는 언어로 시작된다.

우리 집, 우리 스노우 볼, 우리……. 무수하게 이어질 '우리'라는 말 뒤에다 무영은 그녀의 이름을 갖다 놓았다.

"우리 재이."

스노우 볼에 내려져 있던 재이의 눈길이 무영에게로 올라왔다. 무영의 허리를 감아 안으며 가슴에다 얼굴을 묻고는 그녀가 말했다.

"난 아닌데."

마음이 툭 내려앉았다.

"……뭐가?"

망설이듯 묻자, 재이가 나직이 대답했다.

"내 손무영."

뭉클했다. 다른 건 다 '우리'라는 수식어로 시작해도, 그럴 수 없는 오직 하나가 있다고 그녀가 가르쳐 주고 있는 것 같았다. 그 어떤 밀어보다도 더 강력한 힘을 발휘하는 말, '내'

절대적으로 동의하며 무영은 재이에게도 말해 주었다.

"내 서재이."

그리고 품 안의 그녀를 힘주어 껴안았다.

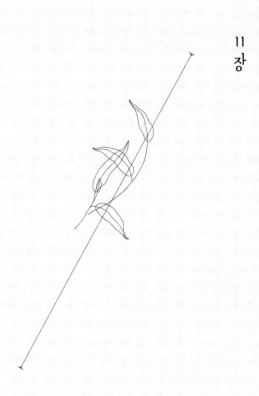

11
장

무영에게만

월요일. 결혼 후 무영이 첫 출근을 하는 아침이었다.

오늘도 식탁엔 재이와 무영 두 사람 몫의 식사만이 차려져 있었다. 무호는 2층 제 방에서 잠에 빠져 있고, 고 여사는 안방에서 나오지 않았다.

매일 아침 이 커다란 식탁에 혼자 앉아 밥을 먹어야 했을 무영의 모습을 그려 보면 재이는 마음이 찡했다.

"자식 먼저 보낸 어미가 삼시 세끼를 어찌 챙겨 먹는단 말이냐."

어제 아침, 식사를 권하는 재이에게 고 여사가 싸늘히 내민 대꾸였다. 내막을 잘 알지 못하는 재이보다는 무영더러 들으라고 한 말이 분명했다.

그 순간 무영의 얼굴엔 아무런 변화도 없었지만, 재이는 그래서 더욱 고 여사의 그런 언행이 반복되고 지속되어 온 일상임을 깨달았다.

더불어 지난 세월 내내 고 여사로 인해서 무영에게 쌓여 왔을 상처들이 웬만큼은 짐작되었다. 무원의 죽음에 대해서 고 여사가 무영에게 일종의 한풀이를 하고 있는 것 같다는 느낌도 받았다.

고 여사의 아픔과 무영의 상처.

둘 중에서 어느 쪽이 더 무거울지는 판단할 수 없고, 감히 그래서도 안 되는 일이겠지만. 재이 입장에서는 무영에게 더 마음이 쓰이는 건 어쩔 수 없었다.

미음에 가까운 흰 쌀죽 반 공기가 고 여사의 아침이라고 했다. 그마저도 아주머니가 고 여사의 방으로 소반을 들여간다는 것이다.

고 여사와 함께하며 조마조마한 식사 시간이 하루에 두 번으로 줄어드는 셈이니, 그것으로 그나마 위안을 삼아야 할지도 모르겠다.

"많이 드세요, 손 대표님."

산뜻하게 말하자, 무영이 입가에 미소를 띠웠다.

"점심때 회사로 나와요."

"대표님 지금 저한테 데이트 신청하시는 겁니까?"

장난기를 담았더니, 무영이 웃었다. 이렇게 미소가 웃음으로 번지는 순간을 좀 더 자주 보고 싶다고 재이는 생각했다.

"점심 같이 먹고, 차를 보러 갈까 하고."

"설마, 내 차요?"

"설마가 왜 붙지?"

차의 유무를 떠나 기본으로 다들 따 놓곤 하던 운전면허에 재이는 지금껏 관심 두지 않고 살아왔다. 내 차를 몰고 다니는 삶에 대해서는 예측조차 해 본 적이 없었던 것이다.

학자금 대출 상환이 끝난 뒤에는 오롯이 적금에만 월급을 몰아넣었다. 옥탑방에서 더 괜찮은 방으로 옮기는 게 급선무였지, 다른 데 신경 쓸 겨를이 없었다.

재이에게는 언제나 집이 먼저였다. 차는 물론이고 그 외의 다른 것들은 다 부차적인 것이었다.

언제든, 어디에서든, 어떤 경우가 생기든 돌아갈 수 있는 곳. 세상의 비바람을 피해서 따뜻이 몸 누일 수 있는 곳. 누구의 눈치도 보지 않고 편히 쉴 수 있는 공간.

'우리가 살 집'이라 했던 무영의 말에 그래서 마음이 왈칵 엎어졌던 것인지도 모른다.

"서재이."

"차 없어도 돼요."

"필요해질 거야."

"면허증도 없는걸요?"

"그럼 학원 등록부터 합시다."

결혼하자마자 운전 배운답시고 나다니면 고 여사가 못마땅해할 게 뻔했다. 열심히 잘 보이고 싶지도 않지만 시작부터 흠 잡힐 상황을 만들고 싶지는 않았다. 운전이야 '우리 집'으로 분가하고 난 뒤에 배워도 늦지 않으리라 생각했다.

"그건 좀 곤란하겠어요."

무영이 의문 어린 눈으로 재이를 보았다.

"당분간은 가풍 익히기만 해도 무척 바쁠 예정이거든요."

"가풍 익히는 덴 일가견이 있다면서."

"그러려면 시간을 들여야 하는 거예요. 뭐든 하루아침에 뚝 딱 되는 게 아니라고요."

"시간을 들여야 한다?"

"네."

"어쨌든 나와요."

"이따 상황 봐서 전화할게요."

더 고집하지 않고서 묵묵히 밥을 먹는 무영을 보고 있으니 마음이 멋대로 말랑해지려고 했다.

연약해진다는 게 이런 걸까.

나약해질까 우려하는 무영의 심리가 거울에 비치는 듯했다.

지키고 싶은 사람. 재이에게도 이제 생겼다. 더 자주 웃게 해 주고 싶고, 원하는 대로 다 들어주고 싶어지는 사람이.

누가 뭐라고 한 것도 아닌데 지레 고 여사를 기준으로 세워 두고 있는 스스로가 마땅찮기도 했다.

"나갈게요."

무영의 눈길이 재이에게로 건너왔다.

"운전도 차차 배울게요."

"착하네."

"손무영 한정으로만 착할 거예요."

"맘에 드는 발언이었어."

그러고는 무영이 미소 지었다.

혼자 앉은 아침 식탁에서 오늘 같이 미소 지었던 날들, 손에 꼽을 정도가 아니었을까.

긴 세월을 부대끼며 살아온 자기 집인데도 1층에서와 2층에서의 얼굴이 살짝 다르게 느껴지는 그가 애잔하게 느껴졌다.

2층에서는 한결 편안해지는데, 1층에서는 경직된 표정을 숨기지 못하는 남자.

무영의 그 얼굴들에서 긴 시간 억눌려 왔을 고통스런 이면들이 엿보이는 거였다. 그가 왜 결혼과 동시에 이 집을 떠나려 했는지도 조금씩 이해가 되고 있었다.

"착하니까 선물 줄래요?"

"다음에."

무영이 다음이라고 미루는 선물은 피아노 연주일 터였다.

결혼식 다음 날 아침, 그의 손끝에서 흘러나오던 '트로이메라이'를 떠올렸다. 제목에 걸맞게 한낮의 몽상처럼 아름답고 다정하고 애틋하던 그 선율을.

이렇게 피아노를 제대로 쳐 보는 건 20년 만에 처음이라고, 덤덤히 고백하던 그의 목소리도.

소년 시절 형과 즐겨 쳤던 곡을 손가락들이 고스란히 기억하고 있어서 신기하고도 슬프다고 말할 때, 그의 눈빛에 서리던 우수까지도 함께.

"피아노 말고 다른 거요."

"다른 거, 뭐?"

"자전거."

"자전거?"

"내 자전거. 어릴 때부터 갖고 싶었어요."

"어릴 때부터."

"네."

보조 바퀴를 떼어 낸 날렵한 자전거.

이젠 더 이상 어린아이가 아니라는 증명처럼 보육원 아이들 모두가 선망하던 것. 하지만 아이들 모두에게 하나씩 주어지지는 못했던 것.

후원으로 들어온 자전거 한 대를 돌아가며 나눠 탔다. 다른 아이가 타는 모습을 애타게 지켜보며 내 순서를 기다리는 게 어쩐지 자존심 상해서 관심 없는 척했다.

그렇지만 몹시도 갖고 싶었던 것. 바람을 가르며 날아가듯 달리는 그 느낌을 독차지하고 싶었던 것.

'내 자전거'란 재이에게 그런 의미였다.

다 자라서는 내 돈을 주고 살 수도 있었지만, 거처를 옮겨 다닐 때마다 짐스럽고 둘 데가 없어 참아야만 했던 것.

그러나 이제 무영의 곁에 살게 되었으니. 무영이 마련해 둔 '우리 집'도 있으니. 어떤 부담도 없이 내 자전거를 가져도 될 것 같았다.

더구나 무영이 선물해 준다면 금상첨화.

마음속 이야기들을 하나하나 풀어놓으니, 무영이 끄덕였다. 끄덕이는 그의 두 눈에 담겨 있는 감정은 공감과 연민.

보였다. 그래서 아늑해졌다.

그가 무원의 죽음을 딛고 긴 세월의 공백을 넘어서 피아노를 쳐 줄 때처럼. 그의 손가락들이 이루어 낸 '트로이메라이' 의 곡조가 온몸을 휘감을 때처럼.

"오늘 당장 사 줄게."

"신난다."

"나도."

"응?"

"서재이가 신나니까 나도 신난다고."

재이는 환히 웃어 버렸다.

웃지 않을 수 없는 순간을 선사해 주는 무영이 고마웠다. 무덤덤한 말투 속에 배어 있는 그의 진심이 미더웠다.

대문 밖까지 둘이서 같이 걸어 나가 출근길의 첫 배웅을 했다.

바람결에 기분 좋게 흔들리는 푸른 잎사귀처럼 손도 흔들고, 내린 차창 안의 그에게 아무도 몰래 입도 쪽 맞추었다.

"잘 다녀오세요."

"시간 맞춰 나와요."

점심 약속을 다시금 확인하는 그에게 재이는 웃으며 끄덕여 보였다.

무영의 차가 비스듬한 언덕길 저 아래로 굴러 내려가 아주 보이지 않게 될 때에야 재이는 집 안으로 되돌아왔다.

정원을 지나 본채로 걸어오는 동안에는, 넓고 넓어 길을 잃을까 막막히 두려웠다던 어린 무영의 마음도 헤아려 보고.

현관으로 오르는 계단에서는 맑게 갠 하늘을 올려다보며 앞으로의 나날들이 저 하늘빛만 같기를 소원해 보고.

그러나 무영이 없는 빈 방에 혼자 남으니 결국 윤이 생각이 났다.

없었던 시간처럼. 일어나지 않았던 일처럼. 만난 적 없었던 사람처럼.

결혼식 전날부터 온 마음을 다해 꾹꾹 눌러 두었던 윤이가 의식의 수면 위로 생생히 모습을 드러냈다. 엊그제 봉합해 두었던 수술 자리가 투두둑 뜯어지며 피고름이 새어 나오듯이.

못 본 척, 아프지 않은 척, 서둘러 다시 꿰매어 봤자 소용없으리라는 걸 재이는 잘 알고 있었다.

어수선한 침대 위를 가지런히 정리하고, 창을 열어 환기를 시키고, 방에 딸린 욕실 청소를 하고. 그러고 나서도 방 안을 이리저리 서성이다가 마침내 휴대폰을 열었다. 어떤 이름으로도 저장해 두지 못한 번호가 휴대폰 속에 숨어 있었다.

재이는 무영의 책상 앞에 앉아 통화 버튼을 터치했다.

윤이를 향해 신호음이 날아가는 사이 가슴이 불안하게 두근 거렸다.

신호는 제법 오래 울렸다. 일부러 받지 않으려는 건가 싶어 그만 끊으려는 찰나.

―여보세요.

번호가 저장되어 있지 않은 것은 윤이 쪽도 마찬가지일까. 감정의 색깔이 전혀 느껴지지 않는 목소리였다.

"나야."

몇 초쯤 침묵이 지나갔다.

―누구시죠?

여전히 색이 없는 말투였다. 전화상의 음성을 미처 알아채지 못했을지도 모른다고 생각했지만.

—아, 서재이 씨?

마치 낯선 타인을 대하는 듯했다.

지난 목요일 저녁의 만남은 아예 없었던 것처럼. 그날 차 안에서 서로 간에 오갔던 대화들은 까맣게 잊어버린 사람처럼. 마음이 서늘하게 내려앉았다.

윤이가 그렇게 굴기로 마음먹었다면. 오로지 편유진으로만 살기로 결심했다면. 그렇다면 이를 악물고라도 따라 줄 수밖에.

재이는 차분히 대답했다.

"네, 서재이예요."

—서재이 씨가 저한테 전화를 다 주시고. 좀 놀랐어요.

이제 윤이는 완전히 편유진으로 돌아와 있었다. 넷이서 더블데이트를 했던 날의 그 모습으로.

—그런데 어쩐 일이세요?

"아. 무호 씨한테서 몸이 좀 안 좋다는 얘길 들었어……."

—괜찮아요.

싸늘하리만치 자르는 말에 맘이 무거워졌다.

"괜찮다니 다행이에요."

걱정했다는 말은 차마 덧붙일 수 없었다.

—제가 지금 외출하려던 참이어서, 다른 용건 없으시면 끊어도 될까요?

말문이 막혔다.

―그럼.

그대로 끊기는 줄 알았는데, 윤이 목소리가 다시 귓가로 다가들었다.

―참. 결혼 축하해요.

정답지도 차갑지도 않은, 그래서 표정을 유추할 수 없는 말투였다. 그렇지만 반가웠다.

"네, 고마워요."

―부디 행복하셨으면 좋겠네요.

어딘가 묘한 여운이 끌려오는 말이었다.

축하와 축원이 이토록 다른 빛깔을 낼 수 있을까. 과연 행복해지는지 두고 보겠다는 말처럼 들리는 것은 과민해져서인 거라고 재이는 자신을 다잡았다.

진심을 표현하는 데에 서툰 사람들이 있는데, 윤이도 그런 거라고 생각하려 애썼다.

"고마워요."

대꾸 없이 귓가의 윤이가 떠났다. 아니, 유진이.

착잡하고 심란했지만 재이는 받아들일 수밖에 없었다.

언니를 지우고 편유진으로서의 삶을 선택한 그 마음을. 앞으로 닥쳐올 어떤 상황에서도 오직 편유진이기만을 원하는 그 결심을. 그렇게라도 하지 않고서는 견뎌 낼 수 없었을 윤이의 그 결정을.

그러니 이제 윤이를 위해서 윤이라는 존재를 잊고 유진으로만 대해야 한다. 외줄을 타는 듯 쉽지는 않겠지만 해낼 수 있을 것이다.

윤이가 선택한 차선의 방법에 응해 주는 것.

아파도, 쓸쓸해져도.

재이는 휴대폰을 내려놓고 발코니로 나갔다. 건너편 담장 아래 만개한 목련 나무를 내려다보며 황량한 마음을 다독였다.

끝에 대해서는 미리 생각하지 않기로 했다. 불확실한 미래는 미래에게 맡겨 두기로 했다.

지금은 현재에만. 무영에게만.

눈물 없는 다짐이 서러웠다.

늪 같은 딜레마

　무영과의 점심 약속 한 시간 전.

　외출 준비를 마치고 방에서 나온 재이는 멈칫해서 그 자리에 섰다. 거실 쪽에서 들려오는 인기척 때문이었다.

　가만 귀를 기울이니 느긋하게 흐르는 콧노래였다. 무호가 이제야 일어난 걸까.

　긴 복도를 천천히 걸어 나가자, 소파 끄트머리에 앉아 있는 트레이닝복 차림의 남자가 보였다. 박 기사였다.

　재이를 보곤 박 기사가 게으르게 몸을 일으켰다. 목례만 하고 지나치려는 재이에게 박 기사가 말을 걸었다.

　"어디 나가시나 봐요?"

　"네."

　짧게 답하고는 계단 쪽으로 가려다 박 기사를 향해 되돌아섰다. 박 기사의 손에 들린 리모컨이 거슬렸던 것이다.

마치 주인 없는 집 소파를 차지하고 앉아 리모컨을 눌러 가며 유유자적 TV를 보고 있던 모습이랄까. TV는 꺼져 있었지만 찜찜하고 불쾌했다.

재이는 담담한 어조로 박 기사에게 물었다.

"여기서 뭐 하고 계셨어요?"

"왜요?"

"별로 어려운 질문도 아닌데 엉뚱한 반문을 하시네요."

박 기사가 씩 웃었다. 재이는 웃지도, 의례적인 미소를 짓지도 않았다. 대답을 재촉하듯 박 기사를 응시했다. 그러자 박 기사가 웃음을 지우고 물었다.

"이 집이 얼마나 넓은지 아세요?"

"그런데요?"

"아주머니 혼자서는 도저히 감당이 안 된다는 얘기죠."

"그래서요?"

"잘 모르시는 모양인데, 그래서 2층 청소는 제 담당이다, 이 말입니다."

잘 모른다. 아니, 누구에게서도 그런 얘기는 듣지 못했다. 박 기사의 말이 사실이라면 무영이 미리 일러 주지 않았을 리가 없다.

설혹 사실이라 해도 싫다. 무영이 출근하고 없는 동안 매일같이 박 기사가 2층에서 얼씬거리는 것.

그 이유가 청소이든 다른 무엇이든 간에 몹시 불편하고 신경 쓰이니까. 게다가 조금 전까지 박 기사의 태도로 보건대 왠지 청소는 뒷전일 것만 같은 느낌마저 드니까.

"박 기사님."

할 말 다 했으면 그만 가 보시지, 라고 하듯 리모컨만 만지작거리며 딴전을 피우고 서 있던 박 기사가 재이를 돌아보았다.

"이제부터 2층 청소는 제가 할게요."

리모컨을 갖고 놀던 박 기사의 손놀림이 뚝 멈췄다. 재이는 차분히 말을 이었다.

"그러니까 이제부터는 2층에 올라오지 않으셔도 돼요."

"대단한 은혜라도 베풀어 주는 것 같은 말투네."

은혜를 베푸는 게 아니라 명령에 가까운 지시를 하고 있는 것임을 박 기사도 모르지 않을 터였다. 그럼에도 말을 꼬아 비트는 것은 수긍하지 않겠다는 뜻이겠지만, 재이는 침착하게 대꾸했다.

"그렇게 들리셨다면 듣는 쪽에서 왜곡이 있었을 거예요."

"왜곡이라. 말 참 어렵게도 하시네."

어미를 잘라먹는 식으로 하대하는 어법을 이참에 짚고 넘어가야 하나 어쩌나, 생각하고 있을 때였다.

"우선 고모님께 말씀드리고 허락을 받은 연후에, 청소를 하든지 말든지 결정해야겠습니다."

"고모님이라뇨?"

"이 집에서 제일 큰 어른 말입니다."

고 여사를 지칭하는 거라면 당연히 사모님이어야 할 텐데, 고모님이라고?

언젠가 고 여사를 두고 고모뻘이라던 박 기사의 말이 생각났다. 박 기사와는 인척 관계가 아니라던 말도 무영에게서 들었던 기억이 났다.

"이모님 아닐까요?"

"……네?"

"어머님과 박 기사님은 성이 다르니까, 이모님이라고 해야 그나마 말이 될 것 같아서요."

내내 유들유들하던 박 기사의 얼굴이 눈에 띄게 일그러졌다.

재이는 가볍게 묵례하고 돌아섰다. 그러나 계단까지 채 가기도 전에 박 기사의 부름이 등 뒤로 날아들었다.

"서재이 씨."

지난번에 무호가 윽박지르다시피 일러두었건만 아직도 그대로다. 사모님이란 호칭도 닭살 돋아 썩 즐거운 것은 아니지만, 매번 이렇게는 곤란하다.

이름을 부름으로써 맞먹으려 드는 것.

맞먹는 걸 넘어서서 은근히 무시하려 드는 것.

재이는 다시금 뒤돌아섰다. 단정히 한마디 해 줄 요량이었는데, 박 기사가 서글서글한 웃음을 지으며 말했다.

"아, 실수했다. 사모님이죠, 참. 제가 워낙 호칭에 둔해서요. 고모님, 이모님, 이런 쉬운 것도 막 헷갈려."

어이없는 핑계 아닌가 싶어 별 대꾸를 않고 있으려니, 박 기사가 전에 없이 좀 주뼛거리며 말했다.

"어릴 때 부모님 두 분 다 돌아가시고 여러 친척들 집을 전전하며 살았거든요. 말이 친척이지 촌수를 따지기도 애매한 사람들 말예요. 그래서 제가 애초에 호칭 관계를 제대로 배우질 못했어요."

그리 친밀하지도 않은 사이에 불우한 성장 과정을 방어막처럼 꺼내 보이는 사람이 간혹 있다.

자기가 저지른 잘못을 덮어 주었으면 하는 목적으로. 또는 관계에서 유지되어야 할 적정 거리를 허물어뜨리려는 시도에서.

재이는 둘 다 탐탁지 않게 여기는 편이었다.

힘들게 살아온 어린 시절을 내세워 잘못을 퉁치려는 사람은 무책임하기 일쑤고, 적정한 거리를 존중하지 않는 사람은 지켜야 마땅할 선을 자주 넘나든다.

박 기사의 경우는 두 가지 다 해당되겠지만. 속내를 읽어 내기는 하되 빤히 내색하지는 않는 것이 재이의 습관이기도 했다.

그러므로 재이는 박 기사의 말에 흔들리지도, 말려들지도 않았다. 그저 필요한 질문만 건넸다.

"저 왜 부르셨어요?"

"어……. 화나셨어요?"

"아니요."

"화나신 것 같은데요?"

"아니라고 했어요."

박 기사가 리모컨을 탁자 위에 내려놓았다. 그러고는 유들거리는 웃음 없이 성실한 자세로 서서 말했다.

"알겠습니다."

의문 어린 재이의 시선을 받으며 박 기사가 덧붙였다.

"2층 청소 말입니다. 알겠다고요."

"네."

"청소기랑 청소에 필요한 용품들 보관해 두는 곳이 2층에 따로 있어요. 따라오세요. 가르쳐 드릴게요."

"나중에 볼……."

말을 채 맺기도 전에 박 기사는 이미 복도 저 안쪽으로 걸어 들어가고 있었다. 뒤따라가 보니 무영의 방 반대쪽 복도 끝에 위치한 다용도실이었다.

문을 열고 안으로 들어간 박 기사가 이것저것 가리키며 용도와 사용법을 설명했다. 무선 청소기를 비롯하여 물걸레 청소기며 각종 기기와 세제들이 즐비했다.

"전화 좀 받을게요."

박 기사가 휴대폰을 꺼내 들고 문밖으로 나섰다. 대충 설명도 다 들은 것 같아 뒤이어 나가려는데 재이 코앞에서 문이 쾅 닫혔다.

문손잡이를 잡고 밀었지만 잠기기라도 한 듯 문은 꼼짝도 하지 않았다. 이 무슨 해괴한 장난이란 말인가. 어처구니가 없어 실소가 나왔다.

재이는 문을 두드렸다.

"문 열어요."

밖에서 문고리를 잡아당기는 소리가 들렸다.

"이상하네. 문이 안 열리는데요?"

"방금 열고 나가셨잖아요. 얼른 열어요."

문을 붙들고 달그락거리는 소리에 이어 박 기사의 목소리가 들려왔다.

"진짜 안 열려서 그래요. 아무래도 문고리가 고장 난 것 같은데. 잠깐 계세요. 지하 차고에 내려가서 공구함 좀 갖고 올게요."

별 시답잖은 짓으로 골탕을 먹이려는 건가 싶었는데, 박 기사의 어조가 예상외로 진지했다.

무영을 만나기까지 여유는 충분했지만 시간이 흐르자 살짝 초조해졌다. 더구나 박 기사가 돌아오는 기척도 전혀 없었다. 문을 힘껏 밀어 보았다. 여전히 꼼짝도 하지 않았다.

다용도실이라고는 해도 넓어서 갑갑할 정도는 아니었다. 그렇지만 언제까지고 기다리고 있을 수만은 없었다. 재이는 휴대폰을 꺼내 들었다.

무영에게 전화를 걸까 하다 관두었다. 놀라고 걱정하며 당장 달려올지도 몰랐다. 바쁘게 일하고 있을 사람에게 별것도 아닌 일로 걱정을 떠안기고 싶지 않았다.

다용도실에서 제일 가까운 방에 여태도 잠들어 있을 무호가 떠올랐다. 문을 마구 두드리며 큰소리로 부르면 잠에서 깨어 방에서 나올지도 모르겠지만, 그러기엔 좀 멋쩍었다.

전화를 걸 수도 없는 것이 무호 휴대폰 번호를 아직 모른다. 그렇다고 고 여사에게 전화를 걸기도 편치 않았다. 일의 경위는 듣지도 않고서 쯧쯧, 혀를 차는 얼굴이 눈에 선했다.

도우미 아주머니 전화번호도 아직 알지 못했다. 전에 전화를 받았던 적이 있어 박 기사의 번호가 휴대폰에 저장되어 있을 테지만 박 기사에게는 걸고 싶지 않았다.

　조금만 더 기다려 보다가 무영에게 연락하는 수밖에 도리가 없겠다고 생각하는데, 주은에게서 문자가 왔다.

　[지금 전화 받을 수 있어?]

　재이는 냉큼 주은에게 전화를 걸었다.

　—재이야!

　부름에서 반가움이 와락 묻어났다.

　"주은아."

　—뭐야, 너. 그 담담한 목소리는. 지금 나만 막 반가운 거야?

　"아니. 지금 나한테는 엄주은이 나를 구해 줄 천사 같아."

　—이게 뭔 소리야? 무슨 일 있어? 시집에 들어간 지 사흘밖에 안 됐는데 벌써 뭔 일이 생긴 거야?

　한껏 심각해진 주은 덕분에 웃음이 나 버렸다.

　"좀 황당한 일이 생기긴 했어."

　—뭔데? 무슨 일인데?

　"나 지금 다용도실에 갇혔어."

　—뭐? 누구야? 어떤 놈이야? 어떤 새끼가 그딴 짓을 한 거야?

　대뜸 누군가의 짓임을 확신하곤 미지의 상대에게 성질을 부리는 주은이 고마워 코끝이 찡했다.

　"근데 너 지금 통화해도 되는 거야?"

─지금 우리 반 애들 외부 강사한테 특강 듣는 중이야. 길게는 못 해. 대표님 출근하고 없는 집에서 너 어쩌고 있나 궁금하고 걱정돼서 잠깐 짬 낸 거야.

"잘 지내고 있어. 걱정 안 해도 돼."

─다용도실에 갇힌 게 잘 지내고 있는 거냐?

재이는 웃었다.

─집에 무호 씨 없어?

"있어."

─그럼 전화해 봐.

"번호를 아직 몰라."

─뭐냐? 나하고는 번호 교환했는데.

결혼식 날 신부 대기실에서 왁자지껄 인사 나눌 때, 서로 휴대폰 번호까지 주고받았나 보았다.

"잘됐다. 그럼 무호 씨 번호 문자로 좀 찍어 줘."

─알았어. 무사히 탈출하면 문자 해.

"그래. 고마워, 주은아."

─나의 천사님, 그래야지.

"고마워, 나의 천사님."

주은이 키득키득 웃어 댔다.

곧 주은에게서 무호의 휴대폰 번호가 든 문자가 도착했다. 재이는 무호에게 전화를 걸었다. 잠결이면 어쩔까 걱정했더니 맑은 목소리로 받았다.

─여보세요.

"도련님."

―어. 형수님?

"네. 일어나셨어요?"

―좀 전에 일어나 샤워하고 나오는 길이에요. 유진이 만나려고요.

"아……."

아까 윤이와 통화 때 외출하려던 참이었다더니 무호와 만나기로 되어 있었나 보다. 잠을 떨치고 일어나 만나러 나가려는 걸 보면 무호에게도 윤이가 특별해지고 있는 중일까.

윤이를 위해서는 기뻐해야 할 테지만, 그 결과 닥쳐올 앞으로의 일들을 생각하면 마냥 기꺼워만 할 수도 없는지라 착잡해졌다. 늪 같은 딜레마에 빠진 기분이었다.

―저한테 뭐 하실 말씀이라도?

"네, 부탁 좀 드릴게요."

―무슨 부탁인데요? 말씀만 하세요.

"제가 지금 다용도실에 들어와 있는데요. 문이 고장 난 것 같아요."

―어휴, 문 그거 또 말썽이네. 문짝을 통째로 바꾸랬더니 여태 놔뒀나 보다. 잠깐만요. 금방 열어 드릴게요.

무호의 말을 듣고 나니 안심이 됐다. 문을 열어 준다고 해서가 아니라, 원래 문제가 있던 문이라는 걸 알게 되었으므로.

순전히 박 기사의 악의로 갇힌 것이 아니라는 것까지는 알게 되었지만 의문은 여전히 남았다. 공구함을 가져오겠다며 내려간 사람이 왜 여태 함흥차사인가 말이다.

무호와 통화 후 얼마 지나지 않아 재이는 다용도실 밖으로 나올 수 있었다. 문을 열어 준 사람도 무호였다.

"놀라셨죠? 오늘 당장 문 고치라고 할게요."

"도련님이 있어 다행이에요."

"진심 같은데요?"

"진심이니까요."

"다행이다. 귀찮은 시동생 따위 얼른 가 버렸으면 좋겠다, 이런 맘 아니라서."

유쾌하게 웃는 무호를 따라 재이도 웃으며 받았다.

"그럴 리가요. 더 오래 계셨으면 싶은걸요."

"형수님 처음 봤을 때 왠지 낯이 익더라고요."

"그랬어요?"

"뭔 개소리냐, 그럴까 봐 형한테는 말 안 했는데요. 최근에 유진이 다시 만나고 나서 알았잖아요. 왜 낯이 익다고 느꼈던 건지."

쿵, 가슴이 내려앉았다.

"유진이랑 닮았어요. 생김새가 닮은 건 아닌데, 묘하게 겹치는 데가 있어요. 딱 집어 어디라고 말할 수는 없지만. 뭐랄까……. 느낌이랄까?"

불안한 두근거림을 감추기 위해 재이는 미소 지었다.

어릴 때도 둘이 닮았다는 얘기를 들어 본 기억은 없었다. 윤이가 원체 빼어나게 예뻐서 둘이 같이 있어도 어디에서든 윤이만 빛이 났다.

친자매라고 하면 정말이냐고 되묻는 사람들도 많았다. 다 자란 현재의 얼굴에서도 닮은 부분을 찾기는 재이 스스로도 어려웠다.

그런데 윤이와 더 가까웠던 무호의 눈에는 보였던 걸까.

편유진으로만 살겠다는 윤이의 그 의지를 지켜 주려면 더욱 독해져야 했다. 단단해져야 했다.

"예쁜 사람 닮았다니 기분 좋네요."

"유진이 진짜 예쁘죠?"

우쭐해진 무호에게 재이는 미소 띤 채 끄덕여 주었다.

중독성의 즐거움이기를

　나가는 길에 회사까지 태워다 주겠다고 하여 재이는 무호와 동행하기로 했다.

　그새 고 여사는 외출한 뒤여서 따로 허락을 받지 않아도 됐다. 예정에 없던 외출이라 박 기사가 허둥지둥 준비하더라는 소릴 아주머니한테서 들었다.

　다용도실 문과 관련해서 박 기사에게 남아 있던 일말의 의구심이 가라앉긴 했으나, 그렇다고 완전히 말끔해진 것은 아니었다.

　어두운 쪽으로의 직감 같은 것이 있었다. 선을 분명히 긋고 거리를 철저히 두어야겠구나, 재이는 새삼 생각했다.

　"근데 다용도실엔 뭐 하러 들어가셨어요?"

　차고로 가며 무호가 물었다.

　박 기사에게 유독 날카롭게 굴던 무호가 떠올라 말하기가 조심스러웠다. 무호가 개입하면 상황을 필요 이상으로 확대하거나 악화시킬 가능성이 있었다.

"이제부터는 2층 청소를 제가 해 볼까 하고요."

"아주머니 계신데 형수님이 왜?"

2층 청소를 도맡아 한다던 박 기사의 말이 거짓 쪽에 기울어 있음을 알았다.

"심심할 때 시간 보내기 좋잖아요."

"그래도 하지 마세요. 형도 못 하게 할 거예요."

재이는 조용히 웃어만 보였다.

차 앞에 이르자 무호가 제 차인 듯 자랑스레 말했다.

"차 죽이죠?"

무영에게 스포츠카를 향한 욕망이 있었다는 게 의외여서, 이 차를 살 때의 그가 어떤 심경이었을지 알고 싶어졌다.

"한때 우리 형, 스피드광이었는데."

"진짜요?"

"안 믿기죠? 나도 눈으로 보기 전엔 안 믿었어요."

"직접 보셨어요?"

"네. 애 갖고 나가서 거의 레이서급으로 몰더라고요. 레이싱 경기장을 통째로 빌린 적도 있고."

"진짜 안 믿기네요."

"그땐 되게 불안했어요. 형답지 않게 무슨 짓이냐고 했더니만, 상관 말래요. 난 정말 걱정돼서 건넨 말인데."

"상관없습니다."

서늘할 만큼 건조한 어투로 내뱉던 무영의 목소리가 귓가에서 재생되었다.

동생한테도 별반 다르지 않았던 모양이다. 그러니 언제나 혼자서, 자기만의 세계에 갇혀서 외로이.

손무영이란 남자에게 있어 찬란한 즐거움이란 무엇일까. 한때 광적으로 빠져들었다던 스피드 정도? '한때'여서 다행이다.

지금까지도 계속 그러하다면 무호가 느꼈던 것과 마찬가지로 불안해질 테니까. 스피드라는 것은 중독성의 즐거움이어서 나날이 그 수치를 높여 가고 말 테니까.

"요즘은 안 그러니까 걱정 마세요. 이렇게 근사한 차를 차고에 방치해 둔 것만 봐도 알 수 있죠."

"……네."

끄덕이며 재이는 소망했다. 무영과 같이 나눌 수 있는 즐거움을 찾아보고 싶다고.

회사에 다다를 무렵 무호에게 전화가 왔다. 무호가 스피커폰으로 받았다.

"유진!"

유쾌한 부름이 재이의 마음에 화살로 꽂혔다. 곧이어 윤이 목소리가 상냥하게 흘러나왔다.

—오빠. 어디야?

"가는 중."

—난 방금 왔어.

"15분쯤 걸리니까 뭐 마시고 있어."

—자느라 아침 못 먹었지, 오빠?

"너는?"

—나도 안 먹었어.

"왜. 엄마한테 또 한 소리 들었겠네."

—아침에 속이 좀 안 좋아서.

"지금은 어때? 점심은 먹을 수 있겠어?"

—지금은 괜찮아졌어. 오빠 만나니까 설레서 그런가 봐.

잠잠한 무호를 돌아보니 입가에 흐뭇한 웃음이 어려 있었다. 여자의 말에 만족스러워하는 남자의 표정이었다.

무호에게로 향하는 윤이의 올곧은 마음을 생각하면 고맙고 반가운 반응인데, 재이로서는 투명하게 기뻐할 수가 없었다. 심란한 와중에도 두 사람의 통화는 이어졌다.

—오빠.

"응?"

—우리 점심 뭐 먹을까?

"너 먹고 싶은 거."

—그럼 난 떡볶이.

"떡볶이 먹고 싶어?"

—응, 아주 매콤한 걸로.

"알았어. 떡볶이 기가 막히게 잘하는 집을 내가 알지."

차 안에 윤이 웃음소리가 울렸다. 명랑하지만 분홍빛 수줍음이 스민. 마음을 가득 기대고 있는 남자에게만 꺼내어 보이는 웃음소리.

행복해하고 있구나. 지금 무호와 대화를 나누며 윤이가 많이 행복해지고 있구나.

가슴이 아려 와서 재이는 차창 밖으로 눈길을 돌렸다. 두 귀도 막아 버리고 싶었지만 그럴 수 없어 괴로웠다.

"오늘의 고백은 언제 할 거야?"

—나중에 오빠 얼굴 보면.

"싫어, 지금 해. 지금 듣고 싶어."

—하루에 꼭 한 번인데?

"그러니까 지금."

얼마 동안 머뭇거리는가 싶더니, 윤이 목소리가 다가들었다.

—사랑해, 오빠.

무호가 다시 잠잠해졌다.

재이는 그런 무호를 돌아보지 않았다. 다만 온 마음을 다해 바랐다.

이 순간 무호의 얼굴에 담겨 있을 만족감이 오롯이 붉은 진심이기를. 재이 앞에서의 과시 같은 것이 아니기를.

—조심해서 와, 오빠.

"오케이."

다정한 인사로 윤이와 무호의 통화가 끝을 맺었다.

"행복해 보이네요."

"유진이가 매일 한 번씩 고백해 주거든요."

도련님은요? 하고 물으려다 말았다.

윤이한테는 매일 한 번씩 사랑을 고백하게 하면서 정작 본인은 말도 마음도 아끼고 있는 건 아닌지. 무호에게서 바람직한 대답을 듣지 못하면 자칫 타박이 되어 버릴까 봐.

"형수님은요?"

"네?"

"형한테 사랑 고백 자주 하세요?"

그러고 보니 지금껏 단 한 번도 입에 올렸던 적 없다.

사랑이라는 말. 사랑한다는 말. 사랑하고 있다는 말. 내내 사랑하겠다는 말.

너무나도 흔하지만, 한편으론 지나치게 추상적이어서 선뜻 입에 올리기가 힘든 말. 결혼 서약서에서조차 쉽게 써 넣을 수 없었던 말.

"아끼는구나."

무호의 지레짐작에 재이는 미소만 지었다.

아낀다기보다는 그 말이 지니는 무게와 책임감을 귀하게 생각하기 때문이겠지만.

머지않아 무영에게 고백하게 되는 날이 올 것이다. 말하지 않고는 버틸 수 없는 순간이 닥쳐올 것이다.

아마도 손무영이라는 남자를, 그의 존재를 온몸으로 깊이 받아들일 때. 그 순간 그의 몸에 실려 있을 전 생애를 기꺼이 감당할 때. 서로의 모든 것들이 한데 섞일 때.

그때에야 비로소 입술이 열릴 것이다. 그에게 마음의 말을 건네어 줄 것이다. 그리고 그에게서도 그 말을 받게 될 것이다.

"아끼지 말고 자주 하세요. 천년만년 살 것도 아닌데 뭘 아껴요. 생생히 살아 있을 때 마음껏 사랑하는 거예요."

"도련님도요."

"어. 역습인가."

핵심을 짚어 내는 무호를 보며 재이는 생각했다.

때때로 허허 실실해 보이지만 기본적으론 속이 깊은 사람일지도 모른다고. 위악의 가면을 즐겨 쓰지만 통찰력이 뛰어난 사람일지도 모른다고.

차가 회사 앞에 도착했다.

"태워다 주셔서 고마워요. 유진 씨랑 좋은 시간 보내세요."

"넵. 형수님도요."

멀어져 가는 차를 바라다보며 재이는 다시금 다짐했다.

미래는 미래에게.

그러므로 앞날이야 어떻게 되건 무호의 마음이 윤이에게 오래 머물러 주기를 기원했다.

10층. 무영의 방 앞에서 재이는 가만히 문을 노크했다. 처음 이 문 앞에 섰던 그날처럼.

대표의 호출을 받고 막막한 마음으로 올라왔던 그때와는 달리, 즉시 문이 열렸다. 열린 문 너머에는 입술에 미소를 머금은 무영이 서 있었다.

이젠 남편이 된 무영에게 재이도 미소를 건넸다.

"지각했어, 서재이."

"아닐걸요?"

"5분이나 지났잖아."

"겨우 5분?"

무영이 손을 뻗어 재이를 안으로 끌어당겼다. 등 뒤에서 문이 닫히고, 재이는 순식간에 무영의 품에 갇혀 버렸다.

무영이 이루어 낸 포옹에서 기다림이 느껴졌다. 갈증이 느껴졌다. 그의 몸을 팽팽히 채운 열망도 탐지되었다.

재이는 무영의 허리를 감아 안았다. 두 몸이 완벽히 겹쳐지자 그의 열망이 더욱 선연하게 와 닿았다. 가슴이 뛰었다.

남자에게 여자이고 싶은 마음. 결혼식을 올리고도 지연된 둘만의 첫 밤을 하루빨리 앞당기고 싶은 마음.

아련한 설렘하고는 다른 빛깔의 그 마음들을 욕망이라고 부른다면, 지금 재이가 꼭 그랬다.

그러나 아직은 그에게 몸을 열 수가 없었다. 아직 생리가 깔끔히 끝나지 않은 상태로 그를 받아들이고 싶지 않았다.

거칠게 박동하는 무영의 심장에 뺨을 기댄 채로 재이는 나직이 말했다.

"오늘은 내가 디데이를 일러 줄 차례예요."

"복수하는 거야?"

"응."

"당연히 허니문 첫날일 거라 생각했는데."

"아니."

"그럼 언제?"

"목요일."

"황송하게도 하루를 앞당겨 주시겠다?"

"신난다고 말해도 안 놀릴게요."

"신난다."

"나도."

무영이 빠듯한 품을 느슨히 풀고는 재이를 내려다보았다. 눈빛이 깊고도 깊었다.

빠져들고 싶었다. 이 눈빛 앞에서 무심히 시선을 돌릴 수 있는 여자는 세상에 없을 것만 같았다. 돌연 독점욕이 치밀었다.

"그런 눈빛, 다른 데서는 발산하기 없기예요."

"알았어."

"나한테만."

"서재이한테만."

"알고 싶어요."

"뭘?"

"스피드에 몰입했던 손무영의 마음에 대해서."

무영의 눈가에 흐린 미소가 스쳐 갔다.

"어떻게 알았지?"

"말하고 싶지 않아요?"

"어떤 대답을 원할까, 서재이는."

"음……. 솔직한 대답?"

"솔직함이 최선은 아닐 수도 있어."

틀린 말은 아니었다. 대부분의 관계에서 종종 그렇다는 것을 재이도 알고 있었다.

그렇지만 무영이 스피드에 빠졌던 그 시간들에 대해서는 있는 그대로를 알고 싶었다. 이해하고 싶었다. 보여 주려 하지 않는 모습을. 상상할 수 없는 얼굴을.

"알고 싶어요."

다시 한번 청하자, 무영이 답을 주었다.

"잊고 싶었어."

그 한마디에 닫혀 있던 문이 열리는 듯했다. 더 말하지 않아도 알 것 같아졌다. 눈으로 끄덕이는 재이에게 그가 덧붙였다.

"다."

"다…….."

그를 따라 되뇌며 재이는 생각했다.

그가 잊고 싶었던 것은 무원의 죽음만이 아니었을지도 모르겠다고. 그 죽음으로부터 파생된 모든 시간들을 지워 버리고 싶었던 것이라고.

"달리고 또 달려서 그대로 어딘가에 충돌해 버려도 상관없다고 생각했어. 세상을 등지고 싶었는지도 몰라. 죽어 버리고 싶었던 것인지도."

"……지금은요?"

"지나왔어."

간결한 답에서 회한의 조각조차도 찾아볼 수 없었다.

재이는 암담한 '한때'를 이겨 낸 자의 현재에 축배를 드는 심정으로 말했다.

"고마워요."

그리고 한껏 발돋움을 해 무영에게 입을 맞추었다. 그가 이대로 놓아주지 않으리라는 것을 알고 있었다. 도발이 되리라는 것 또한 알고 있었다.

입술을 완전히 소유한 그가 재이의 가슴께로 손을 올렸다.

남자의 크고 강인한 손아귀에 가슴 하나가 완전히 포박돼 버렸다.

그의 손길을 밀쳐 내지 않았다. 마음껏 소유하도록 내버려두었다. 뜨거운 손이 만들어 내는 감각을 누리며 재이는 염원했다.

이제부터는, 손무영에게 서재이가, 중독성의 즐거움이기를.

햇빛이 쨍한 오후에

목요일 아침, 드디어 디데이.

출근하는 무영을 배웅하고 들어오니 그새 식탁 위가 말끔히 치워져 있었다. 주방으로 들어가 설거지를 도우려 드는 재이를 아주머니가 극구 사양하며 밀어냈다.

끼니마다 식사 준비를 혼자 도맡아 하며 주방엔 얼씬도 못하게 하는지라, 설거지라도 하고 싶었지만 매번 밀려나곤 했다.

당연히 본인이 해야 될 일이라며 완강한 아주머니였지만, 재이로서는 가만 앉아 받아먹기만 하는 것 같아 여간 마음 쓰이는 게 아니었다.

"아침 설거지만이라도 하게 해 주세요."

"안 돼요. 그러면 제가 곤란해져요."

아주머니가 주은의 어머니와 비슷한 연배라, 말씀 편하게 하시라고 얘기하려다가 말았다. 권해 봐야 결코 그러지 않을 텐데 무의미한 말치레에 불과하지 않을까 싶어서였다.

"그럼 저 요리하는 법 좀 가르쳐 주세요. 제가 아무것도 할 줄 몰라서 걱정이에요."

"기본만 하면 되지, 뭘 배워요."

"기본도 모르는걸요?"

"그래도 일부러 배우고 그러진 말아요. 음식 잘하면 그걸로 먹고살게 돼. 할 줄 모르면 모르는 대로, 아니, 할 줄 몰라야 편하게 살아요."

뜻밖의 말이 재이에게 생각의 길을 터놓았다. 기본도 할 줄 모른다는 게 흠 잡힐 일이라고만 생각해 왔던 것이다.

사실 이런 종류의 말은 처음 들어 보았다. 배울 기회조차 없었던 것들, 그래서 서툰 것에 대한 힐난이야 자주 접해 봤어도.

의도는 아닐지 몰라도 재이에게는 배려처럼 다가왔고 아주머니가 정답게 느껴졌다.

"그럼 배우진 않고 어깨 너머로 살짝살짝 보기만 할게요. 그건 괜찮죠?"

"닥치면 다 할 텐데 뭐 하러 미리 하려 들어요."

"그렇게 말씀하시니까 제가 꼭 아주머니 딸 같아요."

"네에?"

"아깝고 아까워서 손에 물 한 방울 안 묻히게 하고 싶은 딸이요."

웃음 짓는 아주머니를 따라 재이도 웃었다.

기본적으로 말수가 적고 행동거지가 소란스럽지 않으면서도 적재적소에서 자기 일을 살뜰히 해내는 사람.

이 집에서 일한 지 10년이 다 되어 간다는 걸로 봐선 까다로운 고 여사도 꽤나 탐탁하게 여기는 듯싶었다.

아주머니에 대해서야 선뜻 끄덕여지지만 박 기사의 경우는 잘 모르겠다. 고 여사가 왜 그다지도 신뢰하고 곁에 두는지를.

마침 박 기사가 주방으로 들어섰다. 재이와 눈이 마주치자 고개를 까딱해 보였다. 재이도 깔끔하게 묵례만 했다.

"밥 주세요, 아줌마."

싱크대와 이어진 아일랜드 식탁 앞에 앉으며 박 기사가 말했다.

"찌개 데워서 먹자. 조금만 기다려."

다이닝 룸에서 무영 가족들의 식사가 정리된 뒤에야 주방에서 아주머니와 같이 식사를 하는 모양이었다.

돌아서 나오려는데 발목을 잡아채듯 박 기사가 재이를 불렀다.

"사모님."

정중하지도, 공손하지도 않았다. 콧노래에 더 가까운 어조였다.

돌아선 재이는 아주머니와 대화를 나누던 좀 전까지와는 다르게 서늘하도록 단정한 표정으로 박 기사를 보았다.

"외출할 일 있으면 나한테 얘기하세요. 태워다 드릴게."

"아뇨, 괜찮습니다."

"괜찮기는. 어머님 명령이니까 싫어도 따르셔야죠. 귀한 막내를 기사로 부리는 거 무척 못마땅해하시니까요."

기사로 부린 게 아니라 나가는 길에 동행한 것뿐이라고, 고 여사가 앞에 있다면 찬찬히 말했을 테지만. 박 기사한테 해명하고 싶지는 않았다.

"제가 도련님과 같이 나간 걸 어머님께서 어떻게 아셨을까요?"

딱 잡아뗄 줄 알았는데, 박 기사가 느적느적 대꾸했다.

"이 집에서 일어나는 모든 일에 대해서 어머님께 보고드리는 건 제 의무거든요."

"아. 그럼 2층 다용도실 문 교체한 것도 보고드리셨겠네요?"

"뭐…… 뭐요?"

"모르셨어요? 그날 바로 새 문으로 바꿔 달았는데. 갑자기 왜 문을 교체해야 했는지, 전후 관계에 대해서는 어머님께 제가 보고드려도 될까요?"

애써 웃음을 띠려는 듯 박 기사의 입술이 비틀렸다.

점심 식사 후 재이는 고 여사의 방을 노크했다.

"어머님, 재이예요."

"들어오너라."

문을 열자, 보료 위에 고아한 자세로 앉아 있는 고 여사가 보였다.

문에서부터 고 여사까지의 거리가 아직도 멀게만 느껴졌다. 고 여사가 은은한 빛깔의 한복 차림이어서 더 그럴지도 몰랐다.

재이는 천천히 걸어가 고 여사 앞에 앉았다. 그리고 가져온 선물 상자를 낮은 책상에다 얹었다. 고 여사의 시선이 돋보기 너머로 건너왔다.

"월요일에 어머님 드리려고 사 왔는데, 좋아하실지 어떨지 고민하다가 이제야 드려요."

"무엇이냐?"

"옷이에요."

"쓸데없는 짓을 했구나."

"대표님한테 저도 들었어요. 어머님께서는 손수 옷을 고르신다고요."

"그래서 고민이란 걸 했던 모양이지?"

재이는 웃으며 대답했다.

"네."

고 여사가 돋보기를 벗어 책상 위의 책 옆에다 놓았다.

"열어 볼까요, 어머님?"

"그냥 두어라."

매몰찬 거절처럼 들리지는 않았다. 뭐랄까. 딱히 좋을 것도 나쁠 것도 없는 이의 얼굴이었다.

추측하건대 재이가 보고 있는 앞에서 일상의 소소한 감정들을 드러내고 싶지 않은 것 같기도 했다.

무영과 함께일 때면 곁의 사람들까지 알아차릴 만큼 냉엄한 표정을 짓고 가시 돋친 언사를 내뱉던 고 여사였으므로, 의아한 면도 있었다.

"보시고 마음에 안 드시면 말씀해 주세요. 다른 걸로 바꿔 올게요."

"무슨 돈이 있다고 이런 걸 사들여? 돈 함부로 쓰지 마라."

"대표님한테서 마음껏 쓰라고 카드도 받는걸요?"

웃음 띤 채로 짐짓 태연스레 말했더니, 고 여사가 미간을 좁혔다.

"저 돈 함부로 쓰는 사람 아닌 거 어머님도 아시잖아요."

"내가 어찌 안단 말이냐? 난 그런 거 모른다."

"친구한테서 축의금을 좀 거하게 받았어요. 그 돈으로 산 거니까 편하게 입으셨으면 좋겠어요. 어머님 고운 자태를 한복 안에다 감추어 두시는 게 싫어서요."

잠시 재이를 보고만 있던 고 여사가 단도직입적으로 물었다.

"원하는 게 뭐냐?"

"와. 어머님 진짜 고수세요."

"뭐라?"

"어머님께 청하고 싶은 게 있었거든요."

고 여사가 입술을 한일자로 붙여 다물었다. 불편한 심경을 나타내고 싶은 듯했으나 정적이던 눈매엔 생기가 서렸다.

"저 오늘 대표님이랑 저녁 먹고 좀, 아니, 많이 늦게 들어오려고요. 허락해 주실 거죠?"

"허락 못 하겠다면 담이라도 넘어 튀어 나갈 태세로구나."

시큰둥하긴 해도 허락한 것이나 다름없었다. 그렇게 받아들인 재이는 활짝 웃었다.

"고맙습니다, 어머님."

고 여사가 대꾸 없이 옆으로 돌아앉았다. 온몸으로 표현하려는 외면이겠지만 차갑게만 느껴지지는 않았다. 거부당했다는 느낌도 들지 않았다.

마음을 얼려 둔 상태로 지키려는 모습은 아닌지. 약해질까 봐, 무너질까 봐 감정들을 다스리고 있는 모습은 아닌지. 무영이 지금껏 그렇게 살아왔듯이, 어쩌면 고 여사도.

방으로 올라와 느긋이 외출 준비를 하면서 재이는 무영과 고 여사의 관계에 대해 생각했다.

너무 가까이에서는 보이지 않는 것. 상처로 겹겹이 겹쳐진 세월이 오래여서 서로 의심해 볼 수조차 없었던 것. 보이지 않아서, 의심조차 하지 않아서 그대로 굳어 버린 것. 각자가 믿어 버리게 된 것.

사실은 그것이 진실이 아닐지도 모른다고 새롭게 되새겨 볼수 있다면. 진심은 보이지 않는 곳에 숨어 있었던 게 아닌지를 탐색해 볼 수 있다면.

그렇게만 된다면 어긋나 버린 두 마음도, 서걱거리며 얼어 버린 관계도 조금은 다정해질 수 있지 않을까.

그걸 가능하게 도와주는 것. 디딤돌을 놓아 주는 것.

그 역할이야말로 진정한 의미에서의 '희망'이지 않을까.

다시 1층으로 내려왔을 때 고 여사는 방에 없었다. 또 외출하셨나 했더니 아주머니가 아니라고 했다.

현관을 나선 재이는 대문으로 걸어가던 도중에 스르르 걸음을 멈추었다.

거실 테라스에 고 여사가 나와 앉아 있었다. 재이가 선물한 연보랏빛 니트 원피스 차림이었다. 예상했던 대로 신비롭고 아름다웠다.

비스듬히 맞은편에는 박 기사가 앉아 있었는데, 얼굴빛이 신록처럼 싱그러웠다. 악의나 음흉한 꿍꿍이 따위는 한 톨도 찾아볼 수 없는 얼굴이어서 같은 사람이 맞나 싶을 지경이었다.

박 기사가 무어라 말하면 고 여사가 웃었다. 한 번도 본 적 없는, 편안하기 그지없는 웃음이었다.

재이는 좀 놀랐다. 테라스에서의 두 사람 모습만 놓고 본다면, 누구의 눈에도 다정한 모자간처럼 보일 터였다.

무영이 배제된 그림 속에서 이따금 웃음까지 짓는 고 여사를 바라보며 기분이 묘했다. 상처를 공유하지 않는 사람들끼리의 지극히 안온한 유대라고나 할까.

무영에게는 굳이 보여 주고 싶지 않은 장면이었다. 그것과는 별개로 재이는 고 여사의 심중을 얼마쯤은 이해할 수 있을 것도 같았다.

고 여사의 정서에 결핍된 부분을 박 기사가 채워 주고 있구나, 하는 생각.

저래서 무호가 거의 본능적인 반감으로 박 기사를 배척하려 드는구나.

제 몫의 애정을 빼앗기지 않으려는 무호와는 다르게 무영은 더더욱 외로워지고만 있었겠구나.

무영에게 이입되어 재이는 조금 쓸쓸해졌다.

'우리 집'에 와서 무영을 기다리고 있다가 율의 전화를 받았다.

"율아."

―잘 지내고 있어? 별일 없지?

"주은이랑 둘이서 교대로 내 안부를 확인하기로 한 거야?"

―걱정되니까 그렇지. 대표님 어머니 보통 분 아니라면서.

"각오했던 것에 비하면 비교적 순조로운 편이야. 그러니까 걱정 안 해도 돼."

―그럼 다행이고. 언제까지랬지? 시집살이.

"시집살이?"

재이는 웃었다. 주은이 언급한 말일 텐데, 율의 입에서 나오니 생경하게 들렸다.

―주은이 말로는 3개월이라던데.

"1년까지 생각하고 있어."

―아 왜!

짜증스런 대꾸에서 율의 마음이 엿보였다. 고마워서 차분히 설명해 주었다.

"집이 그야말로 대저택 수준이라서. 2층에 올라와 있으면 너무나도 고요해서 아래층에 누가 살고 있는지 느낄 수도 없어. 한집에서 막 부대끼며 산다는 기분 전혀 안 들어."

―나도 나중에 그런 집에서 살 거야.

"주은이랑?"

넌지시 던져 보았더니, 율이 강하게 부정하지 않고 딴소리를 했다.

─난 정원 넓은 집이 좋더라. 나무도 여러 그루 키울 거야.

문득 엊그제 본 율의 기사가 생각났다. 학대받는 어린이들을 위해 쓰라고 어린이 재단에 1억을 기부했다는 기사였다.

"멋진 김율."

─갑자기?

"기부 기사 봤어."

─쑥스럽게 왜 그래.

결혼식 날 율에게서 온 축의금은 1,000만 원.

"축의금 액수가 너무 높아서 부담스럽던 중이었는데, 기부라고 생각해 버릴까 봐."

웃음을 담아 말하자, 율이 발끈했다.

─너한테는 기부 아니거든? 애정이거든?

"애정이라니."

─따지기는. 그럼 우정.

우정.

근 10년 만에 그 말을 입에 올린 율의 마음 저편을 어쩔 수 없이 헤아리게 됐다.

열여섯이던 어느 날, 위탁 가정의 아버지로부터 심하게 구타당한 뒤 도망쳐 나온 율과 마주한 적이 있었다.

처참한 몰골로 상습적 폭력임을 털어놓으며 울던 율 앞에서 재이는 울음을 삼켜야만 했다.

율의 눈물이 아팠다. 어떻게도 해 줄 수 없는 무력함이 괴로웠다.

저린 울음 끝자락에서 율이 당부했다. 주은에게는 절대로 말하지 말라고. 주은이 알게 되면 콱 죽어 버리겠다고.

재이는 기꺼이 약속해 주었다. 우정의 이름으로 맹세하라는 율에게 끄덕이며 맹세도 해 주었다.

그때 이미 알았는지도 모른다. 율의 생에서는 주은이 유일한 여자라는 걸.

뼈아픈 비밀을 공유해 버린 사이에서는 절대로 친구 이상의 감정이 자랄 수 없다는 것을.

그날 이후 율을 볼 때면 늘 안쓰러움이 공존했다.

어떻게 율에게 설레지 않을 수가 있느냐는 주은에게는 가족을 들먹였지만, 연민부터 앞서는 사람이 남자로 보일 수는 없는 법이었다.

"율아."

―왜.

"돈 많이 벌어."

―너답지 않은 발언인데?

"나도 돈 좋아하거든?"

웃으며 받았으나 정작 율에게 하고 싶었던 말은 이것이었다.

김율, 돈 많이 벌어서 한 풀고 살아.

현관문이 열렸다. 아직 햇빛이 쨍한 오후에 재이에게로 달려온 사람은 무영이었다.

"퇴근하려면 멀었잖아요."

공연히 수줍어져서 타박하는 척했더니, 무영이 말했다.

"퇴근 시간까지 기다려지지 않았어. 기다릴 수가 없었어."

무영의 눈빛에서 재이는 이글거리는 허기를 보았다. 더는 지체할 수 없는 탐욕을 읽었다. 마음껏 두근거렸다.

무영이 상의를 벗어 던지고 타이를 풀었다. 기다릴 수 없었으므로 스스로 셔츠 단추를 풀어내느라 재이도 손길이 바빴다.

곧 둘 다 하얗게 빈 몸이 되었다. 침실로 옮겨 갈 여유 따윈 없었다. 넓게 펼쳐진 소파에서 재이는 무영에게 잠식당하고 말았다.

세상과 완벽히 단절된 시간.

커튼 사이로 반짝이는 햇빛의 입자들이 눈부셨다.

무영의 숨결이 닿는 곳마다 수천, 수만의 조각들로 부서지고 있었다.

손무영이라는 남자에 의해 몸의 모든 세포들이 눈을 뜨고 깨어나기 시작했다.

눈가에 이슬방울처럼 맺혀 드는 것은 눈물이 아니라 환희.

"사랑해."

맹렬한 폭발의 끝에서 무영이 먼저 고백했다.

목이 메어 재이는 차마 그 말을 그에게 돌려주지 못했다.

사랑해. 사랑해. 사랑해.

들끓는 마음을 입술의 말로는 전하지 못하고 재이는 다시금 온몸을 환히 열어젖혔다.

언어 대신에 몸으로 무영을 갈망했다. 남자를 원했다.

바깥세상과 다시 연결되기까지는 긴 시간이 필요했다.

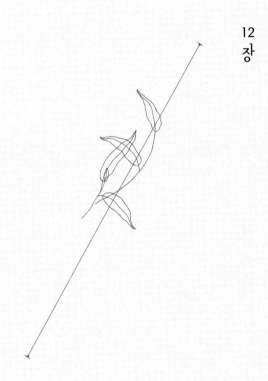

12
장

허니문의 날들이

타국에서의 늦은 오후.

바깥엔 부슬부슬 비가 내렸다.

반쯤 내려 둔 블라인드 아래 빗방울들이 붙어 앉은 유리창이 보였다. 곁에 누운 재이의 시선도 무영을 따라 젖은 창 쪽으로 향해 있었다.

무영은 재이의 흰 어깨를 손끝으로 쓸었다. 매끄럽고 보송보송했다.

냉방이 지나칠 만큼 잘 되는 호텔 룸이어서 그럴까. 조금 전서로에게로 흠뻑 스며들며 흘렸던 땀이 자취도 없이 사라져 있었다.

4월 1일, 허니문 첫날이었다.

예약해 둔 방으로 들어서자마자 짐을 풀기도 전에 서로의 몸을 먼저 탐닉했다. 이제부터의 일정을 의논하기 위해 서로

의견을 교환할 겨를도 없었다. 마주친 눈빛 하나면 충분했다.

서재이는 남자의 손길이 올 때까지 다소곳이 기다리고 있는 타입은 아니었다. 무영과 같이 벗었다.

제 옷의 단추를 풀어낼 때, 그녀의 다급한 그 손놀림이 무영을 미치게 만들었다. 햇빛이 환한 어제 오후, 둘만의 집에서의 첫 순간처럼.

몸과 몸이 깊이 섞이고 난 뒤, 살짝 해쓱해진 재이 얼굴을 보는 게 좋았다. 나른히 지쳐 버린 그녀와 살갗을 맞대고 있는 게 좋았다.

소파에서, 침대에서, 식탁에서.

오후부터 저녁까지 밀도 높은 시간들이 흘러갔던 어제를 떠나, 그녀가 원했던 여행지 대만에서 오늘 본격적인 허니문의 시공간이 시작되고 있었다.

"내가 그랬죠? 비가 내려도 좋을 거라고."

"비가 내려서 더 좋은 것 같아."

"그죠."

"그러니 이렇게 내내 방에만 있을까?"

"창밖에 내리는 비를 보면서?"

"아니, 서재이를 보면서."

재이가 웃음 지었다. 여윈 듯 새하얀 두 뺨에 고이는 웃음이 마음을 흔들어 놓았다. 몸도 덩달아 반응했다.

두 개의 스푼처럼 겹쳐져 있었으므로 이내 알아챈 재이가 나직이 중얼거렸다.

"욕심내고 있다."

가파른 절정의 순간 더는 참지 못하고 내지르던 탄식과도 닮은 어조였다. 무영은 재이의 어깨에 입술을 내렸다. 재이가 낮은 한숨을 내쉬었다.

　　재이 몸의 곡선을 타고 천천히 흘러 내려가던 손길이 아랫배 바로 아래에서 멈추었다. 무영의 손이 리드미컬하게 움직일 때마다 그녀에게서 더운 숨소리가 새어 나왔다.

　　재이에게 한차례 강렬한 떨림이 지나간 직후 무영은 뒤에서 그녀에게로 파고들었다. 그녀를 껴안은 채로 부드럽게 움직였다.

　　입술을 깨물고 있는 듯 재이에게서 억눌린 호흡이 느껴졌다.

　　"서재이."

　　재이는 이내 대답하지 못했다.

　　"재이야."

　　"……응?"

　　"숨, 쉬어."

　　대답 없는 그녀에게 거칠게 치받았다. 참지 못하고 그녀가 가쁜 숨을 터뜨렸다.

　　파들파들 떨며 절정을 맞이한 그녀를 마주 보도록 돌아눕게 한 다음, 무영은 다시금 그녀 안으로 깊숙이 침범해 들어갔다.

　　다정하던 흐름이 공격적으로 바뀌었다. 재이의 숨결도 더욱 가팔라졌다.

　　마지막엔 그녀가 울음소리를 냈다. 그녀의 몸속에서 폭발하며 무영 또한 사뭇 거친 숨을 토해 내고 말았다.

창 너머 타국의 거리엔 여전히 비가 내리고, 방 안에는 나른한 어둠이 번져 갔다.

우산을 받고 비 오는 거리를 재이와 둘이 걸었다.

축축한 비도, 낯선 골목도 둘만의 시간을 방해하진 못했다. 허기조차 행복감으로 느껴질 정도였다.

"배고프죠?"

"기분 좋게."

"나도."

"피곤하지?"

"기분 좋게."

"나도."

재이가 웃었다. 무영은 함께 웃었다.

"거울 같잖아요, 우리."

"나쁘지 않잖아?"

"응, 나쁘지 않아요."

"그런 게 있어. 미칠 듯 좋은 것 앞에선 불안이 뒤따르는 거."

"알아요. 나한테는 허용되지 않을 행복을 한꺼번에 당겨 써버린 것 같아서 마음껏 좋아하기 두려워지는 거."

"그러니까 나쁘지 않은 정도로만 마음을 조율하는."

"겸허해지는."

무영은 재이의 어깨를 끌어당겼다. 우산 속에서 더욱 밀접해졌다. 둘만의 작은 세계에서 나누는 대화가 좋았다.

미칠 듯 좋은.

서재이.

둘을 하나로 연결하기가 두려웠으므로 무영은 '것'이라는 표현으로 에둘렀다.

하루하루 익어 가길 바랐다. 날마다 조금씩 쌓여 가길 바랐다. 그리하여 그 어떤 순간에도 결코 등 돌릴 수 없도록 차근차근 견고해지길 바랐다.

그리고 재이 역시 같은 마음이길 바랐다. 아니, 믿었다.

허니문 동안의 식사는 여행자들 사이에서 이름난 식당 대신 현지인에게 추천받은 곳을 택하기로 했다. 오늘 저녁은 호텔 지배인이 귀띔해 준 작은 식당이었다.

밥과 볶은 고기와 나물과 맑은 국이 나왔다. 소박하고 정감 있는 음식들이 전부 입에 꼭 맞았다. 재이도 눈을 빛내며 끄덕였다.

"서재이 스타일 맛집이네."

그러자 재이가 활짝 웃었다.

"많이 먹어요."

모처럼 어미를 높였더니, 눈가에 웃음을 담은 그대로 재이가 말했다.

"많이 먹어요, 손무영 씨."

"손은 빼지?"

느긋하게 요구하자, 재이가 가만 눈을 맞추고 있다가 수줍은 듯 조그만 목소리로 불렀다.

"무영 씨."

무영은 미소 지었다.

"좋아요."

"뭐가?"

"그렇게 만족스러운 미소를 지을 때."

"나도 좋아."

"뭐가요?"

"서재이가 다급히 셔츠 단추를 풀어낼 때."

재이가 눈을 내리깔고 고요히 웃음 지었다. 뺨에 복숭앗빛 물이 들었다. 사랑스러웠다. 참을 수 없어서 말해 버렸다.

"사랑해."

재이한테서는 아직 듣지 못한 말. 그러나 그녀가 입으로 똑똑히 말하지 않아도 알 수 있는 말.

못 들은 척, 혹은 무심한 듯 젓가락질만 하다가 재이가 말했다.

"저녁 먹고 나면 야시장에 가 보고 싶었는데."

"그런데?"

"못 가겠어요."

"왜?"

"시장에서 단추를 풀어낼 순 없잖아요."

그녀 특유의 담담한 말투에 실려서 그럴까. 미치도록 섹시했다. 화려한 손짓도, 매혹적인 눈짓도 첨가되지 않았는데 말이다.

"아무래도 대만 여행은 제대로 하지 못할 거라는 예감이 드는데."

"응."

명랑한 동의 직후 재이가 말했다.

"그러니까 많이 먹어요, 우리."

'그러니까'라는 말이 이토록 도발적으로 들릴 줄 몰랐다. 순식간에 몸이 뜨거워졌다. 체내를 순환하던 모든 피가 한곳으로 몰려들고 있는 느낌이었다.

입 안에 음식들이 그득 차고 있는데도 무영은 허기에 사로잡혔다.

앞에 앉은 재이는 부지런히도 먹었다. 제 몫의 음식들을 남김없이 다 비우고는 포만감에 찬 얼굴로 무영을 건너다보았다.

"갈까?"

무영의 물음에 재이가 눈으로 끄덕였다.

무영은 자리에서 일어났다. 재이도 따라 일어났다. 우산을 받고 다시 호텔로 돌아오는 발걸음이 열망을 싣고 바빴다.

여러 번의 일치로 밤이 속절없이 지나갔다.

한 여자에게 오롯이 남자로만 존재한다는 것에 대해, 그녀에게 끊임없는 열망의 대상이 된다는 것에 대해 무영은 더할 나위 없는 만족감을 느꼈다.

그리고 그 여자가 서재이여서 기뻤다.

그녀와 함께 눕고, 소유하고, 잠들고, 눈을 뜨고.

허니문의 이런 날들이 영원히 지속되었으면 했다.

우드 블라인드 너머로 새벽이 다가오는 중이었다.

나른하게 늘어진 몸으로 무영에게 기대어 오며 재이가 중얼 거렸다.

"기운이 하나도 없어."

무영은 재이의 등허리를 쓸어내리며 물었다.

"힘들었어?"

"아니."

"그럼?"

묻지 않아도 알 수 있는 것을 굳이 확인하려는 마음은 그녀를 소유한 뒤에 새로 움트는 조바심일지도 모르겠다.

"말로는 표현할 수가 없는 걸 자꾸 물으려 들면 바보."

"바보라도 상관없어. 알고 싶으니까."

재이가 낮게 웃었다.

"웃음으로 회피하려 들다니."

"비로소 가득 채워진 느낌이라면, 어떤 건지 알겠어요?"

일순 뭉클했다.

'가득' 앞에다 '비로소'를 데려다 놓는 그녀의 어법에 무영은 감동할 수밖에 없었다.

어려서부터 지금까지 내내 비어 있던 곳. 외로움만 찰랑이 던 곳. 누구에게도 함부로 허용하지 않던 곳.

마음의 그 빈 공간을 어떤 것으로도 채울 수 없으리라 생각해 왔을지도 모르지만.

이제 몸을 열어 손무영이란 남자로 가득 채웠다. 비로소 그릴 수 있게 되어 행복하다고 말하고 있었다. 그렇게 말해 주는 재이에게 고마웠다.

"고마워."

"나도 고마워요."

"행복하게 해 줄게."

재이가 키득거렸다.

"웃을 타이밍은 아닌 것 같은데?"

"손무영 대표님한테서 그런 말을 들을 줄이야."

무영도 미소 짓고 말았다. 겸연쩍었지만 거두어들이지는 않았다. 진심이 우러나올 때 아끼지 않고 싶었다. 서재이에게는 그러고 싶었다.

"나도 최선을 다할게요."

답을 건네준 재이의 입술에 키스했다. 서두를 것 없이 촉촉하게, 서로의 따뜻한 숨결을 나누는 키스였다.

"이제 좀 잘까요?"

"그럴까?"

"응, 나는 좀 잘래요."

"그래, 자 둬."

"잠 안 오면 깨워도 돼요."

"안 깨울 테니 푹 자."

"손무영 씨."

부러 눈썹을 올리자, 재이가 바꾸어 불렀다.

"무영 씨."

"응?"

"소원이 생겼어요."

"뭔데? 말해 봐."

"같이 늙어 갔으면 좋겠어."

결혼했으니 어쩌면 당연한 말일 텐데도 무영에게는 특별한 의미로 와 닿았다. 아늑히 뿌리내리지 못한 채 여기저기로 옮겨 다녀야 했던 그녀의 불안한 성장기를 생각하게 된 것이다.

그러므로 같이 늙어 가기를 바란다는 그녀의 말은 흔해 빠진 사랑 고백을 훌쩍 뛰어넘는 간절함일 터였다. 덕분에 다시금 뭉클해졌지만 무영은 아닌 척 태연스레 받았다.

"소원이 겨우 그거야?"

"응. 들어줄 수 있어요?"

무영은 끄덕였다.

"약속해요."

"약속해."

그제야 안심한 듯 재이가 품으로 파고들어 왔다. 무영은 그녀를 단단히 껴안았다. 쌔근거리는 잠이 그녀에게 찾아왔다. 그녀의 잠을 지키다가 무영도 서서히 잠에 빠져 들어갔다.

평화로운 새벽을 지나 한낮까지, 한낮에서 비가 갠 오후까지, 오후의 탐닉을 지나 불빛 찬란한 거리에서의 저녁까지.

그리고 다시 밤으로…….

허니문의 날들이 치밀하게도 무르익어 갔다.

괜찮아

귀국하던 날, 재이와 함께 집으로 가는 차 안에서 윤 팀장의 전화를 받았다. 운전 중이었으므로 무영은 스피커폰으로 연결했다.

"나야."

—대표님, 잘 다녀오셨습니까?

"음. 회사엔 별일 없지?"

—네, 없습니다.

보고할 만한 일도 없는데 귀국하는 시간에 맞춰 전화를 걸어 온 데에는 분명 이유가 있을 터였다.

"나한테 뭐 할 말 있어?"

틈을 두는가 싶더니, 윤 팀장이 목소리를 좀 낮춰 대답했다.

—저녁에 잠깐 뵀으면 하는데, 괜찮으실지…….

왜, 라고 곧바로 물으려다 말았다. 곁의 재이 때문이었다.

175

윤 팀장하고는 아직 해소하지 못한 일이 있었다. 윤 팀장에게로 향한 합리적인 의혹 또한 결혼식을 치르고 허니문을 다녀오느라 무영이 보류해 둔 문제였다.

—피곤하실 텐데 내일 말씀드릴⋯⋯.

"아니, 오늘. 나중에 내가 전화하지."

—네, 알겠습니다.

통화를 마치자 재이가 물었다.

"저녁에 나가려고요?"

"그래야 할 것 같아."

"심각한 일일까요?"

"아냐."

뺨에 와 부딪는 재이의 시선이 느껴졌다.

"왜."

"좀 이상해서요."

"뭐가?"

"윤 팀장님이랑 만나지도 않았는데 아니라고 단번에 대답하잖아요."

재이의 분석은 정확했다. 윤 팀장과의 통화를 길게 이어 가지 않고 나중으로 미룬 것도 알아차렸을지 모른다. 율의 일만 아니었다면 굳이 그러진 않았을 것이다.

회사 일에 대해서, 또는 소속 아티스트들에 대해서 비밀스럽게 처리해야 할 까닭은 없으니까. 재이와 공유해도 이젠 상관없으니까.

하지만 율과 관련된 일은 조심하게 됐다. 재이가 알아서 즐겁지 않거나 신경 쓰이게 만드는 상황은 되도록 피하고 싶었다. 지난번 그 사진의 경우는 주은까지 연관되어 있으니 더더욱 그랬다.

"골치 아픈 일이 한 가지 있는데, 윤 팀장이 해결하고 있어."

"알았어요."

"더 안 묻네?"

"내가 알아야 될 일이면 말해 주었겠죠."

말끔히 정리된 다음에 얘기해 줄 수 있을 터. 윤 팀장이 어떤 보고를 해 올지 모르므로 일단은 담아 두기로 했다.

한동안 조용하던 재이가 말을 걸었다.

"만약에요."

"음."

"내가 대표님한테는 말하지 않고 담아만 두는 게 있다면요."

재이를 흘끗 돌아보았다. 그녀는 앞만 바라보고 있었다. 무영은 눈길을 앞으로 되돌리고는 덤덤히 물었다.

"있어?"

"있다면요."

"그래, 있다면?"

"그러면 나중에 그걸 알게 되었을 때 많이 서운해질까요?"

솔직히 말하자면 서운해지긴 할 것이다.

몸을 나누어 가졌으니 마음은 물론이고 모든 것들을 반드시 공유해야만 한다고 생각하는 것은 아니었다.

할 수 있고, 해도 되지만, '반드시'라는 명제를 붙이기에는 삶이 그리 간단치가 않다는 것을 무영은 잘 알고 있었다.

자연스럽게 그럴 수 있기까지는 세월의 세례가 필요하리라는 것도 안다.

그러나 머리로 아는 것과 가슴으로 느끼는 것 사이에는 언제나 간극이 존재하는 법이어서, 서운해지지 않을 거라는 대답을 주기는 어려웠다.

"사안에 따라서 다르겠지만."

"다르겠지만?"

"왜 담아만 두어야 했을까를 먼저 고찰해 보겠지."

"그건 손무영 대표로서의 대답."

재이의 깔끔한 반박에 무영은 항복하듯 웃음 지었다.

"서재이의 남자로서 대답해 봐요."

"서운해질 거야."

"역시 그렇겠죠?"

"다시 묻겠어. 있어?"

"그런 식의 추궁, 싫어하는데."

"알았어. 안 할게. 미안해. 잘못했어."

고요해진 재이를 다시 돌아보았다. 차창 쪽으로 몸이 살짝 틀어져 있어 그녀의 얼굴이 보이지 않았다. 표정이 안 보이니 돌연 애가 탔다.

"서재이."

"……."

"재이야."

"……응?"

"있어도 괜찮아."

"……."

"괜찮아."

너에게 말하지 못하고 있는 것, 나에게도 있으니까.

어쩌면 평생 말 못할지도 모를 그 사실을 네가 알게 되는 게 싫으니까.

알게 되어 애틋한 눈빛으로 나를 보는 것, 바라지 않으니까.

소녀 시절의 네가 꿈꾸어 왔던 것처럼, 너한테 나는 크고 넓고 깊은 사람, 너를 품어 주는 사람이고 싶으니까.

연민의 대상이 아니라 독점적 소유를 갈망하는 남자이길 바라니까.

침묵하던 재이가 입을 열었다.

"어른 같잖아요."

"큰오빠에서 어른으로 격상했네. 든든하다는 뜻이겠지?"

"네."

"마음에 든다는 뜻이기도 하고."

"응."

"마음에 들 때는 어떻게 하더라?"

재이한테서 고소한 웃음소리가 났다. 슬쩍 돌아보니 창 쪽으로 틀었던 몸도 제자리로 돌아왔고, 볼에는 다정한 파장이 번져 가는 중이었다.

마음이 놓였다.

만지고 싶었다. 웃음이 번진 **뺨**뿐만이 아니라 그녀의 몸 모든 곳들을. 옷 속에 숨어 있는 은밀한 곳들까지도 전부 다.

빨리 집에 들어가고 싶었다. 커튼이 어둡게 드리워진 방 안, 둘만의 시공간으로 숨어들고 싶었다.

무영은 본가로 향하던 진로를 재이와의 '우리 집'으로 바꾸었다.

지지부진한 교통 체증이, 수시로 차를 멈춰 서게 하는 붉은 신호가 야속했다.

저녁.

카페로 내려가니 먼저 와 있던 윤 팀장이 일어나 무영에게 몸을 숙였다.

재이와 짙은 시간을 보내고 난 뒤라 기분 좋게 노곤해져 있던 무영은 윤 팀장의 무거운 표정을 대하곤 마음을 냉철하게 가다듬었다.

"여행은 즐거우셨습니까?"

"본론으로 들어가지."

입을 꾹 다물었다가 결심이라도 선 듯 윤 팀장이 말했다.

"시간은 벌어 두었습니다."

"알아. 그랬으니 지금껏 조용할 수 있었겠지."

"조 기자 형편이 상당히 어려운 모양입니다."

"그게 나하고 무슨 상관이지? 형편이 어려우면 협박을 해도 된다는 건가?"

"그런 얘기가 아니라……."

"아니면 뭐야?"

"그, 엄주은 씨 말입니다."

무영은 묵묵히 윤 팀장의 말이 이어지기를 기다렸다.

"유치원 교사거든요."

"알아. 그런데?"

"엄주은 씨가 다니는 유치원의 원장이 교사들한테 사택 겸 아파트를 한 채 내어 주었는데, 거주 조건에 품위 유지 조항이 들어 있답니다."

쓴웃음이 나왔다.

주은을 중심으로 이야기가 진행되는 방향을 듣자 하니, 해결이 아니라 타협 쪽으로 끌고 가려는 것임을 알 수 있었던 것이다.

시간을 주었던 지난 며칠 동안 윤 팀장이 해결을 위해 실질적으로 한 일이란 없어 보이기도 했다.

할 수 없어서 못 한 것인지, 하지 않은 것인지. 애초에 윤 팀장이 주도한 일인지, 그 기자의 기획에 휩쓸린 것인지. 이젠 의혹을 풀어야 할 시점이었다.

"교사로서의 품위가 손상되는 일이 생기면 엄주은 씨한테도 타격이 클 겁니……."

"영우야."

이름을 부르자, 윤 팀장이 감전된 듯 굳었다.

회사 설립 이후로는 한 번도 불러 본 적 없던 이름이었다. 언제나 매니지먼트 총괄 팀장으로만 대했고, 윤 팀장 역시 그

직위와 역할에 충실해 왔다.

무영에게 향해 있던 윤 팀장의 시선이 아래로 내려뜨려졌다. 무영은 직감했다. 주도자가 누구이건 간에 그 일에 윤 팀장도 개입되어 있다는 것을.

"고개 들어."

윤 팀장은 이내 고개를 들지 못했다.

"윤영우."

다시 한번 불렀다. 이번엔 조금 더 낮은 어조를 썼다.

윤 팀장이 고개를 드는 듯했으나 여전히 무영과 눈길을 맞추지는 못했다.

"나, 봐."

그제야 윤 팀장이 무영을 보았다. 초점을 찾지 못하는 눈이었다. 치명적인 약점을 들킨 자의 눈이었다. 그 눈을 마주 보며 무영은 말했다.

"지금 말하면 잊겠어. 잊고 넘어가겠어."

"……."

"탓을 하지도, 책임을 묻지도 않을 거야."

"……."

"나는 윤영우가 필요하고, 앞으로도 그럴 거라 생각해."

윤 팀장의 목울대가 울컥 움직였다.

"지금뿐이야. 기회 놓치지 마."

말을 마친 무영은 눈이 벌겋게 된 윤 팀장에게서 눈길을 떼지 않았다. 다 진심이었기에 윤 팀장이 사실대로 수긍하고 엎드려 주기를 기다렸다.

이대로 놓치기에는 정말 아까운 사람이었다. 하지 않았으면 좋았을 실수였겠지만 잊어 줄 수 있었다.

무영에게 엔터테인먼트 설립을 제안한 것도, 연예계에 무지했던 무영을 처음부터 그림자처럼 뒤에서 이끌어 준 것도 윤 팀장이었다.

지금은 회사가 궤도에 올라 있다고는 해도, 그렇게 되기까지는 윤 팀장의 공과 지분이 가장 컸다. 사업을 시작하고 키워 온 공로도 공로지만, 매니지먼트 실무와 아티스트 영입에도 윤 팀장만한 실력자가 드물었다.

아티스트들과의 관계를 다지는 데에 있어서도 단순히 스킬로만 말할 수 없는 인간적인 면모 덕이 깊었다. 고등학교 후배라는 개인적인 인연을 넘어서서, 공적인 측면에서 연을 끊기에는 너무도 귀한 인재였다.

"선배님……."

울먹이는 윤 팀장을 보며 무영은 비로소 안심했다.

"제가…… 잘못했습니다."

무영은 후우, 안도의 숨을 내쉬고서 물었다.

"누가 시작한 거야?"

"사진을 보여 주기에, 제가 부추겼습니다."

부추겼다는 것은, 애초에 시작한 이가 조 기자라는 의미였다. 윤 팀장이 기자를 감싸려 들고 있다는 느낌을 받았다.

"어떤 관계야?"

"……네?"

"윤영우와 조민경."

윤 팀장의 얼굴에 당황하는 기색이 스쳤으나, 곧 대답했다.

"여자입니다."

흩어져 있던 구슬들이 하나로 꿰어지는 듯했다. 둘이서 그새 그런 관계가 되었느냐고 물으려다 관두었다.

타인이던 두 사람이 서로에게 남자와 여자로 마주 서기까지, 생각만큼 긴 시간이 걸리지 않는다는 것을 이미 체득한 상태였으니 말이다.

"돈 필요해?"

"아닙니다."

"조 기자가 돈이 필요한 모양이군."

얼른 대답하지 못하는 윤 팀장에게서 확신을 얻었다.

"사람이 죽고 사는 일이야?"

"……네?"

"조 기자한테 필요한 돈. 사람이 죽고 사는 일과 관련된 거냐고."

"그, 그런 것은 아니고…… 걔네 집에 복잡한 일이 좀 얽혀서 힘든 것 같……."

"5천."

어리둥절해진 윤 팀장에게 무영은 말을 이었다.

"대표로서 윤영우 팀장한테 특별 보너스로 5천까지는 줄 수 있어. 그 돈으로 뭘 하든, 어떻게 쓰든 내 알 바 아니겠지."

윤 팀장의 목울대가 또다시 왈칵 움직였다. 윤 팀장은 지금 울음을 참으려는 얼굴이 되어 있었다.

"그 사진들에 대해서는 더 말하지 않아도 되겠지?"

고개를 끄덕이며 윤 팀장이 간신히 대답했다.

"……네."

"분명히 말해 두지만, 이건 너와 나 사이의 일이야. 제삼자의 협박에 응해 건네는 돈이 아니라는 거, 명심해."

붉어진 눈으로 윤 팀장이 힘껏 끄덕였다.

"네, 대표님."

"율의 매니저는 교체하는 게 좋겠어."

"네."

무영은 자리에서 일어섰다. 기다리고 있을 재이를 생각하니 마음이 급했다.

너 때문에 내가

　현관문 열리는 소리에 재이가 반갑게 뛰어나올 줄 알았는데, 집 안이 고요했다.

　재이는 소파 위에서 잠들어 있었다. 여독이 풀리기도 전에 깊이 파고들었으니 피로가 누적된 모양이었다.

　불편한 자세로 웅크린 재이를 침실로 옮기려 안아 들자, 그녀 입가에 여린 미소가 돋았다. 잠에 못 이긴 듯 두 눈은 감긴 채로 그녀가 중얼거렸다.

　"왔어요?"

　"더 자."

　"응."

　착하게 대답하고는 재이가 무영에게 몸을 기대어 왔다. 그녀를 침대에 눕히고 거실로 나온 무영은 고 여사에게 전화를 걸었다.

"접니다."

—어디냐?

"좀 전에 들어왔습니다."

—그래?

특유의 물음과 더불어 시비를 따지는 냉엄한 눈초리가 그려졌다. 별것도 아닌 일로 거짓말을 하고 싶지 않았으므로 무영은 곧장 수정했다.

"오후에 들어왔는데 회사에 처리할 일이 좀 있어 인사가 늦었습니다."

—알았다. 그 아이는?

"아. 지금 잠깐……."

—됐다. 저녁 먹게 얼른 들어오너라.

"먼저 드세요. 저희는 내일 들어갈까 합니다."

신혼여행을 잘 다녀왔다는 인사보다는 귀가의 연장을 알리는 것이 전화의 주요 목적이었기에 사무적으로 말했더니, 고여사가 차갑게 침묵했다.

"그럼, 내일 뵙겠습니다."

그만 끊으려는데 고 여사가 잡아챘다.

—두 집 살림을 하려거든 시작도 말았어야지.

신경이 곤두섰다.

"무슨 말씀이신지."

—네가 일찌감치 주상 복합 아파튼지 뭔지를 마련해 둔 거, 내가 모를 줄 아니?

모르리라고는 생각지 않았지만, 알고 있다고 해서 딱히 문제될 거리도 아니었다.

　—내 집에서 살기로 했으면 지켜야지. 마음 내키는 대로 그 집에 들락거리며 외박을 일삼을 거면, '눈 가리고 아웅'과 다를 게 무엇이야?

　내 집.

　고 여사의 표현이 마음을 긁었다.

　결국 밑바닥에 그런 생각을 깔고 있었음이다. 아들이 아니라, 내 집에 굴러 들어온 불행의 씨앗 정도로 여기고 있었음을 자인하는 꼴이 아닌가 말이다.

　무영은 서늘해진 심정으로 말했다.

　"일방적인 강요의 결과겠지요."

　—아버지 생각은 눈곱만큼도 안 하는구나.

　밀린다 싶으면 앞세우는 손 원장의 존재에 대해서 과연 누가 더 애틋하게 생각하고 있는지 따져 묻고 싶었으나 참았다. 고 여사와의 통화가 더 길어지는 것을 바라지 않았다.

　"그만 끊겠습니다."

　—무영아.

　갑작스런 부름이 무영의 손끝에 매달렸다. 무영은 휴대폰을 다시 귓가로 가져다 대고 고 여사의 말을 기다렸다.

　그러나 고 여사가 아무 말 없이 전화를 끊었다. 진공 같은 침묵에 무영이 끊어 버린 줄 알았을지도 모르겠다.

　전화를 다시 연결하진 않았다. 어떤 부름엔 많은 말들이 숨겨져 있기도 하지만, 무영은 귀 기울이고 싶지 않았다.

　간절히 귀를 기울이고, 마음을 죄다 열어 보이고, 눈물로 엎드렸던 시간들은 이미 지나갔다. 미친 스피드에 빠져들었던 시간들과 함께 모두 다 지나가 버렸다.

이미 얼어붙은 강이 넓고도 깊었다. 강을 깨고 싶지도, 새삼 깊이를 헤아리고 싶지도 않았다.

그냥 이대로.

희망도 상처도 없이.

그저 일상적인 평화 속에 살고 싶었다. 그리고 그 평화 안에 재이가 같이 있어 주었으면 했다.

방으로 들어가 재이 곁에 누울까 하다가 소파에 등을 기댔다. 곁에 누워 그녀의 잠을 방해하기 싫었다.

무던한 척하지만, 잠의 밀도에 있어서는 은근히 예민한 여자라는 것을 그간의 밤들로 알게 되었기 때문이다.

편안히 눈을 감고 잠을 불러들이고 있을 때, 휴대폰 진동음이 들려왔다. 탁자 위에 놓여 있는 재이의 가방에서 흘러나오는 소리였다.

주은이려니 생각하고 휴대폰을 꺼내 들었는데, 화면에 뜻밖의 이름이 떠 있었다.

정오

성을 뗀 두 글자를 가만히 내려다보았다. 그러는 동안 끊겼던 전화가 조금 후 다시 울렸다. 진동음이 여러 번 울린 뒤에 무영은 화면을 터치했다.

"여보세요."

2초쯤 여백이 지나고 젊은 남자의 목소리가 건너왔다.

—서재이 씨 휴대폰 아니에요?

"맞습니다. 누구시죠?"

알면서도 물었다. 저쪽의 반응을 통해 캐내고 싶은 것이 있는지도 몰랐다.

—혹시 재이 누나 약혼자 분?

"약혼자가 아니고 남편입니다만."

—결혼했어요? 그새? 와. 어쨌든 반가워요. 저 정오예요, 기정오. 옛날에 재이 누나 살던 집 아래층……. 기억 안 나세요? 우리 악수도 했던 사인데.

썩 유쾌하지 않은 상황에서 나눈 악수를 '사이'라는 말로 귀결하는 정오가 거슬렸다.

"기억납니다. 그런데 무슨 일로?"

—아. 재이 누나는요?

"용건 말씀하시면 전해 드리겠습니다."

—아, 용건.

전화 저편에서 헛웃음 짓는 소리가 났다.

이쯤이면 아무리 둔한 사람이라도 이쪽의 기분을 파악하고 통화를 마무리했을 텐데, 정오의 대응 태도는 보통의 범주하고는 달랐다.

—일부러 안 바꿔 주는 건 아니죠?

따지는 어투는 아니었다. 말끝에 웃음기마저 묻어 있었다. 그러니 정색하고 화를 낼 수도 없었다.

"그럴 리가요."

─지금은 전화 받기 곤란한 상황이다? 그럼 이따 생각나면 전화할게요. 아. 저한테 전화 왔었다는 얘긴 꼭 전해 주세요.

끊기 직전 정오가 한마디를 덧붙였다.

─결혼 축하해요!

의례적인 답을 하려고 무영이 입을 뗄 새도 없이 귓가의 정오가 사라졌다.

이따 생각나면 전화하겠다고? 그 말인즉 특별한 용건도 없이 전화를 걸었다는 소린데.

무영은 살짝 불쾌했다.

처음 등장할 때부터 거부감을 떠안기던 남자애였다. 재이한테는 별 의미 없는 사람이라는 걸 알면서도 눈에 띌 때마다 거슬리던 존재였다.

재이와 결혼까지 한 상태에서, 전화 속 목소리만으로 마주친 정오가 이토록 신경 쓰이는 이유가 무엇인지, 무영은 생각하고 또 생각해 보았다.

결론은 그리 어렵지 않게 나왔다.

재이의 휴대폰에 당당히 저장되어 있는 이름 두 글자.

'기정오'도 아니고, 그냥 '정오'라니. 잠든 재이를 깨워 불만스레 묻고 싶을 지경이었다.

왜 친밀해 보이는 두 글자의 이름으로만 저장해 두었는지를. 이따금 정오와 통화하는지, 그럴 때 '정오야' 하고 편하게 부르는지도.

재이의 전화에 자신이 아직도 '손무영 대표님'이라 저장되어 있는 것에 대해 삐딱해진 마음이 작용해서인지도 몰랐다.

문득 차에서 재이가 했던 말이 떠올랐다.

'말하지 않고 담아만 둔 것'이 혹시 정오는 아닌지. 먹구름 같은 의구심이 드는 순간, 무영은 쓴웃음을 짓고 말았다.

"한심해졌어, 손무영."

죽비로 어깨를 내리치듯 자책도 했다.

어쩌면 이런 흐름들도 서재이라는 한 여자로 인해 연약해질까 봐 두려웠던 마음의 또 다른 측면이 아닐까 싶었다.

지금까지 다져 온 생의 단단한 체계를 뒤흔들고, 군데군데 잔금을 내고, 종내는 무너뜨리게 만드는.

재이가 그러한 결과를 가져올까 봐, 무의식 저 아래에 막막한 두려움이 도사리고 있었던 것도 사실이었다.

설혹 그렇다 해도 돌이킬 수 없고, 돌이키고 싶지도 않지만.

무영은 재이와 함께 평화롭고 싶었다. 긴장과 갈등, 애증과 분노, 소망과 좌절 따위들과는 더 이상 공존하고 싶지 않았다.

지루할 만큼 단조롭게 흘러갈 삶에 적합하다고 생각해서 선택했던 여자가 서재이였다. 사랑이 될 줄은 모른 채로 말이다.

찰나의 열망들이 폭죽처럼 터지긴 하겠지만, 베이스는 언제나 무채색. 그러므로 재이는 최적의 반려였다.

무영은 다시 눈을 감았다. 헝클어져 어지럽던 마음결이 차츰 차분해졌다. 안온한 잠이 밀려들었다.

조금 늦은 저녁을 먹고, 재이와 같이 손 원장의 병원으로 왔

다. 물론 재이의 요청에 의한 방문이었다.

대화 한번 나누어 본 적 없는데도 재이는 손 원장에게 마음이 흐른다고 했다. 병실에 혼자 누워 있을 그가 자주 생각이 난다고도 했다.

손 원장의 외로움이 마음에 맺힌다고 재이가 말할 때, 무영은 그녀 눈에 어린 진정을 읽었다.

워낙 과장이나 거품이 없는 성격이긴 했지만, 어떤 순간에는 그녀 스스로도 인식하지 못한 채 촉촉해지곤 했다.

손 원장과 관련해서 재이는 늘 그랬다. 그 점이 무영은 더할 나위 없이 고마웠다.

침상에 홀로 누운 아버지에게 재이가 오늘도 다정스레 말을 걸었다.

"아버님. 저희 대만으로 신혼여행 다녀왔어요."

아버지로부터 무슨 말이라도 타전 받는 듯 얼마간 기다리던 재이가 자문자답 형식으로 말했다.

"행복했냐고요? 네, 많이 행복했어요. 맛있는 것도 먹고요. 둘이서 자전거도 타고요. 밤에는 야시장에도 갔었어요. 예쁜 등을 잔뜩 걸어 놓은 골목 구경도 했고요. 분위기 좋은 카페에서 차도 마셨어요."

뒤에 서서 지켜보고 있던 무영은 따사로운 기분이 되어 재이 곁에 앉았다. 아버지에게 건네는 재이의 말이 계속됐다.

"참, 101타워 전망대에도 올라갔어요. 몰랐는데요, 아버님 아들이 고소공포증이 좀 있더라고요."

"그런 거 없는데?"

"있어요. 야경을 제대로 내려다보지도 못하고 제 등 뒤에서만 서 있던걸요?"

무영은 더 우기지 않았다. 거기에선 티내지도, 놀려 대지도 않고 있다가 아버지한테 와서 일러바치는 모습이 귀여웠다.

"방에서 보냈던 시간이 더 많았다는 말은 안 할 셈이야?"

재이가 무영을 곱게 흘겼다. 무영은 미소 지었다.

"아버니임. 이 사람은 그래서 더, 아주 많이 행복했다는 말을 하고 싶은 거래요."

무영은 부정하지 않았다. 재이가 어떤 말을 하건 내버려 두었다. 그녀의 이야기들을 들으며 아버지도 아주 많이 행복하시리라 믿었다.

병원을 나오며 재이가 중얼거렸다.

"기분 탓인가."

무영은 재이를 돌아보았다.

"아버님 전담 간호사님 말이에요."

"왜?"

"나를 보는 눈빛이 곱지만은 않은 느낌?"

무영은 조용히 웃었다. 재이가 말을 이었다.

"마음에 두고 있던 사람을 채어 간 여자 보는 듯한?"

"이것은 질투의 다른 버전인가."

"질투는 간호사님 몫이겠죠."

"어쩐지 올 때마다 나한테 유난히 친절하더라니."

"은근 미인이시던데."

"뭐, 그 정도면."

"그래서 친절을 즐기고 있었던 거였어, 손무영 씨는."

무영은 또 웃었다. 재이가 다른 여자를 신경 쓰여 하고 있다는 게 마음에 들었다.

신경 써야 할 하등의 이유조차 없는 상대였지만, 재이한테서 실낱같은 그 의혹을 재빨리 걷어 내고 싶지 않았다.

재이가 미묘한 방식으로 내비치는 질투를 즐기고 있는 건지도 모르겠다. 마음껏 질투를 해 주었으면 하는 바람인지도.

차에 올라 안전벨트를 매고 막 출발하려는데, 휴대폰 진동음이 울렸다. 재이의 것이었다.

재이가 휴대폰을 꺼내 화면을 들여다보았다. 얼른 받지 않는 걸로 봐선 받을까 말까 망설이는 기색이었다.

"누군데?"

그녀는 대답도 얼마쯤 공백을 둔 다음에야 주었다.

"정오예요."

계기판의 현재 시각이 눈에 들어왔다. 밤 10시가 가까워오는 시각이었다.

"전화를 걸기에는 늦은 시간인 것 같은데."

"잊고 있었어."

"……뭘?"

"아니에요."

그러고는 재이가 휴대폰을 다시 가방에 집어넣었다.

"받아."

"뭔가 명령같이 들리는 것도 기분 탓일까요?"

"받아도 된다고."

"나중에요."

"나중에 언제? 나 없을 때?"

재이가 고개 돌려 무영을 보았다. 의아해진 얼굴이었다.

"지금 받으라고."

"화내는 거예요?"

"아냐."

"화내는 것 같아요."

"아니라고 했어."

"그럼 뭘까. 질투?"

이마가 뜨거워졌다. 목덜미도 덩달아 달아올랐다. 정곡을
찔려서일 터였다.

"진짜로 질투?"

"서재이."

"곤란해지니까 괜히 이름이나 부르고."

무영은 하아, 낮은 숨을 내쉬었다.

졌다, 말할 수는 없었다. 너 때문에 내가, 내 감정들이 멋대
로 롤러코스터를 타고 있다고도 고백할 수 없었다.

지금 할 수 있는 것은 언어를 배제한 돌진뿐. 무영은 재이의
턱을 부여잡고 입술을 가졌다. 거칠고 탐욕적인 키스였다. 재
이도 열렬히 응했다.

입술이 겨우 서로에게서 떨어져 나왔을 때, 가쁜 숨을 몰아
쉬며 재이가 말했다.

"집에 가요."

이것이야말로 재이의 명령이었다.

길거리에서 시간을 낭비하지 말고, 어서 집으로 가 둘만의 시공간에 있고 싶다는.

어떤 형태로든 좋으니 나를 깊이 가져 달라는. 당신을 마음껏 갖고 싶다는.

무영은 즉시 실행에 옮겼다. 차가 둘만의 집으로 달려갔다.

인터뷰

대만에서 돌아온 지 사흘째.

재이와 같이 인터뷰를 하는 날이었다. 윤 팀장의 주선으로 성사된 인터뷰였다.

무영이 건넨 특별 보너스는 미안해서 도저히 못 받겠다며 사양한 윤 팀장이 조 기자와의 인터뷰를 부탁해 왔다. 잡지사에 들어간 조 기자의 면을 세워 주고 싶다는 거였다.

처음에 무영은 단칼에 거절했다. 그런데 옆에서 윤 팀장과의 통화를 듣고 있던 재이가 재미있겠다며 하자고 했다.

조 기자에 대한 윤 팀장의 마음이 전화 너머에서도 고스란히 느껴져 마음이 움직였다고도 했다. 어려운 일도 아닌데 들어주자고 거의 조르다시피 하는 통에 무영도 결국 끄덕여 주고 말았다.

재이로서는 윤 팀장에 대한 배려 차원이기도 하겠지만, 지난번 그 일로 미디어 필에서 나와야 했던 조 기자가 마음에 걸렸었던 듯했다.

조 기자가 시도했던 협박 사건에 대해서는 함구하기로 했다. 재이가 알게 되면 인간에 대한 환멸만 깊어질 테니 말이다.

게다가 묻어 둔 채 넘어가기로 한 일에 대해서 재이든 누구에게든 새삼 들먹일 필요는 없을 터였다.

충성심은 리더의 관용을 바탕으로 더욱 탄탄해지는 법. 무영은 개국 공신이나 다름없는 윤 팀장이 앞으로도 오른팔 역할을 충성스럽게 수행해 줄 거라 믿었다.

인터뷰 장소는 본가의 테라스로 정했다. 날씨가 화창해서인지 보정을 거치지 않고도 사진들이 하나같이 깔끔하게 나왔다.

"선남선녀가 따로 없네요."

사진들을 보며 조 기자가 하는 말이 입에 발린 소리로만 들리지는 않았다.

"그래도 대표님이 제일 멋지게 나온 걸로 실어 주세요."

재이의 말에 무영은 굳이 반박하지 않았다. 재이가 제일 예쁘게 나온 사진은 혼자만 갖고 싶지, 세상에 내보이고 싶지 않아서다.

독차지하고 싶은 여자라는 걸 세상 사람들이 알게 되고 깨닫게 되는 게 싫었다. 인터뷰를 거절했던 가장 큰 이유도 그래서였다.

무영과 재이가 나란히 앉고, 조 기자가 탁자 맞은편에 앉았다.

"내키지 않으셨을 텐데, 이렇게 인터뷰에 응해 주셔서 고맙습니다. 먼저 결혼 축하 인사부터 드려야 할 것 같네요. 두 분, 진심으로 축하드립니다."

"고맙습니다."

무영은 덤덤히, 재이는 미소로 답했다.

"좀 전에 들으니까, 대표님이라고 칭하시던데요. 아직도 호칭 정리가 안 되신 모양이에요."

"입에 익어서요."

웃음 띤 재이의 대답에 조 기자의 질문이 따라붙었다.

"사실 세간에서는 두 분 결혼을 놓고 신데렐라 스토리라고들 하잖아요. 서재이 씨도 동의하시는지요?"

"의도에 따라서 다르지 않을까요?"

"의도라. 구체적으로 말씀해 주실 수 있을까요?"

"동화가 현실로 구현된 것에 대한 즐거운 선망이라면 웃으며 끄덕여 줄 수도 있겠지만, 선망을 넘어서서 흠집 내고 헐뜯기 위한 시기라면 고개 저을 수밖에 없겠죠."

"선망과 시기 사이의 거리가 그리 멀다는 생각은 들지 않습니다만."

"가깝다고 해서 둘 중 어느 쪽인지 구분 못 할 정도라면 자신에 대한 성찰이 부족한 거 아닐까요?"

"서재이 씨는 언제나 명확히 구분하시는 편인가요?"

"제 경우, 구분이 어려울 때는 말을 아끼는 편이죠."

"자기 내면조차도 잘 모르면서 쉽게 떠들어 대는 사람들의 말 따위엔 그다지 신경 쓰지 않는다, 뭐 그런 뜻으로 이해해도 될까요?"

묘하게 공격적인 느낌이라 무영은 재이를 살피는 동시에 조 기자에게 차가운 시선을 던졌다.

"그보다는 일희일비하지 않는 편이라고 하는 게 더 정확하겠네요."

여느 때와 다름없이 담백한 어조로 재이가 말하자, 조 기자가 웃음을 머금은 채 고개를 끄덕였다.

서재이 승, 이라고 무영은 생각했다.

"손 대표님께 여쭐게요. 서재이 씨를 처음 봤던 날, 기억하세요?"

돌아보는 재이의 눈빛이 느껴졌다. 시간을 벌기 위해 무영은 반문했다.

"첫인상에 대해 묻는 겁니까?"

"네. 설마 기억 안 나시는 건 아니겠죠?"

기억한다. 신입 사원이던 재이를.

그때 그녀는 그해에 함께 뽑힌 여러 사원들 중에 하나일 뿐이었다. 수수한 차림새로, 미모가 유달리 돋보이지도, 대표의 눈에 띄기 위한 돌출 행동을 하지도 않았다.

드라마틱한 이야깃거리로써의 첫인상이랄 게 없었기에 무영은 약간 난감했다.

"제가 대신 대답해도 될까요?"

무영은 재이를 돌아보았다. 무영에게 눈웃음을 지어 보이고는 재이가 조 기자에게로 눈길을 돌렸다. 조 기자가 반색했다.

"그럼요. 기대되는데요?"

"손무영 대표님을 처음 뵌 것은 엘리베이터 앞에서였어요."

대표에게 인사하기 위해 신입 사원들이 모였던 회의실이 아니고?

갸웃해진 무영은 다시금 재이를 돌아보았다. 기억에 오차가 있는 거라 생각했는데, 재이의 침착한 말들이 이어졌다.

"최종 면접을 보러 가던 날이었죠. 제가 지원한 제휴 사업팀으로 올라가려고 엘리베이터를 기다리고 있었는데, 어떤 남자가 뚜벅뚜벅 걸어와 제 옆에 서는 거예요."

"손 대표님이었군요."

"네."

"첫인상이 어땠나요?"

"날카로운 정장에 짙푸른 타이를 하고 있었어요. 높다란 키에 조각 같은 얼굴, 거기다 범접하기 힘들게 서늘한 분위기까지. 거의 환상이었죠."

"첫눈에 반했나요?"

"아뇨."

아닌 거야 당연히 알지만, 재이가 너무도 단숨에 대답해 버려 무영은 살짝 서운해지려고 했다.

"대화도 나누었나요?"

"둘 사이에 오간 말을 대화라고 한다면, 네."

"어떤 얘기가 오갔을까요?"

전혀 기억에 없는 터라 무영 또한 귀를 쫑긋 세웠다. 재이가 무영이 가장 건조할 때의 말투를 흉내 내어 말했다.

"대표 전용입니다."

"네?"

어이없다는 듯 되묻는 조 기자에게 재이가 웃으며 설명했다.

"그날 대표님이 제게 하신 단 한마디가 그거였어요."

"그러니까 대표 전용 엘리베이터라는 말씀인 거죠?"

"네."

"그래서요? 서재이 씨는 뭐라고 했어요?"

"죄송합니다."

"그게 다예요?"

"네, 그게 다예요. 그러고는 곧장 돌아서서 다른 엘리베이터 쪽으로 걸어왔고요."

조 기자가 깔깔 웃었다.

슬며시 웃음 짓고야 있었지만 무영은 재이한테 미안했다. 고작 그런 첫인상으로 남겨지다니. 첫 순간에 사과부터 하게 만들었다니.

"좀 우습긴 한데, 일종의 예언이 되어 버린 한마디였네요."

조 기자의 말을 재이가 받아 물었다.

"예언이요?"

"대표 전용. 결과적으로 서재이 씨한테도 적용되어 버린 셈이니까 말예요."

웃음 짓는 재이를 보며 무영은 조용히 웃었다. 억지로 꿰어 맞춘 얘기라 해도 듣기에 썩 나쁘진 않았다. 기억하지 못하는 그 순간을 재이가 생생히 간직하고 있다는 것 또한.

"이루어진 예언이라니. 뭔가 로맨틱하잖아요. 이 얘기 기사에 써도 되죠?"

"스토리가 필요하다면 뭐. 근데 그렇게 특별하진 않은 게, 대표님 동생을 처음 대면하던 날도 같은 내용의 말을 들었거든요."

"엘리베이터 앞에서요?"

"아니, 엘리베이터 안에서요. 그땐 의식하지 못했는데, 지금 돌이켜 보니까 형제간에 뜻밖의 면에서 닮았구나, 싶긴 하네요."

"형제간에……."

가만히 되뇌고는 조 기자가 다른 질문으로 넘어갔다.

언제부터 서로를 남자와 여자로 인식하게 되었는지, 첫 키스는 언제였는지, 프러포즈는 어떻게 했는지.

그리고 본가에서의 신혼 생활과 2세 계획까지 두루두루 다룬 다음, 조 기자가 재이에게 물었다.

"지금 이 순간 내 남편 손무영에게 하고 싶은 말이 있다면요?"

재이는 오래 생각하지 않고 대답했다.

"가족이 되어 주어서 고맙다는 말을 하고 싶어요."

끄덕이며 조 기자가 말했다.

"뭉클해지는데요? 서재이 씨라서 할 수 있는 말인 것 같네요."

재이 입가에 은은한 미소가 머물렀다.

조 기자의 질문은 무영에게도 건너왔다.

"지금 이 순간 내 아내 서재이에게 꼭 하고 싶은 말이 있다면요?"

지금 이 순간 하지 않아도 얼마든지 할 기회가 많을 테지만, 지금 이 순간이어서 반드시 해야만 할 말을 대답으로 꺼냈다.

"사랑한다는 말을 하고 싶습니다."

결혼 풀 스토리로 구성되어 나올 기사에 꼭 싣고 싶은 말이자, 세상 모든 이들에게 당당히 알리고 싶은 말이었다.

무영은 재이에게 눈길을 건넸다. 재이도 무영에게 눈길을 주었다. 눈빛이 서로 얽혔다. 미소도 그랬다. 재이에게서 손이 하나 다가왔다. 무영은 그녀의 손을 쥐고 손깍지를 꼈다.

인터뷰가 끝나고 조 기자가 떠날 때까지 두 개의 손은 서로에게로 빠듯이 얽혀 들어 있었다.

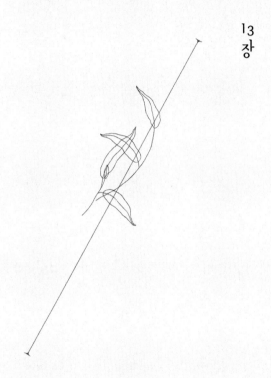

13
장

어떤 관계는

자전거로 동네 산책을 하고 돌아오던 길, 휴대폰이 울렸다.

재이는 자전거를 길모퉁이에 세워 두고 크로스백에서 휴대폰을 꺼내 들었다. 발신자는 정오였다.

며칠 전의 밤, 무영과 함께일 때 걸려 온 전화를 받지 못하고도 여태 잊고 있었다. 지금까지 그래 왔던 것처럼 마음의 범위 저 바깥에 세워만 두었다.

전화가 걸려 왔다는 것은 생존 신고일 터. 걱정하고 계셨을 할머니께도 연락이 닿았으리라 생각했던 것이다.

"여보세요."

―와. 목소리 듣기 진짜 어렵네.

대뜸 투덜대기부터 하는 정오에게 안부를 물었다.

"잘 지내요?"

―그러니까 전화하죠. 재이 누나 걱정할 거라고 전화 한번

209

하라고, 할머니가 하도 성화를 부리셔서.

"성화 부린다는 표현도 알고."

—부모님 덕택입니다.

서글서글한 웃음소리가 뒤를 이었다. 부모님이 어린 아들에게 한국어 교육을 철저히 시킨 모양이었다.

"잘 지낸다니 다행이네요."

—그만 끊으라는 말 같은데요?

말의 뒷면을 해독할 만큼 머리도 좋은데, 어째서 눈치 없이 늦은 시간에 전화 거는 짓을 하는지 모르겠다.

덕분에 무영과 갈등이 생길 뻔했지만, 무영에게서 질투심을 확인할 수 있어서 흐뭇하기도 했던 밤이었다.

그러고 보면, 사막 같은 무영으로부터 폭풍을 휘몰아치게 만드는 매 순간에 정오가 있었던 것도 같다.

원했건 원하지 않았건, 질투 유발 요인으로써의 역할은 충분히 해 주었으니, 이젠 무대에서 깔끔히 퇴장해야 할 시점이 아닐까.

그런 마음들을 배경에 둔 채 재이는 담담히 대답했다.

"네."

—네, 라니. 와. 내 걱정 하나도 안 했나 봐요?

"내가 정오 씨 걱정을 해야 될 이유라도 있을까요?"

—거리 두기는 여전하네.

"알면 됐어요."

—어떻게 잘 지내고 있는지 궁금하지도 않아요?

"네, 궁금하지 않아요."

—인터뷰 기사 봤어요.

온라인 판에 맛보기로 축약본이 올라온 걸 보았나 보다. 이 달 말에 나올 잡지엔 풀 스토리로 실린다고 들었다.

—행복한 것 같아 다행이에요.

팔랑거리지 않는 말이 마음을 두드렸다.

그러나 재이는 전화를 끊었다. 더 할 말도 없고, 여지를 주기도 싫었다.

할머니의 성화는 핑계고, 목소리를 직접 듣고 행복을 확인하려던 의도였을지도 모르겠다는 생각이 들었다.

정오가 등장했을 그 무렵 무영과의 결혼이 계획되어 있지 않았다면. 그래서 그 옥탑방에서 계속 살았다면.

그랬다면 정오와의 거리가 자연스레 좁혀질 수도 있었을까.

어쩌면 그랬을지도. 그래 봐야 남자와 여자로 가까워지지는 않았을 테지만, 사람과 사람으로서는 편안한 사이가 되었을지도.

하지만 재이는 고개를 저었다.

지나온 시간에 대해 가정이란 무의미한 것.

어떤 관계는 둘 사이에 충분한 거리를 둠으로써 더욱 완벽해지기도 한다고 생각했다. 거리가 각자의 생을 더 온전하게 만들어 준다고 말이다.

아마도 윤이하고의 경우처럼.

생각이 윤이에 이르자, 재이는 심란해졌다.

하루도 윤이를 생각하지 않고 지낸 날이 없었다. 아무리 편 유진으로 입력하려 해도 윤이는 윤이였다.

옳고 그름에 대해서 회의가 드는 순간들도 많았다. 윤이의 결정을 존중해 주는 것이 과연 최선인지, 두려워질 때도 있었다.

무영에게 윤이를 말하고 싶어져서 입을 달싹이게 될 때면, 말하려는 그 마음이 정말 순수한 것인지 혼란스러워지곤 했다.

말해 버리면 짐을 내려놓은 듯 편안해지겠지만, 자칫 윤이의 미래를 윤이가 원하지 않는 방식으로 뒤틀어 놓는 결과가 될 수도 있었다.

윤이와 통화하면서 윤이가 바라는 대로 따라 준 것이 윤이에 대한 배려가 아니라 실은 원망에서 비롯된 배척은 아니었는지, 재이는 종종 자문하곤 했다.

해답은 선뜻 나와 주지 않았다. 시간이 필요한 일일지도 몰랐다. 시간이 모든 것을 해결해 주리라고 생각지는 않지만, 시간의 세례를 기다려 볼 여유는 찾고 싶었다.

재이는 자전거를 끌고 천천히 걸어 육중한 대문 앞에 이르렀다. 초인종을 누르려는데, 안에서 대문이 열렸다.

"어. 형수님."

활짝 웃는 무호에게 재이도 웃어 보였다.

"자전거 예쁜데요? 형이 사 줬나 봐요?"

"네. 어디 나가세요?"

"맞춰 보세요."

"윤······."

재이는 딸꾹질을 참듯 입을 꾹 다물었다. 내내 윤이 생각에 젖어 있던 뒤여서일까. 하마터면 윤이라고 말할 뻔했다. 공연히 헛기침을 하려니 무호가 말했다.

"맞아요, 유진."

윤이의 '윤'에서 니은 발음이 뭉개져서 무호 귀에는 유진의 '유'로 들린 듯했다. 미소만 짓는 재이에게 무호가 덧붙였다.

"저 태우러 이리로 올 거예요."

"아. 지금요?"

"네. 형이 차 키를 압수해 버렸잖아요."

엊그제 무호가 몰고 나갔던 스포츠카 옆구리에 한 뼘가량의 스크래치를 낸 채로 들어왔다.

정황을 묻는 무영에게 어디서 누가 그랬는지도 모른다고, 자기 탓이 아니라고 뻔뻔하다시피 항변하더니만 결국 키를 뺏긴 모양이었다.

"그러게 잘못했다고 싹싹 빌지 그랬어요."

웃으며 말하자, 무호도 웃으며 받았다.

"그럴 걸 그랬나?"

잠시 길 저 끝으로 시선을 주고 있던 무호가 재이를 돌아보지 않은 채로 말했다.

"근데, 한번 아니면 아닌 사람이거든요."

누구를 말하는지 알면서도 물었다.

"누가요?"

"손무영. 원래 그래요. 은근 꼰대 같은 면이 있어요."

"없다고 막 흉보는 건가."

느긋한 재이의 말에 무호가 웃었다. 희미한 웃음이었다.

재이는 여전히 길 저편에다만 눈길을 두고 있는 무호에게 차분히 반박했다.

"원래 그런 건 없어요."

무호가 재이를 돌아보았다.

"누구든 태어날 때부터 그런 건 아니잖아요."

"태어날 때는 못 봐서 모르겠네요."

무호의 천연덕스런 대꾸에 재이는 웃어 버렸다. 진지해지려나 싶다가도 상황을 금세 반전시켜 가볍게 만들어 버리는 게 무호의 버릇인 듯싶었다.

매사에 고민이라곤 없어 보이는 사람. 내일에 대해서는 걱정하지 않는 사람. 오늘에만 최대치로 집중하는 사람. 현재의 즐거움을 최고의 가치로 여기는 사람.

볼수록 무영과는 결이 다르다. 외모의 차이는 오히려 곁가지로 느껴질 만큼 성정 자체가 전혀 다른 형제다.

만약 윤이를 말해 주면, 무영이야말로 자매간에 달라도 너무 다르다고 하지 않을까.

그럴 때, 결이 다른 피붙이를 가졌다는 측면에서도 서로 닮았다고 우겨 볼 수 있을까.

"온다."

무호의 말에 재이는 고개를 돌렸다. 차 한 대가 이쪽으로 올라오고 있었다. 못 본 척 대문 안으로 들어가기에는 거리가 너무 가까웠다.

이윽고 차가 앞에 와 섰다. 윤이는 차에서 내려서지 않았다. 차창만 반쯤 내리고는 환한 얼굴로 무호를 불렀다.

"오빠!"

무호 옆에 선 재이와 눈이 마주치자, 윤이가 표정 변화 없이 눈인사만 건넸다.

재이도 목례만 했다. 무호를 위한 얼굴이겠지만 윤이가 밝게 웃고 있어 그나마 쓸쓸함이 덜했다.

"늦겠어. 얼른 타, 오빠."

윤이가 상냥하게 재촉했다.

"영화표 예매해 놨는데 늦을까 봐 맘이 급한가 봐요."

그리고는 윤이 옆자리에 올라탄 무호가 열린 차창 안에서 재이에게 손을 흔들어 댔다. 무호의 즐거운 그 손짓에 재이는 미소로 답해 주었다.

차창이 올라가고, 방향을 돌려 내려간 차가 길모퉁이 저편으로 사라졌다. 차와 함께 윤이도 사라졌지만 꽃처럼 화사하던 윤이 얼굴은 재이 가슴 안에 오래도록 남았다.

윤이야, 하고 부를 수는 없지만.

그럴 수 있는 날이 오기는 할지, 온다면 그게 언제일지도 모르지만.

이렇게라도 웃는 얼굴을 볼 수 있으니 다행인 거라고, 재이는 쓸쓸한 마음을 애써 다독였다.

열려 있는 대문 안으로 자전거를 들여놓고 있을 때였다.

"저기요."

재이는 반사적으로 뒤를 돌아보았다. 갑자기 어디서 나타났는지 모를 젊은 남자가 미소를 지으며 재이 가까이로 다가왔다.

"집을 찾고 있는데요. 이 부근인 것 같은데 맞는지 모르겠네요."

남자가 들으면 누구나 아는 대기업 회장 이름을 대고는 회장의 자택이 이 근처가 아니냐고 물어 왔다.

모르는 바였으므로 재이는 잘 모르겠다고 대답했다. 안다고 해도 낯선 이에게 남의 집을 가르쳐 주기에는 꺼림칙한 일이었다.

"한 동네인데도 모르시는구나."

재이는 별 대꾸 없이 자전거를 마저 끌어 들였다.

"이 집 사시나 봐요?"

다시금 날아든 질문에 재이는 뒤돌아보지 않고 짧게 끊었다.

"네."

"좋은 데서 사시네요."

이쯤 되자 좀 불쾌해지려고 했다. 단순히 길을 묻는 사람인 줄 알았는데 자꾸만 대화를 이어 가려는 의도가 불순하게 느껴졌던 것이다.

재이는 묵묵히 집으로 들어선 다음 대문을 닫아걸었다. 그러고도 이내 안으로 들어가지 못하고 자전거 핸들을 쥔 채로 대문을 지키고 서 있었다.

대문 밖의 남자가 신경 쓰였다. 찜찜한 기분에 문틈으로 조심스레 내어다보았다. 아무도 보이지 않았다.

과민해진 거라 생각하며 돌아서던 재이는 흠칫 놀랐다. 바로 몇 걸음 앞에 유령처럼 박 기사가 서 있었다.

"밖에 누가 있어요?"

박 기사가 물었다.

"아뇨."

"그런데 왜 훔쳐보듯 내다보고 있었어요?"

훔쳐보듯?

재이는 어이가 없어 하, 낮은 한숨을 내쉬었다.

성큼 걸어온 박 기사가 대문을 와락 열어젖히고는 골목을 휘둘러보았다. 거침없는 박 기사의 행동에 재이는 공연히 불안해졌다.

조금 전의 그 남자가 대문 밖에 있기라도 한다면, 남자와 결부시켜 박 기사가 애먼 트집을 잡을 것만 같았기 때문이다.

"진짜 없네. 밀회라도 하고 들어왔나 했더니만."

싱글거리는 박 기사를 보며 어이가 없는 정도를 넘어서 화가 날 지경이었다. 사용하는 어휘마다 가관이었다. 재이는 침착하나 단단한 어조로 말했다.

"언어는 존재의 집이라고 하죠."

"뭔 소린지 도통 알 수가 없네."

"말씀을 좀 가려서 하시라는 얘길 하는 거예요."

"그럼 그냥 그렇게 말하면 되지, 언어는 뭐고 존재는 또 뭐야. 꼭 그딴 식으로 잘난 체를 해야만 윗사람 노릇 할 수 있다고 생각하는 건가?"

"박 기사님."

"왜요?"

"은근슬쩍 반말하지 마세요."

"내가 그랬나요?"

"네, 자주 그러셨어요. 불쾌하니까 조심해 주셨으면 합니다."

"네, 네, 사모님. 앞으로는 잘 받들어 모시겠습니다."

비아냥거림이 분명했지만 더 말을 섞고 싶지도 않았다. 말을 하면 할수록 검은 물이 들어 버리는 느낌이었다.

무시하고 돌아서서는 자전거를 끌고 차고 쪽으로 가는데, 박 기사의 목소리가 등으로 날아와 갈고리처럼 꽂혔다.

"비밀 하나 알려 줄까요?"

갖고 싶어

무영의 귀가가 늦어지는 밤.

재이는 2층 거실 소파에 혼자 앉아 다큐멘터리를 보았다. 무심히 리모컨 버튼을 눌렀는데 우주를 주제로 한 다큐였다. 무영이 보다가 끈 듯 내용은 중간부터 이어지고 있었다.

광활하기 짝이 없는 우주에서 지구는 보이지도 않을 만큼 미미했다. 그래서 살아온 날들의 희로애락 따위가 지극히 소소하게 느껴지기까지 했다.

우주 다큐가 주는 막막한 위로에 기대어 무영을 기다렸다. 무영이 오면 하고 싶은 말들을 고르고 골랐지만, 무영에게 진짜 하고 싶은 말이 무엇인지는 알 수 없었다.

다만, 이 또한 시간이 필요하리라 생각할 뿐이었다. 말하고 싶지 않아서 말하지 않은 것을 스스로 말하게 하는 일에는 넉넉한 기다림의 시간이 있어야 했다.

시간을 주는 것에 대해서라면 그리 어렵지만은 않으리라고, 누구보다도 잘 기다릴 수 있으리라고 재이는 담담히 다짐했다.

계단을 올라오는 발자국 소리가 들렸다. 무영이었다. 이제 발자국 소리만으로도 무영인지 아닌지를 가려낼 수 있었다.

재이는 소파에서 일어나 계단참으로 걸어갔다. 무영이 계단을 다 올라서자마자 그의 허리를 휘감아 안았다.

"서재이."

이름을 부르는 목소리에서 은은한 떨림이 느껴졌다. 가둬둔 욕망이 폭발할 때의 음색과도 비슷했다.

"내 남자 냄새가 난다."

나직이 속삭이자, 그가 물었다.

"술 냄새 아니고?"

"술 마셨어요?"

"마셨어."

"누구랑?"

"……."

"말하기 싫어요?"

"그런 게 아니라……."

"괜찮아요."

"……뭐가?"

"싫어도 괜찮아요."

당신이 아직 내게 말하지 않은 것들.

"그래도 안아 줄게요."

말해 주지 않았기에 못내 서운하면서도 이해할 수밖에 없는, 당신 내면에 깊숙이 웅크린 외로움을. 어린 날 이 집에 처음 들어와 길을 잃을까 봐 두려웠던 그 마음의 실체를.

"방으로 들어가고 싶은데."

"갖고 싶으니까?"

"갖고 싶으니까."

"그럼 당장 그렇게 해요."

무영이 두 팔에다 재이를 훌쩍 안아 올렸다. 몸이 가뿐히 허공에 들린 채 복도를 지나, 방 안의 침대 위로 옮겨졌다.

다음 순서는 매일 밤 이루어지는 일들과 같았다. 하얗게 벗겨져 하나로 깊이 스며드는 과정은 날마다 눈물겨웠다.

들숨과 날숨의 무수한 반복. 거친 변주. 그리고 현실을 모두 잊게 하는 극치.

무영의 품 속에서 재이는 그의 비밀을 가슴에 묻었다. 굳이 확인하려 들지도 않았다. 그 비밀이 무영의 모든 것을 해독해 내는 암호임을 깨달았으니까.

그러니 비밀을 일러 준 박 기사에게 고마워해야 될지도 모를 일이었다.

나른한 이완이 물러가고, 무영의 아득한 무게 아래에서 두 번째 절정이 닥쳐왔다. 재이는 더 참지 못하고 소리를 지르고 말았다.

오롯이 남자인 무영의 눈빛이 재이를 내려다보았다. 곧 입술에 그의 더운 숨결이 내려앉았다. 긴 키스 후에 재이는 나른히 주장했다.

"내 남자예요."

"그래."

"내 손무영이에요."

"그래."

"우린 가족을 이룰 거예요."

"그래……"

무영의 세 번째 대답에는 먹먹한 여운이 뒤따랐다.

재이는 무영의 품에 얼굴을 파묻었다. 그의 심장이 뛰는 소리를 들으며 잠에 빠져들어 갔다.

❋　　　❋　　　❋

일요일 아침, 재이는 고 여사의 방 앞에 소반을 들고 섰다.

"어머님."

닫힌 문 너머에선 아무런 기척이 없었다.

"어머님, 재이예요."

이른 아침에 무영과 정원 산책을 할 때, 고 여사 방에 불이 켜져 있는 것을 보았던 터라 묵묵부답이 이상했다.

"어머님."

"시끄럽다!"

내치듯 매몰찬 어조엔 익숙해져서 재이는 주눅 들지 않았다.

방에서나 다이닝 룸의 식탁에서나 재이와 둘만 있을 땐 특유의 고아한 품위를 유지하는 편인데, 집에 다른 식구들이 있을 땐 유독 유난스레 굴었다.

고 여사의 그런 태도가 처음엔 의아했지만, 무영더러 보란 듯이 그러는 것 같아 나름 귀여운 데가 있다고 생각하던 차였다.

아들 앞에서 시어머니로서의 영향력을 과시하려는 목적일 테지만, 고 여사의 그러한 시도들을 무영은 대체로 무시하는 입장을 취했다.

무영이 그러는 데에는 재이의 당부가 한몫했음은 물론이다. 감정을 드러내는 식으로 반응하면 중간에서 더 곤란해질 사람은 자신임을, 재이가 무영에게 단단히 일러둔 것이다.

"저 들어갈게요, 어머님."

재이는 대답을 기다리지 않고 방문을 열었다. 문 앞에 내려놓았던 소반을 들고 고 여사에게 다가가자, 냉엄한 명령이 달려들었다.

"나가."

재이는 소반을 놓고 고 여사 앞에 마주 앉았다.

"오늘은 잣죽이에요, 어머님. 아주머니한테 배워서 제가 끓여 봤는데 어떤지 맛 좀 봐 주세요."

고 여사가 재이를 노려보았다. 꽤나 매서운 눈빛이었다.

"혹시 속이 불편하세요, 어머님?"

뭔가 심기가 편치 않을 때면 속이 좋지 않다며 식사를 거부하곤 하는지라 앞서 짚어 보았더니, 고 여사가 입을 한일자로 붙여 다물었다.

"제가 끓였다니까 맛없을까 봐 안 드시려는 거 아니죠?"

"가증스러운 것."

재이는 비로소 웃음을 거두어들였다. 고 여사의 공격 포인트가 정확히 자신에게 조준되어 있음을 알아차린 것이다.

"상 치워라."

"제가 뭘 잘못했는지 말씀을 해 주시……."

소반이 뒤집혔다. 고 여사의 손길이었다. 죽 그릇은 방바닥에 엎어지고 백김치 접시가 나뒹굴며 김칫국물이 재이 무릎을 적셨다.

재이는 나가지 않고 그대로 앉아 있었다. 어쨌거나 이유는 들어야 했다.

"너 따위가 지금 나를 상대로 시위라도 하겠다는 거냐?"

고 여사가 마음껏 언성을 높였다. 무영에게까지 이 상황을 전하려는 속셈이 틀림없었다.

기어코 무영을 방으로 불러들여 엎어진 소반을 보게 하고, 그럼으로써 그의 마음을 아프게 만들고야 말겠다는 것. 그것이 오늘 아침 고 여사의 목표일 터였다.

그러나 방에서의 소란에 무영보다 먼저 달려온 사람은 아주머니였다.

"아이고, 이를 어째……."

아주머니가 말을 흐리며 소반을 바로 세우고 그릇들을 치웠다. 걸레를 가져다 말끔하게 뒷정리까지 마친 아주머니가 방을 나간 뒤에야 재이는 입을 열었다.

"대표님은 피트니스 룸에 있어요. 이어폰 끼고 음악 들으며 러닝 중이고요."

그러니까 무영에게는 방금 전의 일들이 흘러가지 않았음을, 어긋난 시도임을 알려 주려는 거였다. 그러자 고 여사의 입가에 차가운 미소가 스쳤다.

"제법이구나."

"네, 제가 좀 제법이에요. 그러니까 이제 그만 말씀해 주세요. 어머님께 제가 무슨 잘못을 저질렀는……."

"내 그날 너한테 분명히 일렀다. 결혼한 후에 일가붙이들이 찾아와 손 벌리는 꼴은 절대 용납 못한다고."

교외의 어느 카페에서 고 여사와 마주 앉았던 날이 떠올랐다.

그날 나누었던 대화들도 재이는 대부분 기억하고 있었다. 액면 그대로는 아니지만 고 여사가 엇비슷한 걱정을 꺼내 놓긴 했었다.

고 여사의 매운 눈초리를 온몸으로 감당하고 있는 지금 이 순간.

재이는 달캉 내려앉는 가슴을 다독이며 평정심을 유지하느라 노력해야 했다. 고 여사가 말하는 '일가붙이'가 혹여 윤이를 가리키고 있는 것은 아닌가 하는 우려 때문이었다.

하지만 이내 윤이를 말하는 게 아니라는 쪽으로 결론을 내렸다.

혹시라도 윤이를 염두에 둔 거라면 일가붙이라는 표현을 쓰지 않고 곧장 동생이라 지칭했을 테니까. 고 여사라면 마땅히 그랬을 테니까.

재이는 차분히 말했다.

"무슨 말씀이신지 모르겠습니다."

"내 집 대문 앞까지 불러들여 놓고도 딱 잡아뗄 셈이야?"

내 집.

이해 못 할 뒷말보다 '내 집'이란 말이 더 쓰라린 것은 무영을 알게 되어서다. 그가 외로이 품어 온 비밀을 알고 난 뒤여서다. 무영의 마음으로 고 여사를 바라보고 무영의 귀로 고 여사의 말을 듣게 되어서다.

무영의 감정에 이입되어 잠시 넋을 놓고 있는 사이, 고 여사가 취조하듯 다그쳤다.

"누구냐?"

"⋯⋯네?"

"집 앞까지 너를 찾아온 남자 말이다."

그제야 재이는 정신이 반짝 들었다. 고 여사가 하고 있는 말의 맥락도 이제야 가닥이 잡혔다.

"박 기사님이 오해를 단단히 하신 것 같아요."

"박 기사는 왜 들먹이는 거냐?"

"박 기사님한테 들으신 거잖아요."

고 여사가 눈을 가늘게 떴다.

"모르는 사람이에요."

"그래?"

"네, 어머님. 그러니 저를 찾아왔을 리도 없고, 당연히 제가 집으로 불러들였을 수도 없겠지요."

"그것참 괴이하구나."

"어째서요, 어머님?"

"너는 모르겠다는 사람이 너를 쏙 빼닮았다니 하는 말이다."

어처구니가 없어 재이는 그만 웃어 버렸다.

집을 찾는다며 마침 눈앞에 있던 재이에게 길을 물어 왔던 사람에 불과했다. 어떻게 생겼는지 기억도 잘 나지 않았다.

대문을 열어젖혔을 때 봤다고 해도 먼 뒷모습 정도나 간신히 보였을 텐데, 돼먹지 않은 거짓말로 엮으려 드는 것도 모자라 쏙 빼닮았다니.

모함도 정도껏 해야 그럴듯하지 않겠느냐고, 박 기사한테 농담조로 건네주어야 할 판이었다. 무영의 비밀이라며 선심이라도 쓰듯 알려 준 얘기도 새빨간 거짓말은 아닌지, 의심스러워졌다.

"지나가다 길을 묻던 사람이었어요. 박 기사님은 얼굴도 제대로 못 보셨을걸요?"

"태상이가 나한테 거짓말이라도 했다는 투로 말하는구나."

태상이라고, 기사에게 이름을 부르는구나.

재이는 다시금 무영의 마음이 되었다.

테라스에서 박 기사와 고 여사가 다정히 담소를 나누던 모습을 떠올리며 무영이 된 듯 마음이 쓸쓸해졌다.

고 여사의 희망이 되어 주기 위해 1년을 예상했지만, 꼭 그러지 않아도 될 것 같아졌다. 무영의 의향대로 딱 3개월만. 거기까지만. 그래도 될 것 같아졌다.

3개월조차도 본래 고 여사의 조건이었지, 무영의 바람이라고는 할 수 없으니, 꼭 그만큼만.

의무로써 할 수 있는 최선이 아니라 최소한으로 낮추어도 괜찮을 것 같아졌다. 무영을 위해서 그래야만 할 것 같았다.

재이는 오래 굽히고 있던 무릎을 펴고 일어섰다.

"죽 다시 끓여 올게요, 어머님."

"필요 없다."

"그럼 저희랑 같이 아침 식사를 하시겠어요?"

고 여사가 재이를 외면했다. 고 여사의 여윈 턱 아래 목덜미에 푸른 핏줄들이 도드라졌다.

재이는 더 말을 걸지 않고 방에서 물러 나왔다. 주방으로 가는 복도에서 무영을 보았다. 피트니스 룸에서 나온 그가 재이에게로 걸어왔다.

"땀에 젖은 머리칼, 섹시하잖아요."

무영이 조용히 웃었다. 웃음을 거느린 입술도 육감적이었다. 재이는 발돋움해 그의 입술에 살짝 입을 맞추었다.

"용감해졌는데."

"응, 나 좀 용감해졌어요. 방금 어머님한테 또박또박 말대답도 하고 나온걸요?"

일순 무영의 눈가에 그늘이 서렸다. 미간에도 엷은 금이 패었다.

"그런 표정은 금지예요."

"어떤 표정이지?"

"마음 아팠을까 봐 걱정하는 표정."

"또 들킨 건가."

"자주 들켜 줘서 고마워요."

무영이 웃음 지었다. 재이도 같이 웃었다.

"밥 먹게 샤워하고 내려와요."

끄덕이는 무영을 뒤로하고 주방으로 향했다. 그러나 재이는 곧바로 무영에게 손목을 휘어 잡혔다. 놀라 돌아보는 재이에게 무영이 말했다.

"같이."

무영의 그 한마디는 명령이자 열망이었다. 이번엔 재이가 끄덕여 줄 차례였다. 조금 수줍었지만 재이는 눈으로 끄덕여 보였다.

무영의 손에 이끌려 바삐 2층으로 올라왔다. 방에 들어서는 즉시 옷들을 벗어 던지고 둘이 같이 욕실로 들어섰다.

아래층에서는 아침 식사가 준비되고 있을 테지만, 오늘은 출근하지 않아도 되는 휴일. 서두를 일도, 다급할 이유도 없었다.

샤워기 물줄기 아래에서 입술을 나누어 가졌다. 몸 안팎이 금세 젖어 들었다.

"갖고 싶어……."

무영에게 원했다. 재이의 목덜미에 열중하고 있는 그에게 재이는 다시금 요구했다.

"지금."

무영이 단번에 파고들어 올 때 재이는 젖은 한숨을 내뱉었다. 선 채로 그가 마구 치받쳐 오를 때마다 재이는 끊임없이 가파른 숨소리를 터뜨렸다.

마지막 순간에 재이는 무영의 어깨를 깨물고 말았다. 재이의 붉은 잇자국이 남겨진 어깨를 보며 그가 만족스러운 미소를 머금었다.

재이는 무영의 젖은 몸에 머리를 기댔다. 서 있을 기운조차 없이 탈진해 버린 재이를 무영이 굳건히 지탱하며 안아 주었다.

둘만의 격렬한 시간이 서서히 평온을 되찾았다. 몸 한가운데를 관통했던 충만감이 마음으로도 번져 가고 있었다.

칼날

무영이 〈시그니처〉 제작 발표회에 참석하러 나가고 재이 혼자 방에 있던 오후, 주은에게서 전화가 왔다. 간만의 전화여서 반갑게 받았다.

"주은아."

—서재이. 잘 지내고 있는 거지?

"그럼. 아주 잘 지내고 있으니까 걱정 안 해도 돼."

—대표님 제작 발표회 가셨지?

"응. 너도 가는 길이겠네?"

무영에게 말해, 주은이 스태프 자격으로 참석할 수 있도록 양해가 되어 있었다. 먼발치에서나마 율을 바라볼 수 있도록 말이다.

—나 안 가기로 했어.

"왜? 제작 발표회 구경 가게 됐다고 너 엄청 좋아했잖아."

─율이 오지 말래.

"왜, 둘이 싸웠어?"

　─싸우긴. 만나야 싸우기라도 하지.

"그럼 왜?"

　─괜히 거기 왔다가 둘이 사진이라도 찍히면 곤란해진대.

　주은이 간다 해도 율 곁에는 얼씬도 하지 않을 텐데 경계부터 하는 율이 야속해지려고 했다. 재이는 주은의 서운함을 달래 주려 말했다.

"드라마 방영 앞두고 예민해져 있어서 그럴 거야."

　─나도 알아.

"엄주은. 그럼 나랑 데이트할까?"

　─꿩 대신 닭이다, 이거지?

　재이는 웃으며 대답해 주었다.

"응, 내가 닭 노릇 확실하게 해 줄게."

　─근데 넌 왜 대표님이랑 같이 안 갔어?

　그렇잖아도 같이 가자는 무영에게 재이는 고개 저었다. 기자들이 바글거릴 텐데, 무영과 동반하면 혹여 포커스가 갓 결혼한 대표 부부에게 맞춰질 염려가 있었다.

　율의 첫 드라마 제작 발표회였다.

　하반기로 미뤄질 뻔했다가 우여곡절 끝에 겨우 촬영이 시작됐다. 상대 여배우의 스케줄을 내세우고는 있었지만 실상은 재이와의 스캔들 영향이 컸을 것이다.

　무영과 재이의 약혼 발표에 이은 정정 보도로 스캔들이 바로잡혔다고는 해도, 상대 여배우 쪽에서는 부담이 있었을 터였다.

그러므로 재이는 율에게 티끌만큼이라도 해를 끼치고 싶지 않았다. 제작 발표회 날엔 드라마와 주연 배우들이 가장 찬란히 빛나야 마땅했다.

"너랑 데이트하려고."

—치. 그런다고 내가 감동할 줄 알고?

"감동 안 해도 괜찮아. 너 보고 싶어."

—나도 너 보고 싶어. 그럼 지금 나올 수 있어?

주은의 물음에 밖에서 나는 어떤 소리가 겹쳤다. 작고 둥그런 무언가가 벽에 규칙적으로 부딪치는 소리였다.

"주은아, 잠깐만."

재이는 복도로 나왔다. 소리의 향방은 거실 쪽이었다. 누군가가 켜 놓았는지 TV 소리도 함께 들려왔다. 오늘은 무호도 일찌감치 외출해서 2층엔 재이뿐이었다.

—왜? 시어머니 호출?

"아니. 좀 있다 내가 다시 전화할게."

일단 통화를 접고 재이는 거실로 향했다.

아니나 다를까, 소파에 박 기사가 앉아 있었다. 재이를 보고도 일어나는 시늉조차 않고 느른히 기대어 앉아 TV로만 눈길을 둔 채였다.

재이는 천천히 소파로 다가섰다.

박 기사가 손에 쥐고 있던 것을 TV가 걸려 있는 벽 쪽으로 던졌다. 날렵하게 날아가 벽에 맞고 다시 박 기사의 손으로 되돌아온 그것은 노란색 탁구공이었다.

앞에 와 서 있는 재이는 아랑곳하지 않고 박 기사는 탁구공 던지고 되받기를 몇 번이고 반복했다.

하루 이틀 해 본 솜씨가 아닌 듯 조그만 탁구공은 엉뚱한 데로 튀어 가는 법 없이 박 기사의 손 안으로 착착 들어와 안겼다.

가볍고 발랄한 탁구공일 뿐인데도 박 기사가 구사하는 그 정확성에 재이는 어쩐지 소름이 돋았다.

무영이 출근하고 없는 집에서, 2층 거실은 언제나 박 기사의 영역이었던 것일까. 불길한 추측이 뒤따랐다.

"박 기사님, 저랑 얘기 좀 하시죠."

"무슨 얘기요?"

"우선 그것부터 좀."

박 기사가 탁구공 장난을 멈추고 삐딱한 각도로 재이를 쳐다보았다. 재이는 박 기사가 대각선으로 건너다보이는 1인용 소파에 앉아, 단도직입적으로 물었다.

"저한테 왜 그러세요?"

"뭘요?"

"매번 선을 넘고 계시잖아요."

"선이라."

탁구공을 손 안에서 유유히 굴려 대던 박 기사가 재이를 똑바로 보며 물었다.

"그 선이라는 건 대체 누가 정해 놓은 건데요?"

"말 돌리지 마세요."

"궁금해서 그러는데 말을 돌리지 말라니. 물어볼 자격은 나한테만 있으니 넌 대답만 해라, 뭐 그런 얘긴가?"

"그런 식으로 생각해 본 적은 없어요."

"그죠?"

원하는 답을 얻어 낸 듯 입가에 비릿한 웃음을 매달고선 박 기사가 탁구공을 다시금 벽에 던졌다가 척 받았다.

"대문 앞에서 본 사람에 대해서, 박 기사님이 어머님께 전한 얘기는 사실이 아니에요."

"그래서요?"

"사실이 아닌 얘기를 왜 지어내서 전하셨어요?"

"지어내다니요?"

"지어낸 게 아니면, 거짓말이라고 해야 정확할까요?"

"아니, 닮은 걸 닮았다고 말한 게 죕니까?"

기가 막혔다. 오버액션이 들통 났으면 형식적인 사과라도 해야 당연하거늘, 되레 항의하는 형국이니 적반하장이 따로 없었다.

오버액션이 아니라 음흉한 속내를 띤 거짓 보고라는 확신이 들었다.

"지나다가 길을 물어 온 사람일 뿐이에요. 그러니까 닮았다는 건 어불성설이고요."

"같은 처지끼리 잘난 척하는 문자 좀 쓰지 말죠?"

머리가 주뼛 서는 느낌이었다. 문자 운운해서가 아니었다. 앞에 단서처럼 내건 '같은 처지끼리'라는 말 때문이었다.

"지금, 뭐라고 하셨어요?"

"들었으면서 되묻기는 왜 되묻는 거야."

"반말하지 마세요."

"반말이 아니고 혼잣말이거든요."

"제가 왜 박 기사님과 같은 처지라는 거죠?"

"정말 몰라서 물어요?"

"네, 저는 모르겠네요. 그러니까 무슨 뜻인지 말씀해 보세요."

박 기사가 목을 좌우로 꺾었다. 우두둑우두둑 소리가 났다. 피곤한데 몹시 성가시게도 구네, 라는 말을 몸으로 나타내고 있었다.

그러거나 말거나 재이는 개의치 않았다. 침착한 자세로 박 기사의 말을 기다렸다. 오늘은 이대로 유야무야 넘어가지 않을 작정이었다.

뜸을 들이고 있던 박 기사가 마침내 입을 열었다.

"우리 둘 다 부모한테 버림받고 어렵게 자란, 불쌍한 사람들 아닙니까."

끄덕여 줄 수도 있었다. 박 기사의 입에서 나온 말이 아니었다면. 큰 맥락에서 보자면 영 틀린 말이라고만 할 수는 없으니까.

그러나 사실과 진실 사이에는 늘 간극이 존재하는 법.

불손한 태도를 버리고 진지한 말투를 사용했다고 해서 사실이 진실로 둔갑할 수는 없는 일이었다.

과거의 포괄적인 사실을 근거로 현재를 하나의 테두리 안에 묶어 버리기에는 진실의 힘이 강했다.

"박 기사님."

"네."

"저는 지금껏 저 자신을 불쌍한 사람으로 생각해 본 적이 없습니다."

박 기사가 입을 비틀며 웃음 지었다.

"같은 처지라든가, 우리라든가. 박 기사님과 제가 그런 말들 속에 함께 묶일 관계는 아니라고 생각해요. 그러니까 앞으로는 함부로 선 넘어오지 마세요."

탁구공을 움켜쥔 박 기사의 손아귀에 힘이 들어갔다.

담담하지만 단호하게 재이는 하고자 하는 말을 계속했다.

"지금까지 여러 번 그러셨어도 참고 지나왔는데요. 이제부터는 그러지 않을 거예요. 앞으로 그런 경우가 또 생기면……."

박 기사가 재이 말을 잡아챘다.

"생기면? 손 대표님께 일러바치기라도 하시겠다?"

"아뇨."

미간을 좁히는 박 기사에게 재이는 최후통첩을 하듯 말했다.

"어머님께 말씀드리겠어요."

박 기사가 이 집에서 유일하게 신경 쓰는 사람. 진심인지 가면인지는 모르지만 충성하는 단 한 사람. 그분께 낱낱이 말하겠다고 경고하는 셈이었다.

"사모님께서 눈 하나 까딱하실 것 같아요?"

"잘 모르시나 본데, 어머님께서는 박 기사님이 생각하시는 것보다 훨씬 더 저를 아끼고 계세요."

호기로운 블러핑이었는데, 박 기사의 얼굴이 와락 굳었다. 뿐만 아니라 동공이 불안하게 흔들렸다.

금세 들킬 거짓을 꾸며 내기나 하고 감정 관리도 제대로 안 되는. 위험한 계곡인 줄 알았는데 빤한 깊이의 냇가인.

박태상이란 사람에 대해 나름의 정리를 마친 재이는 고 여사와 관련하여 증명하듯 사실 한 가지를 보탰다.

"얼마 전에 어머님께서 집에서 입으셨던 니트 원피스도 제가 사 드린 거예요."

박 기사가 재이를 쏘아보았다.

"아시죠? 어머님, 집에서는 한복만 입고 계시는 거. 근데 그날은 제가 사 드린 옷으로 갈아입으신 거였어요."

재이로부터 박 기사의 시선이 물러났다. 뜻밖에도 그는 상처받은 표정이었다.

그날 테라스에서의 그림이 그저 눈에 보이는 사실이라기보다는 진실에 가까웠구나, 재이는 생각했다.

박 기사가 적어도 고 여사한테는 가면을 쓰고 대하지만은 않는다고도 생각했다.

고 여사에게 모정을 갈구하는 박 기사의 마음이 진심이라면. 그렇다면 의심했던 것만큼 위험한 사람은 아닐지도 모르겠다는 생각도 함께 들었다.

"박 기사님."

박 기사는 침묵을 지켰다.

"부탁 하나 드려도 될까요?"

여전히 외면하고 있는 박 기사에게 재이는 말을 이었다.

"저희가 여기 사는 동안, 2층 거실 사용은 그만해 주셨으면 좋겠어요."

"……."

"제가 불편해서 그래요."

별 대꾸 없던 박 기사가 탁구공을 쥐고 있던 손을 트레이닝복 상의 주머니에 넣었다.

"낮엔 어차피 비어 있는 곳이라 지금까진 편안히 쓰셨을 수도 있는데요. 상황이 달라졌잖아요."

주머니에서 다시 나온 박 기사의 손에는 탁구공 대신 다른 것이 쥐여 있었다. 언뜻 봐선 무엇인지 알 수 없었다.

찰캉.

기분 나쁜 금속성의 소리를 내며 바닥에 떨어진 뒤에야 재이는 그것이 무엇인지를 알아볼 수 있었다.

짐작하건대 재이더러 보라고 일부러 떨어뜨렸을 그것을 박기사가 느릿느릿 주워 얼굴 높이로 들어 올렸다.

박 기사가 손잡이의 버튼을 누르자 날씬한 칼날이 튀어나왔다. 버튼을 또 누르자 새파랗게 벼려진 칼날이 감쪽같이 몸을 숨겼다.

재이 눈길 앞에서 박 기사는 몇 번이나 그 행위를 반복했다. 아까 탁구공을 벽에 던지고 받을 때처럼 정확하고 빈틈없는 손길이었다.

다시금 소름이 돋았다. 뭐라 할 말도 잊은 채로 재이는 소파에 붙박여 있었다.

박 기사가 왜 이런 짓을 하는지 알 것 같았다. 말 한마디 없었지만 이것은 단연코 위협.

본능적인 위기감을 느끼며 재이는 무호 방 쪽을 바라보았다. 하지만 지금 무호가 방에 없다는 것은 재이도 알고 박 기사도 알고 있다.

재이는 손에 쥔 휴대폰을 내려다보았다.

"전화하려고요?"

박 기사의 태연스런 물음이 오싹하게 다가들었다.

"누구한테요?"

연이은 박 기사의 물음에 재이는 떨리는 마음을 다잡고 최대한 담담히 대답했다.

"친구한테 전화하기로 해서. 기다리고 있을 거예요."

"하세요, 그럼."

"방에 들어가서 해야겠……."

"여기서 하시죠."

몸을 일으키려던 재이는 엉거주춤 제자리에 앉았다.

"내가, 무서워요?"

"아니요."

"근데 왜 피하려고 하지?"

박 기사가 지극히 일상적인 어조를 써서 더 소름 끼쳤다.

재이는 입을 다물었다. 이 상태로 말이 꼬리를 물며 자꾸 오가면 박 기사를 자극하게 될 가능성이 있었다.

"서재이 씨."

"……."

"이젠 대꾸도 안 하시겠다. 지금 나 무시하는 겁니까?"

박 기사의 손에서 또다시 칼날이 치솟았다가 사라졌다. 그때였다.

"씨발."

재이 뒤편에서 씹어뱉듯 터져 나온 그 욕설은 무호의 목소리였다.

박 기사의 눈길이 재이 어깨 너머로 날아갔다. 거의 동시에 손에 쥐고 있던 단도가 주머니 속으로 들어갔다.

재이는 소파에서 일어나 뒷걸음질을 쳤다. 칼날로 위협하던 단도가 눈앞에서 사라졌다고는 해도 박 기사에게서 눈을 뗄 수 없었다.

무호의 거친 발자국이 재이를 스쳐 지나 박 기사 앞으로 향했다.

"일어나, 개새끼야."

무호가 일갈했다.

주춤주춤 몸을 일으키는 박 기사에게 무호가 주먹을 날렸다. 박 기사가 소파 위로 나뒹굴었다.

"일어나."

무호가 사납게 명했으나, 널브러진 박 기사는 일어나지 않았다. 무호의 입에서 험악한 욕설들이 종류별로 뛰어나왔다.

"일어나!"

부스스 상체를 일으키는 박 기사에게 달려든 무호가 멱살을 감아쥐고 마구 주먹질을 해 댔다. 박 기사의 얼굴이 금세 피범벅이 되었다.

무호에게 일방적으로 맞는 와중에도 박 기사가 무어라 중얼거리고 있었다.

"……들도 ……아닌 ……주제에……."

토막토막 끊어져 재이에게는 잘 들리지 않았지만, 박 기사의 그 말이 무호의 분노를 더 돋운 것만은 틀림없었다.

"뭐? 뭐라고 했어, 너. 죽여 버린다."

무호가 박 기사의 얼굴을 때리는 소리가 영화 속 효과음처럼 들리는 듯했다.

재이는 엉겨 붙어 있는 두 사람에게로 다가갔다. 박 기사 위에 올라타다시피 한 무호를 떼어 내려 했지만 여의치가 않았다.

"도련님. 그만하세요."

"들어가 계세요, 형수님."

여느 때의 무호답지 않게 사뭇 무거운 말투였다. 화가 잔뜩 났을 때의 무영이 이런 모습일지도 모르겠다.

무영이라면 어땠을까.

무호가 아니라 무영이었다면, 이 상황이 어떤 식으로 전개되었을까.

생각하는 잠깐 사이에도 박 기사에 대한 무호의 주먹질은 무자비하게 이어졌다.

"이러다 정말 큰일 나겠어요. 그만하세요, 제발."

옷자락을 잡아당기며 애원하듯 말하자, 무호가 박 기사 얼굴에 주먹을 한 번 더 날리고서야 몸을 떼어 냈다.

무호 몸에 짓눌려 있던 박 기사는 물론이고, 무호의 손도 피투성이였다.

순식간에 벌어진 일이라 당황하고 놀랄 겨를도 없었는데, 피를 보니 이 사태에 대한 실감이 났다.

적절한 순간에 나타나 준 무호가 고맙기도 했지만, 지난번과 마찬가지로 이번에도 너무 과했다. 이건 모두에게 깔끔한 해결이 아니라 뒤끝을 남기는 악화였다.

재이는 박 기사의 뒤끝이 원한으로 남겨질까 두려웠다. 무호의 과잉 대응이 원망스러워지려고 했다.

칼을 지니고 다니는 자에게 폭력으로 대항하다니. 아무리 생각해도 현명한 처사라고는 할 수 없었다.

무영에게 말하지 않을 수 없는 일이었다. 하지만 오늘 일을 말하려면 박 기사에 대해서 처음부터 끝까지 끄집어내야 했다. 박 기사가 알려 준 무영의 비밀까지도.

다 듣고 난 다음 무영이 어떻게 나올지 걱정스러웠다. 아마도 여러 가지 문제가 엉킨 실타래처럼 되어 버릴 것이다.

"엄살떨지 말고 일어나."

무호가 욕설을 섞어 말했다.

박 기사가 비척거리며 일어나 앉았다.

"형수님한테 사과해."

무호의 말에 재이는 난감해졌다. 누가 시켜서 하는 억지 사과 따위 필요 없다고 말하고 싶었다.

그러나 그럴 수 없었다. 솔직함이 항상 미덕은 아니었다. 상황 악화에 도움이 될 뿐이었다.

그렇다고 해서 괜찮다고 말할 수도 없었다.

조금도 괜찮지 않았다. 접이식 단도가 불러일으킨 공포감이 아직도 선연했다.

버티는 박 기사에게 무호가 또다시 욕설을 섞어 다그쳤다.

"사과해."

그래도 박 기사는 침묵하며 버텼다.

"안 해?"

난폭한 욕설이 터져 나오는 가운데 휴대폰 울리는 소리가 났다.

무호가 휴대폰을 꺼내 들여다보는 사이, 박 기사가 고개를 슬쩍 틀어 재이를 올려다보았다. 피 묻은 입술에 웃음이 고여 있었다.

등줄기가 서늘해졌다. 재이는 저도 모르게 뒤로 몇 걸음 물러섰다.

"도련님."

무호가 재이를 보았다.

"저랑 얘기 좀 하세요."

심상찮은 기미를 느꼈을까. 무호가 휴대폰을 주머니에 넣고 재이에게 다가왔다.

"어찌 되었건 간에 먼저 손찌검을 하신 건 도련님이니까, 사과는 두 분이 서로에게 하셔야 될 것 같아요."

하아, 불만스러운 한숨이 무호에게서 새어 나왔다.

재이로서도 어쩔 수 없었다. 지금은 수습이 급선무였다. 더 이상의 악화는 피해야 했다. 게다가 어떤 경우에도 폭력은 정당화될 수 없었다.

"저를 위해서라도 그렇게 해 주세요."

재이는 무호에게 간청했다.

"죄송한데요, 형수님. 난 그렇게 못 하겠습니다. 저 새끼한 테는 죽어도 사과 못 합니다."

단언하고는 무호가 자리를 박차듯 걸어가 제 방으로 들어가 버렸다. 쾅! 방문 닫히는 소리가 요란했다.

재이도 무호처럼 얼른 방으로 들어가 버리고 싶었다. 그렇 지만 두려움을 접으며 있는 힘을 다해 마음을 가다듬었다.

"병원에 가 보셔야 될 것 같아요."

"병원은 무슨."

자조적으로 뇌까리고는 박 기사가 소맷자락으로 얼굴을 문 질렀다. 핏자국이 닦여 나간 눈가에 물기가 번졌다. 눈물이었 다.

불현듯 마음이 복잡해졌다.

어쩌면 과장된 두려움은 아니었을까. 새파랗게 벼려진 칼날 때문에 그 두려움이 증폭되어 버린 것은 아니었을까.

서른이 되도록 스스로를 불쌍한 사람이라 여기며 살아온 사 람에 불과할지도 모르는데.

소통하고자 보낸 신호에 오류가 난 것은 아니었을까. 같은 처지라는 말에 순순히 공감해 주었어야 하는 것은 아니었을 까.

자신의 존재감을 드러내는 방식에 있어 서투른 사람일 뿐이 었을지도 모르는데.

"도련님 대신 제가 사과할게요. 죄송합니다."

"마음에도 없는 소리 안 해도 됩니다."

"이렇게까지 될 일은 아니었……."

"됐다고요."

다시금 소매로 얼굴을 문질러 닦아 내고는 박 기사가 소파에서 몸을 일으켜 세웠다. 몰골이 말이 아니었다.

재이는 박 기사에게 길을 터 주려 옆으로 비켜났다. 재이를 지나쳐 간 박 기사가 계단 쪽으로 걸어갔고, 곧 시야에서 지워졌다.

방으로 되돌아온 재이는 비로소 긴 숨을 내쉬었다.

가슴에 손을 얹어 다독이며, 그리고 연거푸 심호흡을 하며, 오늘 일이 어떤 매듭이기를 바랐다. 더는 오늘과 같은 일들이 재현되지 않기를 간절히 기원했다.

가장 압도적인 건

주은이 일러 준 커피숍 '오후에'는 대로변이 아닌 골목 안으로 접어든 곳에 자리 잡고 있었다.

감각적인 디자인의 4층 건물로 1층과 2층이 커피숍이었다. 대학가 주변이라 좀 소란스러울 줄 알았더니 일요일이라 그런지 한산했다.

먼저 와서 2층 창가 자리에 앉아 있던 주은이 재이를 보곤 손을 팔랑거려 보였다. 재이는 주은 곁에 가서 앉았다.

"앞자리 두고 왜 옆에 앉아?"

"안 돼?"

주은이 눈을 흘기며 대답했다.

"안 되긴 왜 안 돼. 안 하던 짓을 하니까 이상해서 그러는 거지."

재이는 미소만 지었다.

"재이 너 스킨십 싫어하잖아."

"안 싫어해."

"아냐. 너 싫어해. 근데 결혼하고 나서 달라진 거야."

"그래서 좋다는 거야, 싫다는 거야?"

"당연히 좋다는 거지."

그러며 주은이 재이 팔에 매달리듯 팔짱을 껴 왔다. 익숙한 냄새가 싫지 않았다.

주은과 함께하는 이런 편안함, 얼마 만인지 모르겠다.

"좋다니까 커피는 내가 사 줄게."

"커피만?"

"저녁도 사 주고 싶은데 시간이 될지 모르겠네."

"흠. 이런 게 시집살이의 비애, 뭐 그런 건가?"

"아닐걸요?"

"아니라면 다행이고. 그럼 좀 일찍 먹지 뭐."

"그럴까?"

"엄청 비싼 거 사 줘야 돼?"

"알았어."

향이 그윽한 커피 두 잔을 앞에다 놓고, 재이는 주은에게 물었다.

"이런 덴 또 어떻게 찾아낸 거야?"

"여기 괜찮지?"

"분위기 좋네. 조용하고 아늑하고."

"우리 유치원 선생님 중에 한 사람이 여기 괜찮다고 해서 같이 와 봤거든? 재이 너한테 딱 취향일 것 같아서 이리 오라고 했어."

"덕분에 편안한 오후를 만끽하겠다. 고마워."

"참. 재미있는 얘기 하나 해 줄까? 여기 알바 중에 우리가 아는 사람 있어."

"누구?"

"옥탑방 할머니네 손자."

"정오?"

"이름도 기억하고 있네?"

눈을 게슴츠레 뜨며 놀리듯 말하는 주은에게 재이는 그저 웃어만 보였다.

아주 오래전도 아니고 이름 정도는 주은 역시 기억하고 있을 텐데, 떠보듯이 묻는 게 엄주은다웠다.

"아래층엔 안 보이던데?"

좀 전에 커피 주문하러 내려갔을 땐 다른 알바가 있었고, 젊은 여자였다.

"평일에만 나온다나 봐. 날 보더니 어찌나 반갑게 굴고 친한 척을 하던지. 우리 유치원 샘한테 전 남친 아니냐는 오해를 받을 뻔했다니까?"

"전 남친?"

"응, 아주 쿨한 전 남친."

쿡쿡, 웃는 주은을 따라 재이도 웃었다.

손톱만 한 인연이라도 허술하게 여기기 않고 자기 영역으로 확 끌어 들여 놓으려는 사람이 있다.

재이로서는 썩 달가워하지 않는 부류지만, 한국 사회에서 잘 살아남으려면 정오의 그런 특성이 유익하게 작용할지도.

"주말엔 다른 데서 일한대. 와인 바, 라던가?"

재이는 끄덕였다.

미국에서의 명문대 학벌을 완성하지는 못했지만, 자기 방식대로 한국에서의 세상을 넓혀 가고 있는 중인가 보았다.

그러니 정오의 할머니도 차차 한시름 놓아 갔으면 좋겠다. 정오의 또 다른 삶을 받아들여 주었으면 좋겠다.

"그나저나 우리 재이 얼굴 좀 제대로 볼까?"

주은이 장난스럽게 말하며 새삼스레 재이와 눈을 맞췄다. 뭔가를 살피듯 가만 들여다보는 주은에게 재이는 말하고 싶었다.

윤이를 만났어.

그런데 윤이라고 부를 수가 없어.

그래서…… 마음이 아파.

목구멍을 비집고 올라오는 말들을 재이는 커피를 마셔 삼켰다.

주은은 비밀을 품지 못하는 타입이었다.

자유분방해서 멋대로 구는 듯 보이지만 오히려 율이 오래 간직할 줄 알았다. 비밀이든 진실이든 말이든 마음이든, 율이 주은보다 더 깊었다.

주은의 얕음을 싫어하는 건 아니었다. 주은은 주은다움으로 언제나 힘이 되는 친구였다.

한없이 무거워지지 않도록 균형을 잘 잡아 주는 친구였다. 주은다운 명랑함으로 문제의 심각성을 적당히 희석시켜 주는 친구이기도 했다.

시소의 한가운데에 위치한 채 그때그때 양쪽의 무게를 조율하는 역할이었다고나 할까. 어느 한쪽도 혼자가 되지 않게끔 이끌어 주는 중재자 말이다.

그렇지만 지금은 중재자가 필요한 시기가 아니었다. 지금의 재이에게는 커다란 스펀지가 필요했다.

뭐든 다 받아 안아 주는 존재.

다 듣고도 발설하지 않고 품고만 있어 줄 사람.

충고나 참견 없이 공감해 주는, 폭신폭신한 스펀지 같은 사람.

무영이라면 그래 줄 수 있을 거라 믿고 싶지만.

무영에게 속한 비밀은 재이 입에서 건네어질 수 없는 부분이었다. 무영 본인에게서 들어야 할 진실이었다. 그리고 재이는 기다림 끝에 그런 날이 올 것이라 믿었다.

"이제 보니 얼굴이 반쪽이 됐잖아?"

걱정 어린 주은의 말을 재이는 웃으며 받았다.

"허니문 후유증일 거야."

주은이 놀라 벌어진 입을 두 손으로 가리고는 눈을 깜박거려 보였다.

걱정을 덜어 주려던 농담이었는데 막상 주은의 반응을 보니 쑥스러워졌다. 재이는 주은의 눈길을 피하려 커피를 한 모금 마셨다.

"개부럽."

옆에서 주은이 투덜거렸고, 재이는 웃어 버렸다. 그러나 웃음 뒤에 가려진 말들이 너무 많았다.

윤이, 무영의 비밀, 고 여사, 박 기사, 무호…….

결혼이란 그런 것들의 총합일지도 모른다.

정작 하고 싶은 말들은 보이지 않게 몇 겹의 커튼 뒤로 밀쳐 두고, 맑게 찰랑이는 말들만 꺼내게 되는 것.

아마 친정이라는 게 있었다면 지금처럼 그랬을 터. 그러므로 주은이 지금은 친정으로써의 기능을 하고 있는지도 몰랐다.

결혼을 앞두고 있던 재이에게 친정이 되어 주겠다던 주은이네 어머니의 말이 떠올랐다.

"아줌마, 아니, 이모는 잘 계셔?"

"응, 잘 계셔."

"선재는?"

"선재도 잘 있고."

"언제 한번 인사드리러 가야겠다."

"서재이."

"응?"

"나 봐."

재이는 주은을 돌아보았다. 한껏 차분해진 주은의 얼굴이 눈앞에 있었다.

"뭐냐? 그 엄격, 근엄, 진지한 얼굴은."

짐짓 가볍게 던졌더니, 주은이 웃었다. 재이도 웃었다.

커피가 든 유리컵 속의 얼음 조각들을 빨대로 휘젓고 있는데, 옆에서 주은의 물음이 건너왔다.

"다 괜찮은 거지?"

그럼, 하고 산뜻하게 대답했어야 했다. 그러고 싶었다.

그러나 재이는 그러지 못했다. 앞으로 걸어갈 길에 불안한 그림자 같은 게 너울거리고 있었기 때문이다.

만져지지 않는, 실체가 없는 그림자라면 차라리 낫겠지만. 재이에게는 누군가의 손길에 의해 매설된 지뢰처럼 느껴졌다.

밟지만 않으면 무사할 테지만, 무심히 발을 내딛는 어느 순간 굉음을 지르며 폭발해 버릴지도 모를 치명적인 폭탄.

지뢰를 밟게 할 사람이 윤이일지, 박 기사일지, 고 여사일지, 아니면 무호일지. 지금으로선 어떤 것도 확정할 수 없었다.

때마침 휴대폰이 울렸으므로 재이는 자연스럽게 대답을 회피할 수 있었다. 휴대폰 화면에 '손무영 대표님' 여섯 글자가 떴다.

"여태 손무영 대표님이야?"

주은이 타박했다.

재이는 웃으며 그의 전화를 받았다.

"저예요."

—어디? 주은 씨하고 같이 있어?

집에서 나오면서 오늘 주은을 만난다고 무영에게 문자를 넣어 두었는데, 이제 본 모양이었다.

"네, 주은이랑 분위기 좋은 커피숍에 와 있어요. 제작 발표회는 잘 마쳤어요?"

—끝났는데, 회식할 것 같아. 만나서 저녁 같이 먹으려고 했

더니만.

"괜찮아요. 대표님이니까 있어야 할 곳에 있어야죠. 나 신경 쓰지 말고 즐겁게 있다가 들어와요."

—집에 들어가지 말고 주은 씨랑 저녁 먹고 있어. 데리러 갈게.

언제 들어도 설레는 말, 데리러 갈게.

겨우 다섯 글자. 특별한 내용이 담긴 것도, 화려한 수사가 포함된 것도 아닌데, 들으며 포근해지는 말. 안정감과 소속감을 선사해 주는 말.

재이는 입가에 미소를 머금은 채 물었다.

"술 안 할 거예요?"

—안 할 거야.

"왜?"

알면서도 묻게 된다. 애교 부리는 덴 소질 없지만, 조금 다른 방식의 애교랄까.

귓가에서 들려오는 부드러운 숨소리는 무영이 조용히 웃음 짓는 소리. 눈으로 보고 있지 않아도 훤히 그려졌다.

—우리 집에 가려고.

우리 집. 우리 둘만의 집.

그 누구의 방해도 받지 않고 오로지 둘이서만. 시간의 구애 없이 서로를 마음껏 소유할 수 있는 곳.

"신난다."

귓가의 무영이 또 웃음 지었다. 재이도 그랬다.

무영과의 통화를 마친 직후, 주은이 말했다.

"사랑에 빠진 여자 얼굴이네."

재이는 부정하지 않았다. 동의하듯 미소 짓자, 함께 웃으며 주은이 말했다.

"이제 좀 마음이 놓인다."

"그동안은 마음 붙들고 있었어?"

"솔직히 그런 경향이 좀 있었지. 결혼이 너무 급속도로 진행되어 버려서, 이래도 괜찮은 건가, 신중해져야 한다고 충고해 주어야 하는 건 아닌가. 마음 한구석엔 불안이 숨어 있었거든."

주은이 갖고 있던 불안은 고스란히 재이의 것이기도 했다.

생에서 과연 단언할 수 있는 것이 얼마나 있을까마는. 많은 일들이 있었던 오늘, 재이는 무영에 대해서만은 주은에게 확언해 주고 싶었다.

"심지가 곧고 깊은 사람 같아."

"대표님?"

"응."

"너 닮았네, 뭐."

"그런가?"

"그래서, 사랑하게 됐어?"

"그런 것 같아."

"언제 고백했어?"

"응?"

"사랑한다고, 대표님한테 언제 고백했냐고."

"안 했어."

"뭐?"

주은이 눈을 크게 치떴다.

"사랑한다는 말도 안 하고 허니문 가선 도대체 뭘 한 거야?"

"말하지 않고도 사랑할 수 있어."

"그러니까…… 몸으로?"

"아마도?"

자기 얘기인 듯 수줍어하며 눈을 깜박거리는 주은에게 재이는 말해 주었다.

"오늘 밤엔 해 볼게."

그렇지만 오늘 밤에도 말할 수 있을지는 모르겠다.

몸이 깊이 스며드는 순간, 모든 언어는 이미 소용없는 것들이 되어 버리곤 하니까.

몸짓이, 숨소리가, 흐느낌이, 눈물방울이, 매번 언어를 앞지르곤 하니까.

가장 압도적인 건 취소될 수 있는 언어가 아니라, 몸을 가득 채워 버리고 마침내 각인시켜 버리는 감각들이니까.

"서재이와 손무영의 환상적인 오늘 밤을 위하여, 건배."

다소 과장된 어조로 말하고는 주은이 유리컵을 들어 올렸다. 컵 속에서 커피가 얼음 조각들과 함께 맑은 소리를 내며 찰랑였다.

재이도 커피가 담긴 유리컵을 들어 주은의 컵에 맞댔다.

커피를 꿀꺽, 술처럼 들이켜고는 주은이 말했다.

"아프지 마, 재이야."

뜬금없는 당부에 재이는 뭉클해져서 끄덕였다.

"그래. 너도 아프지 마."

"참. 이건 너를 위한 내 선물."

그러며 주은이 가방에서 꺼내 내민 것은 DVD였다. 〈황제펭귄 펭이와 솜이〉라는 제목과 표지의 펭귄들을 보고 재이는 웃어 버렸다.

"또 펭귄이야?"

"재미있고 넘넘 사랑스러워. 우울할 때 보면 기분이 한결 나아질 거야."

"고마워. 우울해질 때 너 생각하면서 볼게."

"우울해질 일 없으면 더 좋겠지만, 너도 잘 알다시피 사는 게 그렇잖아. 구급약 같은 거라 생각하고 집에 갖다 놔."

"엄주은이 이렇게 속 깊은 친구였다니."

고마워서 공연히 장난스럽게 받게 됐다.

그런데도 툴툴대지 않고 주은이 활짝 웃었다. 뿌듯해하는 얼굴이었다. 찡해진 마음으로 재이도 같이 웃었다.

윤이가 왔다

윤이가 왔다.

고 여사의 저녁 초대를 받아들인 윤이를 무호가 집에 데려
온 것이었다.

그러나 윤이는 윤이가 아니었다. 무영의 가족들에게 윤이는
어디까지나 편유진으로만 존재했다.

재이는 윤이라는 비밀을 껴안고 저녁 준비에 부지런한 손길
을 보탰다. 어지러운 마음에 손이 어긋나 하마터면 음식 접시
를 떨어뜨릴 뻔도 했다.

질겁한 아주머니가 주방에서 밀어내려 했지만 재이는 밀려
나지 않았다. 윤이가 먹을 저녁에 제 손을 꼭 보태고 싶었다.

윤이에게 차려 주는 밥이라 생각하면 울컥해져서 다른 심란
한 마음들은 저만치 밀어 둘 수 있었다.

현재의 윤이가 뭘 좋아하는지는 잘 모르지만, 윤이가 앉을

자리의 수저는 왼쪽에다 가지런히 놓아두었다.

식탁 중앙의 상석에 고 여사가, 오른쪽 옆으로 무영과 재이, 왼쪽으로는 무호와 윤이가 앉았다.

"음식이 입에 맞을지 모르겠구나."

고 여사의 말에 윤이가 고운 미소를 지으며 대답했다.

"저 가리는 거 없이 다 잘 먹어요, 어머님."

다소곳하면서도 상냥하게 유진으로서 처신하는 윤이를 보며 재이는 조마조마하던 마음을 가슴 저 아래에 눌렀다. 그리고 오늘의 저녁 식사가 부디 순조롭게 흘러가기를 바랐다.

"그런데."

재이를 비롯한 모두의 시선이 말을 꺼낸 고 여사 쪽으로 향했다. 고 여사가 윤이를 건너다보며 물었다.

"너도 왼손잡이인 거니?"

"아니에요, 어머님."

머뭇거림 없이 깜찍하게 대답했지만, 재이 눈에는 당황한 기색을 감추는 윤이 모습이 보였다.

"유진이는 양손 다 써, 엄마."

무호가 말할 때, 윤이가 재이를 흘끗 보았다. 수저가 왜 왼쪽에 놓여 있는지를 힐책하는 눈이었다.

"짐승도 아니고, 양손을 다 쓰면 되겠나."

고 여사의 서늘한 말에 윤이가 고개를 살짝 숙이고는 수저 위치를 오른쪽으로 옮겼다.

"짐승이라니. 엄마도 참."

평소 같았으면 유쾌하게 너스레를 떨어 댔을 무호가 오늘은 은근히 고 여사를 탓하는 투로 말했다.

며칠 전 2층에서 박 기사와의 그 일 이후로 반음 내려가 있는 듯한 무호였으므로 재이는 마음이 쓰였다.

그런 일이 있고도 표면적으로는 다른 날들과 다르지 않게 조용했다. 무호는 무호대로, 박 기사는 박 기사대로, 그날의 일을 속에 품고만 지내기로 작정한 듯했다.

하지만 재이로서는 그게 더 위태로워 보였다. 어느 쪽에서든 터뜨려서 수면 위로 올리는 편이 낫지 않을까 싶었던 것이다.

시시비비를 가려 결론을 내지 않고 그런 식으로 덮어 둔다 한들 없었던 일이 되는 것도 아닐 테니 말이다.

무호가 잠잠했으므로 재이도 무영에게는 그날 일을 아직 말하지 못했다. 긁어 부스럼이 될까 봐, 나서서 말함으로써 형제간에 불화의 불씨라도 지피게 될까 봐 우려스러웠다.

"강아지나 고양이겠지, 오빠. 걔넨 짐승이라도 무지 귀엽잖아."

고 여사 눈치를 살피며 윤이가 말했지만, 무호는 물론 고 여사도 별다른 대꾸를 하지 않았다.

"원래 유머러스한 집안은 아니니까 마음 쓰지 말고 편히 먹어요."

눅눅한 침묵을 깬 것은 내내 묵묵하던 무영이었다.

윤이가 답례하듯 무영을 향해 방그레 웃어 보였다.

윤이에 대한 무영의 배려가 고마웠지만 재이는 대놓고 무영에게 표현할 수도 없었다.

"많이 드세요, 유진 씨."

그저 맞은편의 윤이에게 마음을 숨긴 인사말만 건넬 뿐이었다. 윤이가 의례적인 미소만 지었다.

그럭저럭 식사가 진행되어 가던 도중에 고 여사가 윤이에게 물었다.

"아버님께서 곧 퇴직하신다고?"

"네."

"그래서 결혼을 서두르시는 건가……."

말끝을 줄였지만 모두에게 다 들렸으니 온전한 의미의 독백이라고는 할 수 없었다.

"결혼 보챈 쪽은 엄마잖아."

웃음 섞인 무호의 말에는 가시가 들어 있었고, 윤이도 그걸 느꼈는지 긴장한 얼굴로 고 여사를 살폈다.

"손뼉을 한 손으로만 칠 수 있다더냐?"

고 여사가 무호를 나무랐다. 고 여사의 말인즉, 윤이네 부모가 결혼을 서두르고 있으니 이쪽에선 그에 맞춰 준다는 얘기였다.

정말 결혼이 진행되기라도 한다면, 그 과정에서 어떤 일들이 일어날지, 그다음엔 또 어떤 일들이 닥쳐올지. 생각할수록 재이는 점점 마음이 무거워져 갔다.

"저……."

모두의 눈길을 받으며 윤이가 어렵사리 말을 이었다.

"잠깐 화장실 좀 다녀올게요."

가슴이 달캉 내려앉은 것은 재이였다. 저녁 식사를 절반도 마치지 않은 터라, 고 여사의 심기를 거스를 대목임이 분명했다.

재이의 짐작대로 고 여사가 입을 한일자로 붙여 다물었다. 윤이를 보는 눈빛도 차가웠다.

"갔다 와. 저 안쪽이야."

무호가 턱으로 복도 저편을 가리켜 보였고, 윤이가 자리에서 일어섰다.

재이도 일어섰다.

"제가 알려 줄게요."

다급한 마음을 감춘 채 차분히 말하고서 재이는 그새 다이닝 룸을 나가고 있는 윤이 뒤를 따랐다.

긴장이 중첩된 나머지 급히 공황 장애 약이 필요한 것일지도 몰랐다. 그런데 바삐 복도 안으로 걸어가는 윤이는 빈손이었다.

재이는 거실 소파에 놓인 윤이 핸드백을 챙겨 들고 욕실로 갔다. 욕실 안의 윤이는 양손으로 세면대를 짚은 채 상체가 앞으로 조금 기울어져 있었다.

"왜 그래? 속이 안 좋아?"

"문 닫아."

재이는 욕실 문을 닫아걸었다.

"백 갖고 왔어. 약 꺼내 줄까?"

"필요 없어."

"약 먹어야 되는 거 아니야?"

"생각해 주는 척 그만해. 가증스러워 못 보겠으니까."

"그런 말은……."

함부로 하는 게 아니야. 가증스럽다는 말 들을 만큼 너한테 잘못하지 않았어.

윤이에게 건너가지 못한 말들이 가슴속에서 들끓었다.

"그런 말은 뭐?"

재이를 노려보며 윤이가 쏘아붙였다.

"윤이야."

"그렇게 부르지 말랬지."

"내가 그렇게 부르지 않는다고 영원히 편유진일까?"

"협박하는 거야?"

곡해로 일그러진 윤이 얼굴을 보며, 언니의 마음을 한 톨도 헤아리지 못하는 동생을 보며, 재이는 오래도록 품고 있었던 말을 하고 말았다.

"내가…… 너한테까지 버려졌다는 생각. 안 해 봤지?"

이런 말, 윤이 앞에서 하게 되는 일 없었으면 했다. 그렇지만 결국 이렇게 되어 버렸다. 긴 세월 농익은 상처가 기어이 터져 버리고 말았다.

"너는 아빠한테만 버려졌지만, 나는 아버지와 너, 둘 다한테 버려졌던 거였어. 내 핏줄 전부한테서 버림받은 거라고."

윤이 눈동자가 왈칵 흔들렸다.

흔들려 주어서 고마웠다.

윤이에게 최소한의 심적 타격이나마 주고 싶어 꺼낸 말이었다. 그렇다고는 해도 윤이가 전혀 개의치 않았다면, 눈동자의 흔들림마저 없었다면 상처가 덧나기만 했을 테니까.

"그래서 뭐. 미안하다는 말이라도 듣고 싶다는 거야?"

크게 소리도 내지 못하고 윤이가 이를 악물듯이 내뱉었다.

여기까지, 라고 재이는 생각했다.

언니의 오랜 상처를 들어 알게 된 순간, 와락 흔들리는 동생의 눈동자를 본 것. 꼭 거기까지만, 이라고. 그 이상은 바라지도 말라고.

"나가."

이를 악문 채로 윤이가 내던졌다.

재이는 윤이 핸드백을 세면대 옆 선반 위에 놓고 욕실에서 나왔다. 나오고도 이내 떠나지 못하고 복도에 서 있었다.

걱정하는 마음이란 결국 본능 같은 것이어서, 걸음이 앞으로 나아가지 못한 채 문 앞을 서성이게 만들었다.

바로 그때, 문 안에서 어떤 목소리가 들려왔다.

"언니."

귀를 의심하게 하는 그 부름은 분명 윤이의 것이었다.

"언니……."

기어 들어갈 듯 가냘픈 신음에 가까운 부름이었다.

재이는 즉시 문을 열고 안으로 뛰어 들어갔다. 욕실 바닥에 윤이가 엎드리듯 쓰러져 있었다.

그리고…… 연분홍빛 스커트 자락 아래로 윤이의 다리를 타고 흘러내리는 핏물.

머리가 하얗게 바랬다.

"윤이야."

무릎 꿇고 앉아 윤이를 안아 일으키며 이름을 불렀다.

"아파⋯⋯."

얼굴을 찡그린 채 윤이가 힘없이 중얼거렸다.

"무영 씨⋯⋯."

피 흘리는 윤이를 끌어안고서 재이가 부를 수 있는 사람은 오직 무영, 단 하나였다.

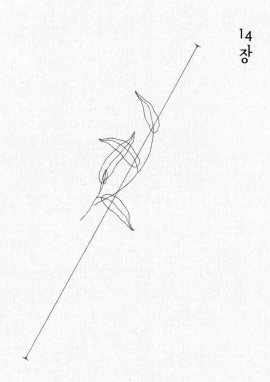

14
장

왜

침상 위 유진의 핏기 없는 얼굴이 낯익었다.

어딘가에서 본 적 있는 얼굴. 소중한 누군가와 닮은 얼굴.

어쩌면 착각일지도 몰랐다. 복도에서 마주쳤던 재이의 얼굴
이 하도 창백해서, 그 순간이 충격처럼 각인되어서 그럴지도.

무영 씨, 라고 불렀다.

앞에 와서 선 남편을 바라보며 재이가 메마르다시피 담담한
목소리로.

그러나 그녀의 그 담담한 음성 속에는 간절함이 숨어 있었
다. 무영은 한눈에 그걸 알아차렸다.

유진을 뒤따라간 재이가 오지 않아 뭔가 찜찜한 마음에 일
어섰던 참이었다. 거실을 지나 욕실 쪽으로 가다가 복도를 걸
어 나오는 재이를 발견했다.

무영을 보자마자 그녀가 입술을 열었다. 그녀의 입술에서

흘러나온 부름이 무영의 가슴에 메아리를 이루었다.

그다음 상황은 뒤죽박죽 혼재되어 정확하지 않았다.

유진이 아프다는 재이의 말을 듣고 소리쳐 무호를 불렀던 것 같긴 한데.

욕실에 제일 먼저 당도한 사람이 무영인지, 재이인지, 무호인지, 셋 다인지, 지금도 명확하게 기억나지 않는다.

선명한 것은 타일 바닥을 적시고 흐르던 피의 색깔.

유진을 안아 올린 것은 무호였고, 그들을 차에 태워 아버지의 병원으로 달려간 것은 무영이었다.

그 와중에 고 여사의 표정까지 살필 새도 없었지만, 아마도 더없이 냉엄한 얼굴이었을 것이다.

고요한 병실 안.

링거액이 규칙적으로 떨어지며 잠든 유진의 몸으로 흘러들어 가고 있었다. 그 곁에는 재이가 마치 나라를 잃은 것 같은 모습으로 앉아 있었다.

유진이 피 흘리며 잃은 것은 채 사람의 형상을 갖추기도 전인 생명이었지만, 이 시점에서 그 사실을 가장 슬퍼해야 할 사람은 재이가 아니었다.

욕실에서 둘 사이에 무슨 일이 있었던 것인지 궁금했으나, 지금은 재이에게 그런 것을 물어볼 계제도 아니었다.

마음 한편에서 뭉게뭉게 일고 있는 모종의 의구심이 불안으로 커지지 않도록 중심을 잡고 있어야만 했다.

무엇보다도 무영은 재이가 걱정스러웠다.

여전히 희디흰 그녀의 얼굴빛과 한없이 무거워진 어깨가.

유진 곁을 떠나지 못한 채 침묵을 지키고 있는 그녀의 상태가.

뭐든 먹이고 싶었다. 몇 숟갈 뜨지도 못하고 일어났던 그녀였다.

무영은 재이의 어깨에 손을 짚었다. 재이가 고개 돌려 무영을 올려다보았다.

"잠들었어. 쉬게 두고 나가서 뭘 좀 먹는 게 좋겠는데."

"깰지도 몰라요. 혼자 둘 수 없잖아요."

"무호가 올 거야."

"오면 나가요."

재이 특유의 담담한 고집을 이길 수가 없었다. 담배를 피우고 오겠다며 나간 무호가 들어오기만을 기다릴 수밖에.

그러고 보니 나간 지 꽤 지났는데도 무호는 병실로 돌아오지 않고 있었다. 무호 또한 분명 충격에 사로잡혀 있을 터였다.

오늘 저녁 유진이 잃은 아이가 무호의 아이인지, 아직 그조차 확인해 볼 여유가 없었다. 유진에게도 무호에게도 그것부터 따져 묻기엔 상황이 워낙 심각했다.

계속되던 출혈이 잡혔기에 다행이지, 자칫 더 심각한 사태로 흘러갈 여지도 있었다. 생각만 해도 아찔했다.

무영은 의자를 끌어다 재이 옆에 앉았다. 재이는 시트 밖으로 나온 유진의 손을 뚫어져라 보고 있었다.

"도련님이 안 오네요."

재이도 시간의 경과를 인지하고 있었던 듯했다.

"놀라고 당황스러워서 마음 추스르고 있을 거야."

어쩔 수 없이 무호 편에 서서 말했더니, 재이가 나직이 반문했다.

"그럴까요?"

그렇지 않을 거라는 생각이 담긴 물음으로 들렸고, 무호를 잘 아는 무영으로선 선뜻 확답하기 힘들었다.

"나빠."

재이가 중얼거렸다.

누구에게 향해 있는 말인지 무영은 굳이 묻지 않았다. 맥락상 무호를 가리키고 있을 터인데, 동의해 줄 수도 부정할 수도 없었다.

지금 무영이 바라고 있는 것은 오직 한 가지.

무호의 아이가 아니기를.

그리하여 양쪽 집안에서 추진하던 결혼 자체가 무산되더라도 어쩔 수 없는 일이라고 생각했다.

"무호 데리고 올게."

일어서며 말하자, 재이가 희미하게 끄덕였다.

병실을 나선 무영은 옥상으로 올라갔다. 예상대로 무호가 거기 있었다. 난간에 두 팔을 얹고 비스듬히 기대어 선 무호 옆에 가 섰다.

무영 쪽은 돌아보지도 않고서 무호가 말했다.

"담배 끊었다더니."

"너 데리러 왔어."

"왜. 내가 멀리 도망이라도 쳐 버렸을까 봐?"

"도망치고 싶어?"

"모르겠어."

무호처럼 무영도 난간에 팔을 기대어 얹고서 밤이 찾아든 도시의 전경을 내려다보았다. 도시는 변함없이 불빛들로 찬란했다.

"유진인 좀 어때?"

"잠든 것 같아."

"유진이네 집에, 연락해야겠지?"

"그래야겠지."

"못 하겠어. 유진이가 원하지 않을 것 같아서……."

"두려워서가 아니고?"

대답 없이 무호가 후, 웃었다. 무영은 무호에게 말했다.

"어차피 알게 될 거야."

눈앞에서 모든 상황을 지켜본 고 여사가 그냥 넘어갈 리가 없었다. 고 여사의 표독한 말들로 전해지기 전에 미리 알리는 편이 나을 것이다.

"모르게 할 수는 없을까?"

무호가 물었다.

"누구를 위해서?"

"……."

"두려워?"

"나 몰라, 형? 걔네 부모님한테서 무슨 소릴 듣든, 실컷 두들겨 맞든, 난 상관없어."

"그런데 왜 모르게 하고 싶은 건데?"

"유진이가…… 맞을지도 몰라."

"누구한테?"

"왼손을 쓸 때마다 엄마가 회초리로 손등을 때렸다고 했어. 수천 번, 아니 수만 번. 셀 수도 없게 많이. 그게 뭐라고, 고작 왼손 쓰는 게 뭐라고."

저녁 식탁에서 고 여사의 눈치를 보던 유진이 떠올랐다. 안 그런 척 애는 쓰고 있었지만 위축된 모습이 무영의 눈에도 보였더랬다.

유진의 어머니도 고 여사와 엇비슷한 캐릭터일까. 그래서 고 여사와의 첫 대면에서 유진이 그토록 긴장했던 걸까.

하지만 고 여사는 매를 든 적은 없었다. 몇 시간이고 구석에 앉혀 두는 벌을 주면 주었지, 자식들에게 직접 손을 대진 않았다.

"그것뿐이었겠어? 다른 경우에도 그렇게 때렸겠지. 맘에 차지 않는 사소한 버릇들을 때려서 교정하려 했겠지. 그런 분이니 이번 일을 알게 되면……."

"너야?"

네 아이냐는 질문이었다.

무호는 얼른 답을 주지 못하고 한숨만 길게 내쉬었다.

"대답해."

"그런 것 같아."

"같아?"

"나야."

"확실해? 다른 가능성은?"

"시기가 맞아. 시드니에서 만났을 때였어."

이번엔 무영이 긴 숨을 토해 냈다. 오직 하나의 바람이 비껴가 버렸다.

"여기서 뭉개고 있지 말고, 내려가서 유진 씨 생각부터 물어봐. 어떻게 하고 싶은지, 둘이 의논해서 결정해."

"엄마는?"

"엄마는 뭐."

"어느 쪽으로든 우리가 결정할 때까지 엄마 좀 커버해 줘."

'우리'라고 말하는 무호를 보니 최악의 상황까지 걱정하진 않아도 되겠구나 싶었다. 그러니까 무호가 유진을 내버려 두고 정말 멀리로 도망쳐 버리는 경우 말이다.

고 여사를 컨트롤할 수 있을지 장담하기 힘들었지만, 일단 대답은 해 주었다.

"알았어."

무호와 다시 병실로 돌아왔을 때, 재이가 병실 문밖에 나와 있었다. 유진을 절대 혼자 두지 않으려던 사람처럼 굴던 재이였으므로 무영은 좀 의아했다.

"유진이는요? 깨어났어요?"

"네, 깨어났어요."

대답하며 무호를 보는 재이 표정이 서늘했다. 화가 나 있는 것 같은 얼굴이었다.

"근데 왜 나와 있어요?"

"왜……."

"네?"

"왜 지켜 주지 못했어요?"

재이의 눈에 서려 있는 것은 분노였다. 지금껏 재이에게서 한 번도 본 적 없는 날 선 감정이었다.

"조선 시대도 아니고. 아주 간단한 방법이 있는데, 왜."

재이가 언급한 아주 간단한 방법이란 콘돔을 의미할 터. 무호에게 피임을 제대로 하지 못한 것에 대한 질책을 하고 있는 셈인데.

질책의 논리 자체는 타당하다.

그러나 왜. 유진의 일에 재이가 왜 이토록 서늘한 분노를 표출하고 있는 건가.

"도련님 그렇게 허술한 사람이었어요? 그렇게 무책임한 사람이었어요? 뒷일은 어떻게 될지 한 치 앞도 생각하지 않는? 정말 실망이에요."

하아, 탄식하고는 무호가 말했다.

"비행기 타는 거 굉장히 힘들어하는 애예요. 그런 애가 나 만나러 시드니까지 날아왔어. 어떻게 외면해."

"외면하라고 했어요? 지금 그 얘기가 아니잖아요. 책임과 무책임에 대한 얘기를 하고 있는 거잖아요."

몰아붙이는 재이 앞에서 무호가 평소에 자주 쓰던 욕설을 내갈겼다. 그러고는 거친 반말조로 쏘아붙였다.

"그놈의 책임, 책임. 누가 책임 안 진대?"

팽팽한 눈빛으로 무호를 쳐다보던 재이가 휙 몸을 돌려 복도 저 끝으로 걸어갔다.

"손무호."

"왜!"

"너, 형수한테 말 그딴 식으로밖에 못 해?"

"형수가 이상하게 굴고 있잖아!"

"이상해? 전부 다 내가 하고 싶은 말들이었어."

"그래서 속이 시원하셔? 직접 하지 그랬어. 왜 형수 시켜서 날 개새끼 만들어?"

"너 개새끼 맞아. 입 닥쳐."

무호 입에서 다시금 욕설이 튀어나왔다. 말 대신 욕설이 나온다는 건 반박을 포기했다는 뜻이기도 했다.

"괜히 성질부리지 말고 들어가 봐. 형수한테는 나중에 꼭 사과하고."

"사과받아야 할 사람한테나 사과 제대로 받으라고 그래."

"……뭐?"

더 대꾸하지 않고 무호가 병실로 들어갔다.

무영은 재이에게로 다가갔다. 무영이 곁에 온 걸 알았을 텐데도 재이는 반쯤 열린 창 너머로만 시선을 두고 서 있었다.

"서재이."

재이는 돌아보지도, 대답하지도 않았다.

"재이야."

마찬가지였다.

지금은 때가 아닐지도 몰랐다. 그녀에게 분노가 진정될 시간을 주어야 하는지도.

무영은 묻고 싶은 말을 넣어 두고 조용히 재이 곁을 지켰다. 진정될 시간이 필요한 것은 자신 쪽일지도 모르겠다고, 무영은 생각했다.

밤이 깊었다.

유진의 부모님이 병실로 들어간 지 10여 분이 지났지만, 안에선 어떤 소리도 새어 나오지 않았다.

무호는 되도록 미루고 싶어 했지만, 사실대로 집에 알린 쪽은 유진이었다. 늦어지는 귀가에 유진의 집에서 먼저 전화가 온 것이었다.

병실 안에는 무호도 있었다. 그럼에도 아무 일도 일어나지 않고 있는 듯 그저 조용하기만 했다.

문 앞에 붙박여 선 채로 재이는 미동도 하지 않았다. 건드리면 흘러내릴 것처럼 연약한 자태라곤 할 수 없었다.

오히려 강인해 보였다. 워낙 심지가 단단한 사람이지만 오늘은 더욱 그랬다.

무영의 눈에 오늘의 그녀는 안에서 무슨 소리라도 들릴라치면 곧바로 뛰어들 태세처럼 느껴졌다.

역시 의문스러웠다.

왜.

편유진의 일에 재이가 왜 이렇게까지 민감하게 반응하고 있는가.

의문들이 돋보기에 내리쬐는 햇빛처럼 한 점으로 모였다. 그리고 무영은 거의 확신했다. 이제 재이에게 물어 확인할 일만 남았다.

병실 문이 열렸다. 안에서 나온 사람은 무호였다.

"유진 씨는요? 괜찮아요?"

재이가 물었다.

무호에게서 유진의 어머니에 대해서 들은 뒤였으므로, 괜찮으냐는 말 속에는 많은 것들이 포함되어 있음을 무영도 알 수 있었다.

"괜찮아요."

무호의 대답이 그리 가뿐하지만은 않았다. 고성이 오가지 않았다고 하여, 칭찬을 받거나 어깨를 도닥여 주는 상황이었을 리 없으니.

때로는 침묵이 더 잔인하다.

터뜨리지 않는 분노가 쌓이고 쌓이면 돌이킬 수 없는 파국을 맞게도 되니까.

"부모님께선 뭐라고 하세요?"

"두 분께서 계신다고 오늘은 일단 가래요."

'일단'이라는 말은 유예일 터. 앞으로 어찌 될지는 두고 보아야 할 일이었다.

"가자."

무영은 재이에게도 눈짓을 했다. 닫힌 문을 하염없이 바라보던 재이가 무거운 걸음을 뗐다.

차 앞에 이르자, 무호가 말했다.

"먼저 들어가."

"어딜 가려고?"

"이런 기분으로 엄마 마주치고 싶지 않아."

"그래서?"

"바람 좀 쐬다 나중에 들어갈게."

문제에 직면하지 않으려는 무호의 습성이 나오고 있었다. 이 상태로 고 여사와 마주하느니 냉각기를 두는 것도 나쁘지 않겠다.

"그럼 병원에서 자든가."

손 원장의 병원이기에 빈 병실 하나 구하는 것쯤 어렵지 않은 일이었다.

"알아서 할 테니까 들어가."

무영은 재이와 함께 차에 올랐다. 차를 등지고 성큼 걸어간 무호가 다시 병원으로 들어갔다.

차에 오르고도 여전히 병원 쪽으로만 시선을 두고 있는 재이에게 무영은 다독이듯 말해 주었다.

"괜찮을 거야."

"그럴까요?"

"차차 괜찮아질 거야."

"……그렇겠죠?"

"서재이."

재이가 그제야 무영을 보았다.

"나한테 할 얘기 없어?"

"무슨…… 얘기요?"

무영은 말하지 않았다. 다만 재이의 눈만 들여다보았다. 재이도 말하지 않았다. 무영과 눈만 마주한 채였다.

언제까지 계속될지 모를 평형 상태를 무영이 깼다.

"편유진에 대해서."

고요히 깊던 재이의 눈동자가 일순 출렁였다.

"나한테, 하고 싶은 말 없어?"

답을 기다리는 시간이 길고도 길었다. 그래 봐야 겨우 30초 남짓이건만, 무영은 목이 타들어 가는 느낌이었다.

마침내 재이가 입을 열었다.

"없어요."

사실은, 하면서 털어놓을 줄 알았다. 등에 진 짐을 같이 져 달라고, 그간 혼자서 너무 힘겨웠다고 말해 올 줄 알았다.

울먹임 같은 건 없이, 그녀답게 담백한 말투로. 그러면서도 표정엔 슬픔이 묻어나서 보고 있는 무영까지도 안타까워졌을 것이다.

예견이 보기 좋게 빗나간 지금, 무영은 마음이 아팠다.

넓은 품으로 여기지 않는구나. 무엇이건 같이 나눌 사람으로 생각하지 않는구나.

말할 수 있는 기회를 주고 있는데도 거부하는구나. 밀어내는구나.

끝내 혼자서만 감당하려 하는구나.

나를…… 믿지 못하는구나.

상한 마음을 끌어안은 채 무영은 재이를 외면하곤 차를 출발시켰다. 밤의 도시가 뒤로 휙휙 물러났다.

1미터의 거리

　퇴근하고 들어오던 길, 현관 앞에서 무영은 걸음을 멈추었다.

　현관문과 계단 사이의 대리석 바닥에 화려한 꽃바구니와 고가의 와인 상자가 내다 버린 듯 놓여 있었다.

　둘 다 어제 유진이 갖고 온 것들이었다. 유진이 고 여사에게 건넨 선물이었다.

　그런데 이렇게 문밖에 버려져 있다는 것은, 이 행위의 의미는, 현재 고 여사의 내면을 설명해 주는 지표가 될 터였다.

　무영은 문을 열고 들어서다가 막 전실로 나오던 박 기사와 마주쳤다. 박 기사가 무영에게 고개를 숙였다.

　"뭡니까?"

　문밖을 턱짓하며 묻자, 박 기사가 대답했다.

　"도로 갖다주라고 하셔서요."

박 기사에게 그런 지시를 내릴 사람은 이 집에 단 한 사람뿐이었다.

"그냥 두세요."

신발을 신고 나가려던 박 기사가 멈칫했다.

"내가 처리할 테니 놔두라고."

"뭐, 그러시다면."

그러며 박 기사가 어깨를 으쓱했다.

거실을 가로질러 고 여사의 방으로 향하던 무영은 주방 쪽에서 나오는 재이를 보곤 그 자리에 멈춰 섰다.

"오셨어요?"

무영은 고개를 끄덕였다.

"저녁 준비 중이에요."

흰 앞치마를 두른 재이는 무영과의 사이에 1미터쯤의 거리를 두고 서 있었다.

아마 그녀도 느끼고 있을지 모른다. 어젯밤 차 안에서의 대화 이후로 무영의 말수가 급격히 줄어들었다는 것을.

재이를 처음 안았던 날의 오후 이래로 하루도 한 몸이 되지 않았던 날이 없었다. 하지만 어젯밤은 서로가 말없이 잠자리에 들었다.

등을 보이며 돌아누운 건 재이였다. 무영은 그런 그녀에게 서운했다.

재이에게 말을 걸지도, 손 뻗어 그녀를 만지지도 않았다. 내내 뒤척이며 잠을 설쳤다. 겉으로야 조용했지만 그녀도 무영과 별반 다르지 않은 듯했다.

아침에도 지난밤의 서먹한 기류가 가시지 않았다. 대문 앞까지의 배웅은 평소와 같았지만, 차창 너머로 가볍게 주고받던 입맞춤은 생략되었다.

습관처럼 차창을 내렸으나, 재이는 무영에게로 다가오지 않은 채 제자리를 지켰다. 잘 다녀와요, 담담한 인사만 건넸다.

온종일 재이 생각에 잠겨 있었다. 휴대폰을 만지작거리기를 수차례. 그러나 무영은 재이에게 전화 걸지 않았다.

기다렸던 것도 같다. 그녀에게서 전화가 오기를. 그녀가 다가와 주기를. 어젯밤의 대답을 번복해 주기를. 다 말해 주기를.

하지만 재이는 잠잠했다.

퇴근 무렵엔 행여 재이가 회사 앞에 나와 기다리고 있는 것은 아닐까, 기대도 품어 보았다. 헛된 소망으로 끝나고 말았다.

지금 재이가 유지하는 1미터의 거리가 그녀 마음 풍경을 나타내고 있는 것만 같아 무영은 다시금 마음이 쓰렸다.

"씻고 내려와요."

"어머니 좀 뵙고."

"아."

끄덕임인지 살짝 놀라는 것인지 모를 감탄사를 끝으로 재이가 뒤돌아섰다.

주방으로 걸어가는 그녀가 시야에서 아주 사라졌을 때에야 무영은 고 여사의 방문을 노크했다.

"접니다."

안에서 고 여사의 음성이 건너왔다.

"들어오너라."

무영은 방으로 들어가 고 여사 앞에 앉았다. 고 여사가 책을 덮고 돋보기안경을 벗어 책 위에다 놓았다.

"그 아이는 퇴원했다더구나."

"네."

"하필 우리 병원으로 데려가서는. 쯧쯧."

"입단속들은 단단히 시켜 두었으니 밖으로 말이 나갈 일은 없을 겁니다."

워낙 다급하기도 했지만, 그러기 위해서이기도 했다.

"말이 나가 봐야 그쪽 집안 수치지, 우리하고는 상관없는 일."

수치.

유진의 유산에 대해 고 여사가 어떤 결론을 내려놓고 있는지, 무영은 그 한 단어로 알 수 있었다.

"상관, 있을 겁니다."

"없을 것이다."

"무호가 저지른 짓입니다."

"저지르다니? 누가 들으면 강제로 벌어진 일인 줄 알겠구나."

"무호의 아이였다는 뜻입니다."

"그래?"

"네."

"정히 그렇다면 유전자 검사라도 해 봐야겠구나."

유전자를 들먹이는 고 여사의 말이 무뎌진 상처를 헤집었다. 그럴 목적으로 꺼낸 말일지도 몰랐다.

그러나 상처 따위 모르는 얼굴을 하는 것은 어렵지 않았다. 고 여사 앞에서는 더더욱 그래야 했다.

"현관에 내놓은 것들은 다시 들이는 게 좋겠습니다."

"재이하고 똑같은 말을 하는구나."

재이도 그 꼴을 봤다는 얘기였다. 그걸 보고 나서의 재이 마음을 생각하면 마음이 반으로 갈라지는 듯했다.

"이상도 하지. 제가 가져온 선물도 아닌데 낯이 해쓱해져서는."

무영은 긴장했다. 고 여사가 재이와 유진을 엮어 의심의 촉수를 펼치기 전에 막아서야 했다.

"상상할 수 없는 일이라 그랬을 겁니다."

"너도 알다시피 상상조차 할 수 없는 일이 일어나곤 하는 게 인생 아니더냐?"

상상조차 할 수 없는 일.

고 여사에게는 그것이 무원의 죽음.

그 일을 연상하게 만드는 것 또한 상처 헤집기의 일환일 터.

무영은 말의 방향을 고 여사에게로 돌렸다.

"아무튼 어른답지 못한 행동을 하셨습니다."

"어른다운 게 어떤 것인지 네가 알아?"

질타와 함께 건너오는 고 여사의 눈초리가 매서웠다.

"나는 절대 받을 수 없으니, 도로 갖다주지 않으려거든 버려라."

"무호 생각은 안 하십니까?"

"무호 생각을 하니 그러는 것이다. 제 몸 하나 간수하지 못하는 아이를 며느리로 들일 생각은 추호도 없느니."

명백히 선을 긋고 있다.

결국 일이 그렇게 흘러가게 되면, 재이에게는 다행스러운 결과일까.

무호와 유진에게는?

유진이 힘들어하면 재이가 편안해질 수 있을까?

아무도 모르게 혼자서 딜레마를 껴안고 있을 재이를 생각하며 무영은 착잡해졌다.

"그 집에서 딸의 몸이 달라진 것을 알고 있었던 게 아닌가 싶다."

고 여사의 추측에 일리가 있다고 생각했지만, 무영은 아무 말도 하지 않았다.

"그러지 않고서야 그리 결혼을 서두를 필요가 없지 않았겠니?"

단지 손 원장의 아들이라는 이유로 무호와의 결혼을 추진한다고 들었을 때, 무영 역시 퍽이나 의아했었다.

그쪽에선 어디까지나 귀한 외동딸의 결혼이었다. 사윗감에 대해서라면 이것저것 재고 따져 보는 게 어느 모로 보나 자연스러웠다.

게다가 자유분방한 무호는 어떤 집안에서도 환영받을 사윗감으로 보긴 힘들었다.

그걸 잘 알고 있기에 고 여사도 이번 기회를 놓치지 않으려

했을 것이었다. 좋은 혼처를 찾기가 쉽지 않다는 것을 고 여사야말로 잘 알고 있었을 것이다.

상대가 유진이든 누구든 이참에 결혼시켜서 무호를 먼 나라가 아닌, 바로 곁에다 들여 살게 하고 싶었을지도 모르겠다.

"나를 감쪽같이 속이려 들었다니, 그 부모나 여식이나 참으로 가증스럽기 그지없구나."

무영으로선 유진을 폄하하는 말을 듣고 있기가 거북했다.

유진이 누군지 몰랐다면 고 여사와 비슷한 생각을 했을 테지만. 유진에 대해서는 처음부터 호감을 가지지도 못했지만.

이젠 시점이 달라졌다. 호감 여부를 떠나서 유진을 폄훼하는 쪽에 설 수는 없었다. 주관적 관점을 견지할 수밖에 없었다.

무영은 덤덤히 말했다.

"어차피 선택은 무호가 할 겁니다."

"무호는 내가 잘 안다."

네, 물론 그러시겠지요. 사랑해 마지않는 아들이니까요.

비틀린 말이 입 밖으로 뛰쳐나가려는 것을 간신히 눌렀다. 고 여사의 어떤 말에도 영향 받지 않는 모습이어야 했다.

상처 입히기 위해 내어놓는 말들에 휘둘리지 않을 자신이 있었다. 혼자였다면. 재이가 곁에 있지 않았다면.

역설적이게도 지금의 무영에겐 재이가 약점이 되었다.

소중한 사람이 있다는 것. 마음을 흠뻑 쏟아 버린 여자를 곁에 두었다는 것.

그것이 무영에겐 가장 연약한 지점이 되어 버렸다.

그 점을 고 여사가 꿰뚫어 보고 이용하려 들지 않도록 무영은 무진 애를 써야만 했다. 고 여사 앞에서 그 어느 때보다도 더 냉철해져야만 했다.

"식사 준비가 다 되었을 겁니다."

그러고는 일어서는 무영에게 고 여사가 강인한 어조로 말했다.

"무호는 네 동생이다."

남의 일 보듯 무심한 태도가 거슬린다는 소리일까. 아니면 무호한테 좀 더 신경을 쓰라는 얘기일까.

새삼스러운 말의 진의가 무엇인지 헤아리는데, 문밖에서 재이 목소리가 들려왔다.

"어머님, 저녁 드세요."

저녁 식탁엔 세 사람뿐이었다.

무호가 시드니에서 들어오지 않았다면 늘 이러했을 식탁이지만, 유진의 일이 있고 난 직후여서 무호의 빈자리가 유난히도 눈에 띄었다.

지난밤 이후로 무호는 여태 집에 들어오지 않고 있었다. 유진이 퇴원했다는 얘길 전화로 전해 준 뒤로는 감감무소식이었다.

"밥이 설익었구나."

고 여사의 말에 재이가 숟가락질을 멈췄다. 되지도 질지도 않은, 평상시와 다를 바 없이 잘 지어진 밥이었으므로 공연한 트집이 틀림없었다.

"무호 때문에 속이 불편하신 모양입니다."

"하나는 맞고 하나는 틀렸느니."

무영은 고 여사를 보았다.

"무호 때문이라고 생각하는 연유가 무엇일꼬."

"그럼 무엇 때문입니까?"

"너는 어떻게 생각하니?"

별안간 날아든 질문에 재이가 고 여사를 바라보았다.

"내가 무엇 때문에 속이 불편한 것 같은지, 묻고 있지 않니?"

당황하여 대답을 고르고 있을 재이를 대신해 무영이 나섰다.

"제가 들여놓았습니다."

"무엇을 말이냐?"

"현관문 밖에 내다 놓으신 것들 말입니다."

"그래?"

"네."

고 여사가 수저를 탁 내려놓았다.

"너는 하나만 알고 둘은 모르는구나."

"제가 모르는 것이 무엇입니까?"

"글쎄다. 무엇일까. 그게 무엇이건 너도 차차 알게 되겠지."

여운 같은 말을 남기고 고 여사가 일어섰다. 저녁을 걸러 남은 이들을 불편하게 만들 심산이겠지만, 지금 가장 불편할 사람은 재이였다.

"밥을 새로 지을까요, 어머님?"

따라 일어서며 묻는 재이에게 고 여사가 냉랭하게 잘랐다.

"됐다."

"그럼 죽이라도 들여갈……."

"필요 없다."

잘못한 것도 없는 재이에게 화풀이를 하는 모양새라 한마디 거들려다 참았다.

고 여사와의 대화에 끼어들어 역성을 들지 말라는 재이의 당부도 있었거니와, 말을 보태 불씨만 더 키울 가능성이 높았다.

이쯤에서 퇴장해 준다면 굳이 붙잡을 까닭도 없었다. 저녁상이야 아주머니에게 시켜 방으로 들여가게 하면 그만이었다.

고 여사가 방으로 들어가고 나서도 식탁은 화기애애해지지 않았다.

무영은 무영대로 가두어 둔 마음이 가슴을 짓누르고 있었고, 재이 또한 그녀대로 복잡해져 있을 터였다.

훤히 트인 다이닝 룸은 속에 든 말들을 나누기에 적합한 장소가 아니었다. 무영은 묵묵히 밥만 떠먹었다. 재이도 그랬다.

시간이 더디게도 지나갔다.

안 돼

밤.

샤워를 하고 나오니, 책상 앞에 재이가 앉아 있었다. 재이의 눈길은 저녁 식사 전 무영이 책상 위에 놓아둔 꽃바구니와 와인 상자에 꽂혀 있었다.

지난밤 병실에서 유진의 손을 보고 있던 그 모습과 같았다. 차마 잡아 주지도 못하고 그저 버티고만 있던.

그녀의 버팀을 지탱하는 꼿꼿한 어깨를 보며 무영은 마음이 아팠다.

"왜, 여기다 갖다 두셨어요?"

재이가 물었다.

"문밖에 버려두면, 마음 아플 테니까."

"누구 마음이?"

"서재이 마음."

"……왜?"

"동생이니까."

재이는 미동도 하지 않았다. 여기까지 말했는데도 앉아 있는 뒷모습 그대로 버티고만 있을 뿐이었다.

무영은 책상을 돌아 재이 앞으로 다가갔다. 재이가 고개를 들고 무영을 쳐다보았다. 총총한 눈망울에 눈물의 기미는 엿보이지 않았다.

"틀렸어?"

재이는 대답하지 않았다.

"내 짐작이 틀린 거냐고 물었어."

그녀의 침묵이 마음을 가파르게 만들었다.

"서재이."

"……."

"말, 안 할 거야?"

추궁하는 말투가 되어 버렸다. 그러자 재이가 입을 뗐다.

"조금만……."

"조금만 뭐."

"기다려 주면 안 돼요?"

"없다고 했잖아, 어젯밤엔."

"그래서 화났어요?"

"어떤 것 같아?"

"화내고 있는 것 같아요."

무영은 긴 숨을 내쉬었다.

"그럼 그렇게 생각해."

건조하게 말하고는 재이로부터 돌아섰다. 서운한 마음이 휘몰아쳤다.

겨우 그 정도. 화내는 것, 고작 그만큼밖에는 할 수 없는 사람으로 여기고 있는 건가. 미묘한 배신감마저 느껴졌다.

쓰린 마음을 안고서 테라스로 나서는데, 등으로 재이 목소리가 덤벼들었다.

"대표님은 없어요?"

무영은 걸음을 멈추고, 천천히 재이 쪽으로 되돌아섰다.

"무슨 뜻이야?"

"나한테 말하지 않은 거 없느냐고 물었어요."

재이 눈빛에 서려 있는 것은 원망이었다.

무영은 대답할 수 없었다. 허공에서 눈빛만이 서로에게로 부딪쳤다.

재이가 먼저 눈빛을 꺾었다. 외면이었다.

책상 앞을 떠난 그녀가 방에서 나갈 때까지 무영은 그 자리에 서 있었다.

재이에게 말하지 않은 것. 말하고 싶지 않은 것.

생각하기만 해도 고통스러워서 말할 수가 없는 것.

있다.

생각보다 많을지도 모른다.

여덟 살, 첫날.

그날로부터 이 집에서의 나날들. 무수한 그 시간들을 지나오며 겪었던 감정들.

섣부른 희망과 애착. 의지와 위로. 피아노.

그 여름의 강가. 차마 믿을 수 없던 무원의 죽음. 영원한 상실. 죄의식.

속죄와 애원. 다시 사랑받기 위해 몸부림쳤던 순간들.

좌절. 상처. 흉터. 그리고 차츰 얼어 가던 마음들.

그 모든 것들을 재이한테 설명할 수 있을까.

없다.

그럴 수 없기에 말하지 못하는 것들.

그중에서 재이는 어떤 것을 원하고 있는 걸까.

어떤 것을 알고 싶고, 듣고 싶어 하는 걸까.

홀로 앉아 깊어 가는 밤.

빈 침대를 내려다보다가 무영은 몸을 일으켰다.

재이는 거실 소파에 앉아 있었다. 올려 세운 두 무릎을 끌어안고, 시선은 TV 화면에 붙박인 채였다.

소리 죽인 화면에선 짙푸른 심해가 펼쳐지고 있었는데, 크고 작은 바다 생물들이 자유롭게 떠다녔다.

무영은 재이 곁에 앉았다. 그리고 그녀처럼 TV 속 다큐 화면에만 눈을 두었다. 그러다 그녀의 목소리를 들었다.

"맞아요."

무영은 재이를 돌아보지 않았다. 그녀가 더 말할 수 있도록 기다렸다.

"대표님이 짐작한 거, 맞아요."

대표님이란 호칭이 발목을 잡았지만, 무영은 화면에 눈을 둔 채로 끄덕이고는 재이에게 물었다.

"언제, 어떻게 알게 됐어?"

"결혼식 전날 저녁에, 날 찾아왔어요."

"그럼 윤이가 먼저 알았다는 거야?"

"그랬나 봐요. 도련님이랑 우리 넷이서 같이 저녁 먹었던 그 날, 레스토랑 화장실에서 둘이 이야기를 나눴거든요. 내가 동생 이름이 윤이라고 말했는데, 아마 그때 확실히 알게 된 것 같아요."

서재이라는 이름을 듣고 재차 묻고 확인하던 유진이 떠올랐다. 유달리 당황하던 그 순간부터 유진은 재이가 언니일지도 모른다는 느낌을 받았나 보았다.

"우리 결혼에 대해서, 즐겁지 않은 말들이 오갔겠네."

"네."

결혼식 전날의 상황을 무영은 충분히 짐작할 수 있었다.

지금까지 봐 온 유진의 성향으로 보건대 그날은 기적적인 재회의 기쁨을 맞이한 순간만은 아니었을 것이다. 재이 자매에게 늪 같은 딜레마가 시작되는 순간이었을 것이다.

"도련님과의 결혼을 위해서 내가 양보해 주면 안 되겠느냐고, 윤이가 나한테 간청해 왔어요."

"어림없는 소리."

"우리 결혼을 뒤로 미루어 주면 안 되느냐고도 했어요."

"그래서, 서재이의 대답은?"

"아시잖아요."

다음 날 아무 일 없이 결혼식은 예정대로 진행되었다. 그러므로 그날 저녁 서재이의 대답은 No.

그리하여 유진은, 아니, 윤이는 재이로부터 차갑게 돌아섰을 것이다. 언니에게 상처를 심어 주었을 것이다.

"윤이는 입양된 사실이 그 누구에게도 알려지지 않기를 바랐어요. 대표님과 의논해 보자고도 했지만, 윤이가 질겁하며 울었어요."

윤이의 두려움.

안다. 누구보다도 잘 알고 있다.

그 두려움을 바라보며 혼자 감내해 왔을 재이의 마음.

그 또한 이젠 알겠다.

"어젯밤에 대표님이 물어 왔을 때, 내 동생이라고 대답하지 못한 이유는……. 부끄러움 때문이었던 것 같아요."

무영은 재이를 돌아보았다.

"하필이면 엊저녁과 같은 그런 상황에서…… 윤이라고, 내 동생이라고 차마 말할 수가 없었어요. 아니, 말하기가 싫었던 건지도 몰라요. 대표님이 윤이를 너무나도 한심하게 생각하고 있을 것만 같아서."

"생각보다 멍청한 사람이었네, 서재이는."

"멍청한 게 아니라 평범한 거겠죠."

"그 일에 대해서 한심하니 어쩌니 그런 생각은 안 했어."

"……."

"믿어도 돼."

"그렇게 말해 줘서 고마워요."

"말해 주는 게 아니라, 실제로 그래."

그러나 재이의 눈길은 무영 쪽으로 돌아오지 않았다. 내내 그래 왔던 것처럼 앞으로만 뻗어 있었다. 다큐 속 심해의 어류들에게만 향해 있었다.

소리가 흐르지 않는 화면 속에서 진공 같은 심해의 먹먹함이 한층 실감났다. 지금 재이의 마음이 저 심해와도 같을까.

무영은 조금 두려워졌다.

다 말한다고 해서 전보다 더 가까워지고 있는 거라고, 투명한 벽 따위는 부서져 버린 거라고 안심할 때가 아닐지도 모른다.

편안해질 투항보다는 손을 놓아 버리는 포기 쪽으로 치우쳐 버린 것은 아닐까 하는 불안이 무영에게 닥쳐왔다.

재이가 윤이로 인한 딜레마에 대항하는 게 아니라, 딜레마 자체를 벗어던지고자 하는 것은 아닌지. 그립고도 그리웠던 동생을 위해 나쁜 선택을 하려는 것은 아닌지.

"서재이."

재이는 대답도, 눈길도 주지 않았다.

조바심에 간절히 이름을 불렀다.

"재이야."

비로소 재이가 고개를 돌렸다. 마주친 눈빛이 애잔했다. 무영은 무작정 명령했다.

"안 돼."

무엇에 대한 거부의 명령인지 재이는 묻지 않았다. 묻지 않는 그 마음이 무영의 두려움을 부채질했다.

"안 돼."

무영은 다시금 단단히 말했다.

지금 네가 생각하는 게 무엇이든, 안 돼. 절대로.

재이에게 건너가지 못한 말이 무영의 가슴에서 회오리쳤다.

재이가 무영에게 주었던 눈길을 되가져갔다. TV에선 이름 모를 어류들이 고요히 심해를 유영하고 있었다.

사랑하지 말 걸 그랬어

발신음이 꽤 여러 번 울리고서야 무호가 전화를 받았다.

―왜.

한낮인데도 잠인지 술인지에 취한 목소리였다.

"어디야?"

―친구네.

"친구 누구?"

―말하면 형이 알아? 성가시게 자꾸 전화하지 말고 그냥 좀
내버려 둬.

"유진 씨는 어때?"

―몰라. 잘 있겠지.

유진이 퇴원한 지 사흘째였다. 무호가 집에 들어오지 않은
날들의 숫자와도 같았다.

"통화 안 했어?"

―전화했더니 걔네 엄마가 받아. 전화하지 말래.

그쪽 집안에서도 결말을 내려는 입장인가. 혼전 임신이라는 어쩔 수 없는 상황이 유산으로 해소되었으니, 원점으로 돌아가려는 것인가.

유진의 마음은 어떤 방향으로 흐르고 있을까. 그리고 무호는?

―잘 거야. 끊어.

"잠깐만."

―또 왜.

"그날 너, 재이한테 했던 말."

―무슨 말.

"사과받아야 할 사람한테나 사과 제대로 받으라고 그랬잖아. 그거 무슨 얘기야?"

하아, 무호의 눅눅한 한숨이 귓가에 퍼졌다.

"말해."

―박태상 그 새끼가 형수한테 마구 개기고 있기에 손 좀 봐줬어. 그랬더니 형수가 나더러 그 새끼한테 사과를 하라잖아. 사과받아야 할 사람은 그 새끼가 아니라 형수라고.

이마가 뜨끈해져 왔다.

―서재이 씨, 그러면서 아주 맞먹으려 들어, 개새끼가. 그 새끼가 나한테는 뭐래는 줄 알아? 친아들도 아닌 주제에, 이따위로 지껄이는 거야. 씨발.

다시금 이마가 뜨거워졌다.

"들었어?"

―뭐?

"친아들 운운하는 그 소리, 재이가 들었느냐고."

―못 들었을 거야. 나한테 처맞으면서 웅얼거린 거라서. 못 들은 거 맞아. 들었으면 나한테 뭐라도 물어봤겠지.

그 무렵 박 기사 얼굴의 멍 자국과 찢긴 입술. 넘어져서 다쳤다더니, 실은 무호의 솜씨였던 거다.

―그 새끼 좀 내보내면 안 돼? 볼 때마다 재수 없어. 형이 잘 몰라서 그렇지, 그 새끼 그거 엄마한테 늦둥이 막내아들처럼 군다니까?

질투라도 하는 걸까. 박 기사에게 매사 예민하게 걸고넘어지던 무호의 심리 저변엔 고 여사의 사랑을 빼앗길까 봐 두려워하는 마음이 깔려 있는 걸까.

집에 처음 들어온 날부터 엄마, 엄마 친근하게 부르며 고 여사의 마음을 독차지하려 애쓰던 무호였다.

그런 무호 때문에 더더욱 혼자가 되어야 했던 자신을 생각하면 지금 무호가 느끼는 결핍감이 아이러니처럼 다가왔다.

―그 새끼 하는 거 보니까 형수한테 개긴 것도 한두 번이 아니었을 거야. 형수가 아무 말 안 해?

재이는 입이 무거운 여자였다.

무영이 출근하고 없는 동안 집에서 일어난 시시콜콜한 일들에 대해서 수다스럽게 늘어놓은 적 없었다.

타인에 대한 험담을 꺼리는 그녀가 박 기사에 대해서든 고 여사에 대해서든 고자질하듯 말할 리가 없다.

"곧 재계약 시점인데, 이번엔 갱신 안 할 거야."

―순순히 나가려 들까? 계약서야 형식적인 거 아니었어?

"형식이든 뭐든 계약서는 계약서야."

―엄마도 그 새끼 엄청 아끼는 것 같던데.

"얼른 집에 들어오기나 해."

―나랑 합동 작전을 펼치자, 이거지?

이럴 때 보면 머리는 나쁘지 않은 것 같은데, 때때로 넘치는 짓을 해서 골치다. 재이 앞에서 박 기사를 때려 댔다니. 그녀가 얼마나 당혹스러웠을까.

"앞으로는 그런 상황 만들지 마."

―어떤 상황?

"폭력."

―장담은 못 해. 나도 나를 어쩔 수 없는 순간들이 있다고.

"박 기사가 고소라도 했으면 어떻게 됐을 것 같아?"

―변호사 써야지.

장난스럽게 대꾸하곤 무호가 낄낄 웃어 댔다. 무영은 전화를 끊었다.

알다가도 모를 녀석이란 생각이 들었다.

제 피를 받은 생명이 세상의 빛도 보지 못한 채 영영 떠나 버린 마당에, 화내고 욕하고 농담하고 웃어 대고.

무영으로선 도무지 상상할 수 없는 일이었다.

문득 고 여사의 말이 떠올랐다. 상상조차 할 수 없는 일이 일어나곤 하는 게 인생이라 말할 때 고 여사의 표정도.

불현듯 뒷머리가 서늘해져 왔다.

알고 있는 걸까. 재이와 유진의 관계에 대해서 이미 알아차리고 있는 걸까.

"무호는 네 동생이다."

고 여사의 목소리가 머릿속에서 쩌렁쩌렁 재생되었다.

글자 그대로의 의미를 넘어서서, 아주 많은 것들을 품고 있는 말. 고 여사에게 있어 언제나 무호가 우선이었다는 사실을 직시해야 될 순간이었다. 그러나 그보다도 압도적인 것은 고 여사가 포착한 복수의 기회.

가장 소중한 것을 상실하게 만든 다음, 회복되지 못할 상처를 떠안기려는 거라면? 무영으로 하여금 고 여사 본인이 겪은 고통을 고스란히 맛보게 하려는 거라면?

현기증과 더불어 두 팔에 소름이 오소소 돋았다.

무영은 즉시 사무실을 나섰다. 차를 몰고 집으로 가는 내내 부디 과도한 예측이기를 기원했다.

재이는 2층 복도에서 청소기를 밀고 있었다.

"서재이."

대답은커녕 뒤돌아보지도 않았다. 청소기 소리는 무영의 목소리를 먹어 버릴 만큼 요란하지 않았다.

기계적으로 손을 놀리고 있을 뿐, 무언가 깊은 생각에 잠겨 있는 게 분명했다. 좋지 않은 징조였다.

무영은 재이에게 다가가 그녀의 손에서 무선 청소기를 빼앗다시피 가져와 작동을 중지시켰다. 조금 놀란 듯 재이 눈이 둥글어졌다.

"이 시간에 어쩐 일이에요?"

"같이 갈 데가 있어."

"갑자기? 어디를요?"

"혼인 신고 하러."

"아……."

일순 재이 표정이 복잡해졌다. 무영은 무시했다.

"옷 갈아입고 나와."

청소기를 치우려 들고 가는데, 재이가 무영을 불렀다.

"대표님."

늘 들어 왔던 호칭인데도 요 며칠은 유독 거슬렸다. 거리감을 부각시키는 것처럼 느껴졌는데 지금은 특히 더 그랬다.

무영은 청소기를 놓고 서서히 재이 쪽으로 돌아섰다. 살짝 망설이는가 싶더니, 그녀가 입을 열었다.

"조금 더 있다가 하면 안 될까요?"

"뭘?"

"혼인 신고요."

"왜?"

"그게, 좀 갑작스러워서……."

"갑작스럽다니? 우린 결혼했고, 결혼한 사람들에게 혼인 신고는 필수 사항이야."

"……."

"오늘 하든, 내일 하든, 모레 하든, 어차피 해야 되는 일이야. 미룰 이유, 없어."

재이는 침묵했다. 마치 다큐 속 짙푸른 심해 바닥에 움직임을 멈춘 채 납작 엎드린 물고기 같았다.

"서재이."

"대표님."

"그렇게 부르는 거 그만해."

"……."

"나 혼자 가?"

"조금만……."

"조금만 뭐."

"생각 좀 할게요."

"무슨 생각을?"

"……."

"무슨 생각을 하려는 거냐고 물었어."

"그렇게 다그치는 거 무서워요."

무영은 후우, 숨을 길게 몰아쉬었다. 조금만 기다려 주면 안 돼요? 하던 순간의 재이가 생각났다.

"다그치는 게 아니라……."

조바심 때문이야.

두려움 때문이야.

사랑 때문이야.

그녀에게 마저 건너가지 못한 말들이 입 안에서 맴돌았다.

들어만 준다면, 그녀 앞에 무릎 꿇고 앉아 애원할 수도 있었다. 열세 살의 여름날, 고 여사 앞에서 그러했던 것처럼.

그때 고 여사는 들어 주지 않았다. 무영에게 더 이상 어머니가 아니었다. 일부러 그런 게 아니라고, 돌발적인 사고였다고 눈물로 애걸해도 소용없었다.

고 여사에게는 오로지 무원.

당신 배에서 나온 핏줄, 당신의 친아들이 전부였다. 이미 죽어 버려 돌이킬 수 없는데도, 돌이킬 수 없기에 더더욱.

이제 재이에게도 윤이가 전부가 되어 버린 걸까. 전부까지는 아닐지라도 동생을 우선순위에 올려 버린 걸까.

사랑하는 남자의 아이를 잃고 절망에 빠져 버린 윤이를 외면할 수 없게 되어 버린 것일까. 그립고 그리웠던 동생의 행복을 최우선으로 생각하게 된 걸까.

밀려난다.

핏줄에게 밀려나고 있다.

20년 전 그때처럼 또다시.

황량해진 마음에 외로움이 맹독처럼 스며들었다.

"떠나고 싶어?"

겨울나무처럼 선 채로 무영이 입에 올린 말은 결국 그것이었다.

무영으로부터 1미터쯤의 거리를 두고 선 재이에게서는 어떤 대답도 건너오지 않았다.

그러니 안도해야 할까, 분노해야 할까.

무영은 어느 쪽도 선택할 수 없었다. 다만 그녀로부터 돌아섰다.

계단을 내려와 대문을 나서고 차에 다시 오를 때까지, 가슴 속에서 마구 소용돌이치는 생각은 오직 하나.

사랑하지 말 걸 그랬다.

무영은 자정이 훌쩍 넘어서야 집에 돌아왔다.

몸도 마음도 쇳덩이처럼 무거운 상태로 계단을 오르고 나니, 소파 아래에 동그랗게 몸을 말고 앉은 재이가 보였다.

며칠 전의 밤처럼 맞은편에 TV가 켜져 있었는데, 화면엔 펭귄들이 그득했다. 오늘은 동물 다큐인가 보다.

심란할 때면 우주나 동식물이 나오는 다큐 프로그램으로 머리를 비우곤 하는데, 재이 역시 그런 것 같아 일순 마음이 애틋해졌다.

닮은 면 한 가지를 또 찾았다고 말해 주면. 그러면 그녀가 웃어 줄까. 애잔한 눈빛일랑 지우고 담백한 얼굴로 끄덕여 줄까. 오후에 둘 사이를 오갔던 대화들도 다 지워져 버릴까.

사랑하지 말 걸 그랬다.

서재이라는 여자.

함부로 사랑해 버리지 말 것을 그랬다.

자책과 후회가 상처 입은 자존심을 찔러 댔다.

무영은 묵묵히 걸음을 옮겼다. 재이에게로 가려던 것은 아니었는데, 인기척을 느꼈는지 무영을 돌아본 그녀가 재빨리 고개를 반대편으로 틀었다.

외면하려는 것인 줄 알았다. 그녀가 서둘러 손등으로 눈가를 닦아 내기 전까지는.

무영은 재이 쪽으로 다가갔다. 부스스 몸을 일으키긴 했으나 그녀는 무영과 눈길을 마주치지는 않았다.

"늦었네요."

그러고는 도망치듯 스쳐 지나가려는 재이의 손목을 잡아챘다. 그녀의 시선은 여전히 옆으로 비껴 내려가 있었다.

"울었어?"

"아니요."

대답이야 담담했지만 눈 아래의 뺨에서 촉촉한 윤기를 발견했다. 채 닦아 내지 못한 눈물의 흔적이었다.

"울었는데."

"아니에요."

"고개 들어 봐."

그러나 재이는 무영에게 고개를 들어 올리지 않았다.

"고개, 들어 보라고."

"아파요."

무영은 움켜쥐고 있던 손목을 풀어 주었다. 아프다는 말조차 간결한 그녀가 애틋하면서도 미워지려고 했다.

무영에게서 손이 놓여나자마자 재이가 복도 쪽으로 걸어갔다. 복도 안에 고루 번져 있는 빛과 어둠이 그녀의 실루엣을 삼켜 버렸다.

탁자 위에 놓여 있는 DVD 케이스엔 〈황제펭귄 펭이와 솜이〉라는 제목이 적혀 있었다. 무영은 화면으로 눈길을 돌렸다.

남극의 펭귄들이 떼를 지어 모여 있는 가운데, 어미인지 아비인지 모를 펭귄이 먹이를 토해 내어 새끼 펭귄에게 먹이고 있었다.

조금 전 재이가 보던 부분으로 되돌렸다.

눈보라가 매섭게 휘몰아쳤다. 알에서 갓 깨어난 아기 펭귄들을 따뜻이 품어 안아 주는 어미 펭귄과 아비 펭귄들이 보였다.

어떤 어미나 아비는 아기 펭귄에게 되돌아오지 못하기도 했다. 바다에 먹이를 구하러 갔다가 천적에게 죽임을 당해 버린 것이었다.

그리하여 혼자 남겨진 아기 펭귄 한 마리가 이리저리 헤매다 다른 펭귄들에게 다가가 보지만, 매몰차게 내동댕이쳐졌다.

코끝이 시렸다.

동시에 무영은 이 장면이 재이 눈에 눈물이 차오르게 했던 순간임을 알았다.

어미와 아비를 잃고 갈 데 없이 버려진 아기 펭귄에게 재이가 자신을 이입해 버린 순간이라는 것을.

잘 울지 않는다던 그녀.

윤이와 헤어지던 어린 날 평생의 눈물을 다 흘려 버렸다던 그녀.

갈 데가 없는 상황이 가장 나쁘다던 그녀.

그런 그녀에게 떠날 생각이냐고 묻고 말았다. 그깟 자존심 때문에.

가슴이 에였다.

무영은 곧장 방으로 향했다. 재이는 침대 끄트머리의 긴 의자에 걸터앉아 있었다. 그녀 곁으로 가 앉았다.

"서재이."

"……."

"재이야."

"네."

"다그쳐서 미안해."

"다그친 거 아니라면서요."

"조바심이 났어. 두려웠어."

"내가…… 떠날까 봐요?"

무영은 턱을 끄덕여 인정했다. 어쩔 수 없었다. 가슴속에서 괴롭게 소용돌이치던 마음도 재이 앞에 토해 내고 말았다.

"사랑하지 말 걸 그랬어."

재이는 역시 그녀다웠다. 아무 일도 없었다는 듯, 일상 이야기를 나누는 중이었던 것처럼 담백하게도 물었다.

"웃어도 돼요?"

"웃지 마. 난 심각하니까."

"사랑해요."

목이 메어 와 무영은 말을 잊었다. 그 빈 공간을 재이가 채웠다. 아니, 명령했다.

"내가 떠나려고 해도, 보내지 마요."

끄덕이며 무영은 대답했다.

"안 보내."

"안아 줘요."

그제야 둘이서 마주 보았다. 스탠드 불빛만 은은히 퍼져 있는 방 안에서 그녀의 눈빛이 촉촉이도 반짝였다. 눈물에 씻긴 눈이라고 생각하니 다시금 가슴이 에여 왔다.

무영은 재이의 어깨에 팔을 두르고 가까이로 끌어당겼다. 그녀가 무너지듯 무영에게로 몸을 기대어 왔다. 나머지 한쪽 팔로 그녀를 휘감아 안았다.

"따뜻해……."

재이의 중얼거림이 가슴을 데웠다.

"서재이가 울었어. 나 때문에."

"아니에요. 펭귄 때문이에요."

"울리지도 못하는 남자란 말이지."

"자꾸 웃기기 있어요?"

"웃으라고 하는 말 아닌데?"

"주은이가 재미있고 사랑스럽다고 해서 마음 다독이려 보고 있었는데, 아기 펭귄이 내쳐지는 장면 보면서 나도 모르게 급 눈물이 나 버리잖아요."

"그 장면에서 나도 울 뻔했잖아."

"봤어요?"

"봤어."

서재이의 시린 마음을. 아픈 눈물을. 외로움을.

"이제부터 그런 건 혼자 보지 마."

"알았어요."

"같이 봐."

"같이."

"착하다, 서재이."

"손무영한테만."

눈시울이 따뜻해져 왔다. 눈물이 흐르지 않도록 이를 악물고서 무영은 재이의 몸을 가만가만 토닥였다.

매듭을 지었다

박 기사가 손 원장의 서재로 들어섰다.

무영은 책상 앞 회전의자에서 일어나 소파로 옮겨 앉았다.
그리고 박 기사에게 턱짓을 하며 말했다.

"앉아요."

박 기사가 소파에 와서 앉기를 기다렸다가, 무영은 준비해
둔 계약서 파일을 탁자 위에 올렸다.

"오늘 내가 박태상 씨를 이리로 부른 이유는 계약 만료 통
지를 하기 위해섭니다."

"……네?"

믿지 못하겠다는 듯 반문하면서도 박 기사는 눈에 띄게 당
황하는 기색은 아니었다.

무영은 파일을 펼쳐 박 기사 쪽으로 돌려놓았다.

"알고 있겠지만, 한 달 뒤가 계약 만료일입니다."

지금껏 묵시적으로 매년 재계약이 이루어져 왔기에 의식하지 못하고 있었을 테니 날짜를 명확히 확인하라는 의미였다.

박 기사가 파일에 든 고용 계약서를 내려다보았다. 사고 전 건강할 때의 손 원장과 주고받은 계약서였다.

"정확히 한 달 하고 닷새 뒤가 되겠군요."

"그러니까, 그때까지만 근무하고 이 집에서 나가 달라?"

무영은 턱을 까딱이고는 말했다.

"재계약할 의향이 없음을 미리 알려 드리는 겁니다."

"재계약이라……."

박 기사가 낭창하게 중얼거렸다.

"퇴직금은 넉넉히 드릴 생각입니다만, 혹시 원하는 금액이 있다면 말해 봐요. 최대한 맞춰 줄 테니까."

"퇴직금 따위 필요 없습니다."

"필요할 겁니다."

박 기사가 입술을 비틀며 웃었다. 은근히 신경을 긁는 웃음이었다.

"원한다면 이직에 필요한 추천서도 써 드릴 수 있습니다."

"글쎄, 그런 건 필요 없다니까요?"

박 기사의 태도는 오기가 아니라 여유에 더 가까웠다.

무영은 흐린 웃음을 머금었다. 박 기사가 이렇게 태연하게 나오는 데에는 어떤 속셈이 있을 터. 그 의중이 무엇인지 파악해 내야 했다.

"믿는 구석이 있는 모양인데."

넌지시 던져 본 말에 박 기사가 씩 웃었다. 이번엔 짓누르려고 하지 않는, 확연한 웃음이었다.

박 기사로서는 고 여사의 신임을 철석같이 믿고 있겠지만, 계약서를 작성한 사람은 손 원장이었다. 무영이 박 기사를 손 원장의 서재로 불러들인 것도 그 점을 주지시키려는 의도였다.

"그게 뭐든, 계약서를 이길 수는 없습니다."

단언하는 무영 앞에 박 기사가 내어놓은 것은 하얀 편지봉투였다.

선수를 치려는 것인가. 해고당하기 전에 제가 먼저 사직서를 들이밀겠다는 것인가.

거액일 퇴직금도 마다하며 알량한 자존심을 앞세우려는 것인가. 그렇다면 참으로 어리석지 않은가.

생각들 끝에 박 기사에게 물었다.

"뭡니까, 이게?"

"보시면 알 겁니다."

무영은 봉투를 집어 들었다.

어서 열어 보라는 듯 박 기사가 턱짓으로 봉투를 가리켰다. 무영의 턱짓을 흉내 내며 은연중에 동등한 위치임을 과시하려는 것 같았다. 가소롭고 불쾌했지만 무영은 내색하진 않았다. 최후의 발악 정도로 이해해 주고 싶었다.

봉투 안에는 뜻밖에도 새로운 고용 계약서가 들어 있었다. 작성된 날짜는 올해 1월. 계약 당사자는 고 여사와 박 기사였고, 갱신이 필요 없는 종신 계약이었다.

말하자면, 고 여사가 사망할 때까지 박 기사가 이 집에서 고 여사의 기사 일을 수행한다는 내용이었다.

"놀라셨나 보다."

박 기사가 조롱하듯 말했다.

무영은 묵묵히 계약서만 내려다보았다.

무영의 눈을 잡아끈 것은 고 여사의 사인이었다. 눈에 익은 고 여사의 필치였지만 어딘가 어색하게 느껴졌다. 그리고 그 이유를 깨닫는 데에는 그리 오랜 시간이 필요하지 않았다.

서류에 사인할 때, 고 여사는 늘 만년필을 사용했다. 그런데 이 계약서의 사인은 볼펜으로 되어 있었다.

무영은 익히 알고 있었지만, 박 기사는 모르고 있던 것.

그 사소한 사실 하나가 의심의 불씨라 되리라는 것을 박 기사는 미처 헤아리지 못했을 것이다.

박 기사를 감싸고도는 고 여사의 평소 언행으로 볼 때, 종신 계약으로 수정해 새로 작성한 고용 계약서가 유달리 큰 의혹으로 다가오지는 않았을 테지만.

이젠 어쩔 수 없게 되었다고, 죽이 되든 밥이 되든 더는 신경 쓰지 않겠노라고, 약속된 3개월만 채우고 이 집에서 나가면 그만이라고 결론지어 버렸을 테지만.

민첩하지 못한 박 기사가 제 꾀에 빠져 실수를 저질렀고, 그 것을 알아채 버린 이상 눈감고 뒤로 물러서 있을 수만은 없게 되었다.

박 기사가 작성했을 이 계약서는 고 여사에 대한 불경이기도 했지만, 손 원장에 대한 배신이기도 했다.

"다 보셨으면 그만 돌려주시죠?"

도둑이 제 발 저린다더니, 박 기사의 말투에서 얄팍한 조바심이 엿보였다.

"놀랍군요."

이토록 허술한 계략으로 나와 우리 가족을 농락하려 들었다니.

무영이 속에 숨겨 둔 말은 듣지 못한 채, 박 기사가 느긋한 자세로 승리자의 웃음을 지었다.

그래, 거기까지.

무영은 소파 깊숙이 등을 파묻고는 박 기사가 마음껏 웃음 짓도록 내버려 두었다.

박 기사의 얼굴에서 웃음이 완전히 사라졌을 때에야 무영은 소파에서 몸을 일으켰다. 무영을 올려다보던 박 기사가 주춤주춤 따라 일어섰다.

"같이 갈까요, 혼자 갈까요?"

손에 쥔 계약서를 팔랑거리며 말하자, 박 기사의 얼굴이 일그러졌다.

"어, 어, 어딜 말입니까?"

말을 더듬기까지 하는 박 기사에게 차갑게 대꾸했다.

"설마, 몰라서 묻는 건 아니겠지."

무영은 냉혹해지는 자신을 느꼈다.

재이를 알게 되기 전, 외로움을 공기처럼 흡수하며 살아왔던, 그 본래의 날들로 되돌아온 것 같은 기분이었다.

"선택합시다, 박태상 씨."

"무, 무엇을 선택하라는 겁……."

"어머니에게. 같이 갈까, 혼자 갈까?"

큰 숨을 삼키듯 박 기사의 목울대가 거칠게 움직였다.

"선택하기 힘든 모양이군. 그럼 나 혼자 가지."

무영은 문을 향해 성큼성큼 걸어갔다.

"대표님!"

다급히 뛰어온 박 기사가 무영 앞을 막아섰다. 박 기사의 두 눈에 불안이 너울댔다. 그럴수록 무영은 더 차가워졌다. 더 침착해졌다. 의혹은 확신이 되었다. 남은 것은 고 여사의 확인.

"내가, 어머니께 확인하지 않을 거라 생각했나?"

눈알만 마구 굴려 댈 뿐 박 기사는 아무런 대꾸를 하지 못했다. 부지런히 머리를 굴려 봐야 막다른 골목일 뿐이었다.

"나를 아주 만만하게 봤어, 박태상 씨."

"그, 그, 그런 게 아닙니……."

"닥쳐."

"죄송합니다."

"죄송하다?"

"자, 자, 잘못했습니다."

"뭘?"

박 기사가 무영으로부터 시선을 회피했다.

"뭘 잘못했느냐고 물었어."

"……."

"박태상."

"어머님……. 사인……."

"감히 너 따위가 내 어머니 사인을 위조해?"

무영은 일부러 어머니 앞에다 '내'라는 소유의 수식어를 붙였다. 떠날 생각만 하고 있는 아들이 아니라는 각인 효과를 노리려는 것이었다.

박 기사가 바닥에 철퍼덕 무릎을 꿇었다. 바짓가랑이라도 붙잡을 듯 두 손이 앞으로 나오려다 말더니 머리를 조아리며 빌었다.

"잘못했어요. 잘못했습니다, 대표님. 정말 쓰려고 그런 건 아니었어요. 그냥 친구들한테 자랑할 겸 만들어서 갖고 다니던 건데, 대표님이 갑자기 계약 만료 통지를 하시니까……."

거짓말이다. 너는 그 계약서를 보험 삼아 고 여사 옆에, 이 집에 꾹 눌러앉으려는 계획이었다.

판결을 내리듯 무영은 말하고 싶었다.

하지만 이쯤에서 사태를 수습하고 애초에 목적하던 바대로 결론지어야 했다. 고 여사의 귀에까지 들어가 일이 더 커지면 뜻밖의 결과가 생길 위험도 있었다.

지난번 비서실장 사칭 건을 알았을 때 고 여사의 반응이 무영에겐 일종의 선행 학습이 되어 준 셈이었다.

"용서해 주세요."

"용서는 내 옵션이 아냐."

"그, 그럼……?"

"이 거짓 계약서를 어머니께 말씀드릴 수도 있고, 내 선에서 덮을 수도 있겠지. 둘 중 어떤 걸 원해?"

박 기사의 눈동자가 갈피를 잃고 헤맸다.

"선택하라니까?"

"이번 한 번만 덮어 주시면, 추, 충성을 다하겠습⋯⋯."

"머리가 나쁘네."

"⋯⋯네?"

"충성 따위는 바라지 않아. 계약 만료. 이미 끝났다는 걸 다시 말해 줘야 돼?"

원망 반 체념 반인 박 기사의 얼굴을 내려다보며 무영은 차갑게 재촉했다.

"어머니께 보고할까, 덮을까."

고개를 떨어뜨리더니 박 기사가 기어 들어 가는 목소리로 말했다.

"덮어 주세요."

"좋은 선택이야. 어머니께서 아시면 몹시 실망하실 테니까. 실망만 하실까? 경찰을 부르실지도 모르지. 문서에 관해선 아주 엄격하신 분이거든."

"⋯⋯."

"다른 자리를 구할 때까지 도의상 한 달의 말미는 주고 싶었지만, 이렇게 된 마당이니 그러기는 서로 곤란하겠어. 동의하지?"

"⋯⋯네."

"아까 말했던 대로 퇴직금은 충분히 넣어 줄 생각이야. 남은 한 달분 월급도 함께 넣어 주겠어. 단, 내일부터는 서로 얼굴 보는 일 없었으면 하는데."

"⋯⋯네."

"어머니께는 내가 대신 인사 전해 주지."

그러니 고 여사를 찾아가 말 한마디도 섞지 말라는 뜻이었다.

"그동안 수고하셨습니다, 박태상 씨."

무영은 서재 문을 열어젖혔다. 다 끝났으니 나가 보라는 의미였다. 비칠비칠 일어선 박 기사가 문밖으로 나갔다.

이로써 박 기사 문제는 말끔히 해결되었다고 생각했다. 예정보다 한 달 이르게, 박 기사 스스로 만들어 놓은 올무가 촉매 역할을 해 준 것일 수도 있었다.

재이에게 함부로 대한 일들에 대해서 정식으로 사과하게 하고 싶었지만, 하루라도 빨리 이 집에서 나가게 하는 것이 더 낫다고도 생각했다.

캐리어를 든 박 기사가 현관을 나선 것은 그로부터 15분도 채 지나지 않아서였다. 무영은 테라스에 나와 서서 박 기사의 마지막을 지켜보았다.

영문도 모른 채 마당까지 따라 나온 아주머니가 박 기사를 붙들고 무어라 묻는 듯했으나, 박 기사는 말없이 제 갈 길을 재촉했다.

박 기사가 나간 뒤, 대문이 닫혔다. 마침내 매듭을 지었다.

재이에게 알려 주려 방으로 올라가려는데, 휴대폰이 울렸다. 발신자를 확인한 무영은 미간에 선을 그은 채로 통화 거절 버튼을 터치했다.

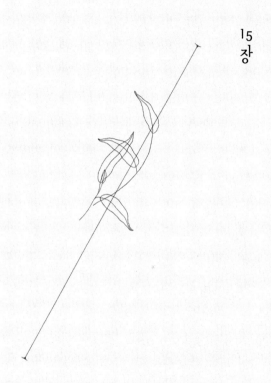

15
장

누군가 말해 주었으면

비스듬한 오르막길이 시작될 즈음, 재이는 자전거에서 내려
섰다. 저만치에 보이는 대문까지 느긋하게 자전거를 끌고 갈
요량이었다.

자전거 앞에 달린 하얀 바스켓에는 갓 구운 식빵이 담겨 있
었다. 자전거로 동네 산책을 마치고 사거리 부근의 빵집에 들
렀다가 돌아오는 길이었다.

날씨는 더할 나위 없이 화창했다. 4월 하순으로 접어들며
바야흐로 봄날의 정점을 지나고 있었다.

늪과도 같던 시간들이 완전히 지나가 버렸다고 생각하는 것
은 아니었다.

잠시 서먹해졌던 무영과는 제자리를 찾았지만, 재이 마음
저 아래에는 아직도 윤이가 고여 있었다. 만날 수도, 통화를
할 수도 없어 더 힘들었다.

절망에 빠져 있을 윤이를 위해서, 윤이에게 희망을 안겨 주기 위해서 무영에게서 물러나야 되는 것은 아닐까. 갈등에 휩싸인 적도 있었다. 잠깐이지만 혼인 신고를 망설였던 것도 그래서였다.

이제 재이에게 그런 순간들은 흐릿해졌다. 무영과 같이 구청에 가서 혼인 신고서를 작성해 제출한 것이 그저께였다.

그렇다고 해서 윤이의 존재마저 흐릿해질 수는 없었다. 윤이의 근황을 알 수 없으니 나날이 근심이 더해 갔다.

무호는 그날 이후로 집에 들어오지 않고 있었다. 한국에 머무르고 있어 그나마 다행이랄까.

무호가 이대로 시드니로 날아가 버리기라도 한다면, 혼자 남겨진 윤이의 상심은 누가 다독여 줄지 그저 막막하기만 했다.

"서재이."

난데없는 부름에 재이는 끌고 가던 자전거를 세웠다.

재이에게 그렇게 부를 수 있는 남자는 무영, 그리고 율.

하지만 방금 전의 목소리는 둘 중 어느 쪽도 아니었고, 그러므로 아연 긴장할 수밖에 없었다.

재이는 천천히 고개를 돌렸다.

목소리의 주인은 젊은 남자였다. 어디서부터 뒤따라왔는지는 모르겠으나 약간 숨이 찬 듯 보였다.

"누구시죠?"

경계하며 묻자, 남자가 비식 웃더니 재이 쪽으로 몇 걸음 더 다가왔다. 자전거 핸들을 쥐고 있던 손에 절로 힘이 들어갔다.

"기억 못 하나 보네."

갸웃해지려다 번뜩 생각이 났다.

언젠가 대문 앞에서 우연히 마주쳤던 사람. 재이에게 모 대
기업 회장의 집을 묻던 남자. 좋은 데 사시네요, 확인하듯 말
을 건네던.

집 근처 이 길목에서의 마주침. 두 번은 결코 우연이라고 할
수 없다.

혹여 기자일까.

지난번 인터뷰 기사가 나간 뒤로 다른 매체 몇 군데에서도
연락이 왔었다.

무영은 물론 재이도 다 사양했다. 재이를 율과 연결 지어 스
토리를 더 만들어 내 보려는 의도가 빤히 엿보였기 때문이다.

그러나 이 남자는 기자라고 하기엔 차림새가 어딘가 빈약했
다.

무릎이 찢어진 청바지에 허름한 티셔츠. 꾹 눌러쓴 캡 모자
도 낡고 색이 바랬다.

말하자면 하릴없이 동네를 어슬렁거리는 한량에 더 가까운
모양새였다.

인터뷰 기사를 읽고 접근해 오는 것인지도 모르겠다. 그렇
다면 이름도 인터뷰 내용에서 알아낸 것일 터.

어쨌거나 집이 코앞이었다. 그러므로 지나치게 긴장할 필요
까진 없으리라 생각했다.

"기억, 나네요."

"어릴 때 기억도 나야 할 텐데."

재이는 바짝 긴장했다.

"무슨 뜻일까요?"

"여기서 얘기하긴 좀 그런데. 보는 눈들도 있을 거고."

그러며 남자가 주변의 집들 여기저기에 달려 있는 CCTV를 눈짓해 보였다. 모종의 음모에 가담하라고 권유라도 하는 듯한 표정이었다.

재이는 차갑게 잘랐다.

"아뇨, 여기서 말씀하세요."

군데군데 있는 CCTV는 지금의 재이에겐 오히려 안전을 보장해 주는 장치였다.

"길바닥에서 할 만한 이야기가 아니라서."

어릴 때를 언급하는 걸로 봐선 한때 보육원에서 같이 지냈던 적이 있었던 사람일까?

그러나 기억을 더듬어 봐도 떠오르는 이가 없었다. 보육원 시절의 얼굴과 매치되어 기억나는 이가 있다 해도 재이에게 특별한 사람일 수는 없었다.

그 시절 재이의 세계에서 가장 소중한 사람은 윤이였다. 윤이가 떠난 후로는 주은과 율, 둘뿐이었다.

우연한 만남으로 조작하여 기억조차 없는 옛 시간을 되살리려는 사람. 재이로서는 썩 달갑지가 않았다.

나아가 실낱같은 옛 인연을 빌미로 뭔가를 얻어 내려는 거라면?

"제가 어릴 때 기억은 다 잊고 살아서요."

차분히 말하고서 재이는 남자로부터 시선을 돌렸다. 자전거

바퀴가 앞으로 나아가며 세 번쯤 회전했을 때, 등으로 남자의 목소리가 날아들었다.

"아버지도 잊었어?"

재이는 걸음을 멈췄다.

재이에게로 걸어온 남자가 기고만장한 얼굴을 하고 있었다.

아버지를 들먹였건 말건 멈춤 없이 걸어갔어야 했다고 재이는 잠깐 후회했다. 그럼에도 남자에게 덤덤히 물었다.

"아버지를 아세요?"

"알지."

"어쩌나."

무심한 듯 내뱉자, 남자가 눈을 가늘게 떴다.

"아버지라는 사람이 어떻게 지내고 있는지, 저는 조금도 궁금하지 않거든요."

"궁금해해도 소용없긴 해. 재작년에 돌아가셨거든."

"그래요?"

확인이나 놀라움이 아니라 그저 건조한 대꾸에 불과했다. 그러자 남자의 입가에 웃음이 어렸다.

"돌아가셨다는데도 눈 하나 깜짝 안 하는 걸 보니, 궁금하지 않다는 말 진짠가 보네?"

재이는 침묵을 지켰다.

그리운 적 없었던 사람이었다. 미워할 만큼의 감정도 품고 있지 않았다. 아슴푸레한 기억만으로는 그리워질 수 없고, 미워하려 노력하기엔 추억의 근거가 너무도 희박했다.

죽었다는 아버지와는 대체 어떤 관계이기에 이런 식으로 접근해 오는지, 그것이 궁금하긴 했다.

하지만 재이는 그조차 남자 앞에 내색하진 않았다. 안달이
난 남자가 뭐든 먼저 떠벌이기를 기다렸다.

"믿지 못할지도 모르겠지만, 사실은 내가 오빠야."

"네?"

못 알아들어 되물은 건 아니었다. 뭔 헛소리를 지껄이고 있
느냐는 반문이었다.

"내가, 재이 너한테 오빠가 된다고."

하도 어처구니가 없으니 허탈한 웃음이 나왔다.

"이렇게 놀랄까 봐 내가 너한테까지는 안 오려고 했는
데……."

"저기요."

"오빠라는데 저기라니."

"사람 잘못 보셨어요."

"……뭐?"

"사람 잘못 보셨다고요."

"잘못 보긴……. 너 서재이 맞잖아."

"동명이인인가 보죠. 저한테는 오빠가 없거든요."

그러니까 사기는 다른 데 가서 치세요.

덧붙이고 싶은 걸 참았다. 과격한 표현으로 남자에게서 언
뜻 비치는 불량기를 자극하고 싶지 않았다.

남자가 히죽 웃더니 담배를 꺼내 한 개비를 입에 물었다. 라
이터로 담배에 불을 붙이려다 말고, 남자가 혼잣말하듯 뇌까
렸다.

"윤이는 잘 살고 있는지 모르겠네."

머리칼이 주뼛 서는 느낌이었다.

인터뷰 기사를 보고 꼬여 든 사기꾼이 아닐까 싶었는데, 진실에 기반을 둔 말들이었을까.

이런 태세로 윤이한테까지 찾아가려 들면 어떡하지?

불현듯 닥쳐온 위기감에 재이는 입을 굳게 다물었다. 재이를 보며 남자가 소리 없이 웃었다.

"자전거를 갖다 놓고 나올게요."

되도록 침착하게 말했다. 남자가 웃으며 끄덕였다.

해가 기울어 가는 늦은 오후.

손 원장의 병실은 세상의 시간을 버린 채 고즈넉했다.

재이는 가져온 꽃다발을 정돈해 화병에다 꽂아 두고, 병상의 손 원장 앞에 와서 앉았다.

"아버님, 저 왔어요."

올 때마다 그러했듯이 손 원장은 평화로운 침묵 안에 가두어져 있었다. 그래서 더 편안해지는지도 몰랐다.

잘 보이려고 애쓰지 않아도 되고, 말실수를 할까 봐 조심하지 않아도 되고, 무엇이든 하고 싶은 말들을 다 꺼내 놓아도 걱정스럽지 않은.

누가 훔쳐볼까 봐 걱정하지 않아도 되는 일기장 같은.

오늘 재이가 혼자서 이곳을 찾아든 것에는 그런 이유들이 잠겨 있었다.

위로받고 싶은 마음도 없지 않았다. 누구에게든 다 털어놓고 마음을 비우고 싶은데, 지금 당장 그래 줄 수 있는 사람이 손 원장밖에 없었다.

듣다가 말을 가로채지도 않고, 무의미한 추임새를 넣거나 억지 끄덕임 따위도 하지 않을 사람. 가치 판단이나 윤리적 척도로 단죄하려 들지도 않을 사람.

어쩌면 이분은 이렇게 누워 있지 않았어도 충분히 그래 줄 수 있었을 사람 같았다. 그런 믿음 같은 것이 있었다.

그리고 언젠가 꼭 그래 주었으면 좋겠다고 소망하게 됐다.

오래도록 갇혀 있던 시간을 버리고 떨쳐 일어나 주기를.

자비로운 미소로 맞이해 주기를.

"오늘은 저 혼자 왔어요. 아버님께서 사랑하시는 둘째아들은 지금 회사에서 열일 중이거든요. 혼자서 와도 괜찮죠?"

재이는 대답 없는 손 원장에게 손을 내밀어 메마른 손을 쥐었다.

"있잖아요, 아버님. 오늘 어떤 사람이 저를 찾아왔거든요. 근데 그 사람이 저한테 오빠라고 하네요. 아버지의 아들이니까, 절반만 오빠라고 해야 할까요?"

손 원장의 여윈 손을 가만가만 쓸며 재이는 말을 이었다.

"그러니까 그게 어떻게 된 거냐 하면요. 저희 엄마가 아버지의 두 번째 아내였대요. 첫 번째 결혼에서 얻은 아들이 오늘 찾아온 그 오빠라는 사람이고요."

말을 멈춘 재이는 낮은 숨을 내쉬었다. 서진수라는 이름의,

오빠라던 이가 해 준 말들이 헝클어진 실타래처럼 머릿속을 어지럽혔다.

재이의 아버지는 첫 아내와 사별한 후 돌이 갓 지난 아들을 본가에 맡겨 두고 객지에 나와 혼자 지내다가, 재이의 엄마를 만나 같이 살게 되었다고 했다.

서진수는 아버지에 대해 '여자 복도 지지리 없는 사람'이라고 표현했다. 동의하진 않았지만 어떤 의미로 하는 소린지는 재이도 알아들었다.

올망졸망한 딸 둘을 차례로 얻고 얼마 지나지 않아 두 번째 아내와도 사별을 하게 되었으니 말이다.

그전부터 있던 채무에다 아내 병구완을 하느라 생긴 빚까지 쌓여 어린 딸들을 보육원에다 맡겨 두고는 야반도주할 수밖에 없었다고 했다.

마을 사람들에게서 전해 들은 이야기와 맥이 닿았지만, 재이는 전적으로 끄덕일 수는 없었다.

보육원에 '맡겨 둔' 것이 아니라 '버린' 것이 더 정확한 표현이기 때문이었다.

이미 세상에 없는 사람에게 이제 와서 그 진위를 따져 물을 수도 없고, 새삼 그러고 싶지도 않지만. 재이로서는 아버지에게 면죄부를 주기 싫었다.

"오빠라는 사람에게 제가 뭐라고 얘기한 줄 아세요? 저를 찾아온 이유가 뭐냐고 물었어요. 이제야 존재를 알게 된 오빠가 반갑지도, 기쁘지도 않았어요. 왜냐하면……."

재이는 잠시 숨을 고르다가 고백했다.

"불안했거든요. 윤이 이름을 꺼내서만은 아니에요. 오빠라는 사람이 제 삶 한가운데로 침범해 들어올까 봐, 동생이라는 이름으로 제가 감당해야 될 일들이 생길까 봐 두렵고 꺼려졌거든요."

저 나쁘죠?

입 안에 고인 물음을 차마 끄집어낼 수 없었다. 다만 쥐고 있던 손 원장의 손 위에 엎드리듯 이마를 댔다.

나쁘지 않다고, 그럴 수 있다고, 이해한다고, 괜찮다고, 그래도 된다고…….

누군가 말해 주었으면 좋겠다.

손 원장이든 누구든 어깨를 다정히 토닥이며 이토록 복잡한 마음을 안아 주었으면.

두 눈 감은 채로 소망하고 있던 그 순간, 이마와 손에서 어떤 움직임이 느껴졌다. 아주 미세한 진동이었다.

재이는 눈을 떴다. 손 원장의 손을 유심히 살폈다. 미동이라곤 없었다. 변함없이 그대로였다.

염원이 깊어 착각을 불러일으킨 것인지도 모르겠다. 희미하게나마 움직인 것은 자신의 이마나 손이었던가 보다.

가방 속에서 휴대폰 진동음이 울렸다. 재이는 손 원장의 손을 원래대로 가지런히 내려놓고 휴대폰을 꺼냈다. 발신자는 무영이었다.

"저예요."

—데이트 신청할까 하는데.

재이는 미소를 머금고서 담담히 말했다.

"해 보세요."

—서재이 씨, 저녁에 시간 있습니까?

"네, 있어요."

—그럼 나갈 준비하고 기다려요. 데리러 갈게.

언제 들어도 마음이 따듯이 데워지는 말, 데리러 갈게.

평범한 이 한마디가 그런 역할을 하는지 아마 그는 모를 것이다.

"아버님하고 같이 기다릴게요."

뜻밖이었는지 한 템포 쉬었다가 무영이 물었다.

—병원이야?

"네, 아버님 뵈러 왔어요."

—혼자서?

"가끔은 혼자 오고 싶어질 때도 있답니다."

귓가의 무영에게서 나직한 숨소리가 다가들었다. 아마도 웃음, 그것은 공감의 빛깔.

—알았어요. 그리로 갈게.

"오랜만에 높임말 들으니 기분 좋은걸요?"

—그동안 내가 존중에 좀 게을렀지.

"괜찮아요. 존중이 지나치면 거리감 생기니까요."

—쉽지 않은 서재이.

재이는 나지막이 웃었다.

"조심해서 와요. 아, 꽃은 내가 사 왔으니까 그냥 와도 돼요."

—고마워.

통화를 마친 다음 손 원장 곁에서 무영을 기다렸다.

기다리는 동안 재이는 생각했다. 손 원장에게 가슴속 말들을 건네었듯이 오늘은 무영에게도 그래 보리라고.

언제나 우선순위는 우리

해질 무렵, 무영이 병실로 들어섰다.

호들갑스러운 인사 대신 재이는 다정히 웃어 보였다. 재이에게로 걸어온 그가 재이의 이마에 입술을 꾹 눌렀다.

재이는 살짝 설레었다. 손 원장 앞이었으므로 무영에게서 이런 식의 접촉이 있으리라고는 생각지도 못했던 것이다.

"깜짝이야."

수줍게 중얼거리자, 무영이 말했다.

"주무시니까 괜찮아."

"움직이지만 못하지, 실은 다 듣고 계실지도 몰라요."

"그런 깜찍한 발상이라니."

"희망 사항일지도요."

끄덕이는 무영의 눈빛에 우수가 어렸다.

재이는 그의 손에다 제 손을 겹쳤다. 겹쳐진 손을 껴안듯이 그가 깍지를 꼈다. 빈틈없이 서로 아물린 손가락들이 좋았다.
든든했다.

깍지 낀 손 그대로 손 원장의 침상을 바라보며 무영과 나란
히 앉았다.

눈앞에는 해묵은 평화를 자아내며 누워 있는 손 원장, 마
음 안에선 복잡한 현실이 소란스러웠다.

"오늘, 무슨 일 있었어?"

무영이 먼저 물어 왔다. 건조하리만치 덤덤히, 시선은 그의
아버지에게로 둔 채였다.

재이도 차분히 대답했다.

"네, 있었어요."

"그래서 아버지한테 말하러 온 거였네. 털어 내고 편안해지
고 싶어서."

"맞아요."

"나도, 들을 수 있을까?"

"듣고 싶어요?"

"듣고 싶어."

재이는 손 원장에게 건네었던 이야기들을 무영에게도 해 주
었다.

그의 아버지에게 얘기할 땐 감정의 진폭이 커서 마음을 다
스려야 할 부분들도 많았는데, 지금은 그렇지 않았다.

그냥 담담하게, 요동치는 감정들은 빼고 오늘 있었던 일들
을 사실 위주로만 말할 수 있었다. 그럴 수 있어서 다행이었
다.

말하자면 손 원장에게 일종의 예행연습을 한 셈이랄까.

재이 말을 다 듣고 난 무영이 낙담하듯 말했다.

"진짜 오빠일 줄은 몰랐어."

재이는 의문이 서린 눈으로 무영을 돌아보았다.

"그게 무슨……?"

"만났어."

"만났다고요? 언제요?"

"지난주에 회사로 찾아왔었어. 서재이 오빠 되는 사람이라고 하더군. 오빠 얘긴 들은 적 없으니, 당연히 보육원에서 같이 자란 사람이겠거니 생각했지."

찬찬한 무영의 말은 계속됐다.

손님 대접하는 차원에서 같이 저녁도 먹고 술도 한잔했는데, 서진수가 앞으로 자주 보자고 하면서 슬그머니 본인이 구상 중인 사업 얘기를 꺼내더라는 것이다.

속내를 간파한 무영은 그쯤에서 서진수의 말을 잘라 냈다. 그러고는 준비해 간 봉투를 그에게 건넸다.

지방에서 올라왔다던 서진수에게 차비에 보태 쓰라 하니, 입으로는 '뭘 이런 걸 다' 하면서도 사양 않고 받더니만 무영이 보는 앞에서 봉투를 열었다.

100만 원. 차비조로 건넸다고는 해도 차비 정도라고만 치부할 수는 없는 금액이었다. 그런데 액수를 확인한 서진수가 대놓고 인상을 구겼다.

고마워하기는커녕 겨우 이만큼밖에 안 되냐는 듯 불만을 여과 없이 드러내는 모습에 무영은 다시 볼 일 없으리라는 좀 전의 생각을 굳혔다. 서진수라는 사람에 대한 자신의 판단이 맞았구나, 확신도 했다.

그날 밤 서진수와 헤어진 이후로 그에게서 전화가 여러 번 걸려 왔다. 그때마다 수신을 거절했던 무영은 어젯밤엔 아예 차단 처리를 해 버렸다고 했다.

연락이 차단되자 재이를 직접 찾아온 것이 아닌가 싶다며 무영이 말했다.

"오빠인 줄 알았다면 안 그랬을 거야."

무영의 말에는 미안함이 깃들어 있었지만, 재이는 부끄러웠다.

윤이의 유산과 관련한 일련의 과정들 속에서도 무영에게 말하고 싶지 않은 마음엔 부끄러움이 포함돼 있었는데, 이번에도 비슷했다.

아니, 이번 경우는 더 적나라했다.

부끄러움을 넘어서서 수치심 같은 것. 창피한 마음이 앞서 무영을 바로 볼 수 없었다.

더구나 고 여사의 지적이 섣부른 걱정이 아니라 현실로 나타나 버리고 말았으니, 앞으로 어찌해야 할지 마음이 한층 무거웠다.

"미안해요."

지금 할 수 있는 말은 그것뿐이었다. 미안함보다는 수치심과 걱정이 더 깊으면서도 무영에게는 그 말밖엔 할 수 없었다.

"내가 미안해."

"무영 씨가 왜요."

"혹시라도 친오빠가 아닌지 확인했어야 했는데, 그러지 않았잖아. 그 사람이 찾아와서 만났다는 얘기도 하지 않았고."

마음을 더듬어 보듯 잠시 끊겼던 무영의 말이 이내 이어졌다.

"말하기 싫었어. 어쨌든 남자잖아. 인터뷰 기사 보고 찾아든 보육원 남자 동기. 서재이와 그 남자 사이에 새삼스레 어떤 연결 고리가 만들어지는 게 싫었어. 꺼려졌어. 그래서 더 이상 연결되지 못하게 내 선에서 정리하고 싶었지."

심리를 솔직하게 보여 주는 무영이 고마웠다. 한편으론 귀엽기도 했다.

"독점욕이었네요?"

웃음을 섞어 묻자, 무영이 고개를 끄덕였다.

"그런 독점욕이라면 환영이에요."

무영이 미소 지었다.

재이도 함께 미소 지었지만 가슴속까지 환해지지는 않았다. 무영 또한 그러리라고 생각하니 미안한 마음이 더했다.

손 원장에게로만 눈길을 두고 있는데, 무영의 부름이 다가왔다.

"서재이."

"네."

"재이야."

"응?"

"말하고 싶지 않았겠지만, 나한테도 말해 줘서 고마워."

뭉클해진 재이는 끄덕이며 겨우 대답했다.

"……응."

"말하고 싶지 않은 것들이 있어. 나도."

무영이 여백을 두었다.

그의 말들이 더 이어지기를 바라면서 재이는 가만히 기다렸다. 그가 지금 하려는 말들이 무엇일지 직감하고 있었다.

"들어 줄래?"

재이는 끄덕였다. 차분히 대답도 했다.

"네, 듣고 싶어요."

심호흡하듯 긴 숨을 내쉬고서 무영이 말했다.

"나는 여기 누워 계신 아버지에게 입양된 아들이야. 언젠가 말한 그 '첫날'은 내가 아버지의 집에 처음 들어온 날이었어."

재이는 고개 돌려 무영을 바라보았다. 신뢰를 담은 재이의 눈빛에 놀란 건 오히려 무영이었다.

"설마……. 알고 있었어?"

재이는 그 눈빛 그대로 끄덕여 보였다.

"어떻게……?"

"얼마 전에 박 기사한테 들었어요. 터무니없는 거짓말이라는 생각은 들지 않았어요. 그 사실 하나로 여러 가지가 한꺼번에 이해되었거든요. 손무영이란 사람을 해독해 내는 암호처럼 말이에요."

"대표님은 없어요? 그 질문. 뭘 원하던 것인지 이제 알겠네."

"무영 씨한테서 먼저 들었더라면 더 좋았겠지만, 뭐 상관없어요. 그 비밀이 사실이건 아니건, 나한테 손무영이란 사람은 변함없이 그대로니까."

"실망스럽지는 않았어?"

"그럴 리 없잖아요. 동질감이 느껴져서 한결 더 애틋해진걸요."

"동질감 얘길 하니까, 또 말해야 될 게 생각났어."

"뭔데요?"

"자혜원."

재이는 비로소 눈을 크게 떴다.

알고 있던 비밀. 아니, 진실. 그것 말고 다른 무언가가 또 있었다니. 그것이 자혜원과 이어져 있다니.

즐거운 예감으로 가슴이 두근거려 오기 시작했다.

"아버지에게 입양되어 오기 전까지 자혜원에서 자랐어. 원장님과 아버지는 절친한 친구 사이고."

재이는 활짝 웃었다. 먼 옛날부터 인연의 실이 끊어질 듯 이어질 듯 닿아 있었음이 감동스러웠다.

"지난번에 천안 내려갔던 날. 그날 통화할 때 알았어. 우리가 자혜원이란 공통분모로 연결되어 있다는걸."

"생각나요. 원장님 얘기 듣고 알았던 거구나. 맞죠?"

무영이 끄덕였다.

"그날 주은 씨 집에 내려가기 전에 원장님 묘에도 들렀었어."

"그랬구나. 원장님 그날 무지 기쁘셨겠다. 주은이랑 나랑 율이랑, 무영 씨까지 다 찾아뵈었으니."

"감회가 새로웠지. 서재이가 자랐던 보육원이 자혜원이었다니. 어떤 커다란 손이 있어서 운명처럼 우리 둘을 서로의 곁으로 끌어다 놓은 것은 아닌가 싶었으니까."

"그럼 우리, 운명에 저항하지 말기로 해요."

"내가 하고 싶은 말이 그거야. 언제나 우선순위는 우리, 우리 둘. 다른 사람은 그다음으로 두는 거야. 그게 누구든, 핏줄이든 뭐든."

무영이 하려는 말이 무엇인지 재이도 알 것 같았다. 무영의 마음, 그 올곧은 진심이 가슴을 두드렸다.

"서재이의 최우선 순위는 손무영. 이제부터는 꼭 그럴 거예요."

"약속해."

"약속."

재이는 새끼손가락을 올려 내밀었다. 무영이 그의 새끼손가락을 재이에게 감았다.

여기 오길 참 잘했다고, 재이는 생각했다.

말하지 않은 것들, 말하지 못한 것들, 말하고 싶지 않았던 것들, 말하기를 미루어 두었던 것들.

그런 모든 것들이 각자의 가슴 안에만 숨겨져 있지 않고 말이 되어 나오게 된 데에는 손 원장의 존재가 주요한 역할을 했다고 생각할 수밖에 없었다.

이곳이어서 서로가 솔직해질 수 있었던 것 같았다. 여기에서가 아니었다면 얼마나 더 오랜 날들이 필요했을지 가늠하기 어려웠다.

"아버님. 아버님 덕분에 저희가 더 가까워졌어요. 서로를 더 잘 알게 됐어요. 그러니까 얼른 털고 일어나세요. 일어나셔서 저희 손 꼭 잡아 주세요. 저희 둘 아버님 품에 꼭 안아 주세요. 네?"

재이는 마음을 다해 간청했다.

바로 그때 손 원장의 손가락이 움직였다. 마치 재이에게 답이라도 하려는 듯이. 조금, 눈을 의심할 정도로 아주 조금이었지만 재이는 그 순간을 놓치지 않았다.

"봤어요? 방금 아버님 손가락이 움직였……."

"봤어."

무영의 목소리에도 감격이 묻어났다.

무영의 부름을 받아 즉각 전담 간호사가 뛰어 들어오고, 곧이어 담당 의사도 호출되어 왔다. 급박하게 돌아가는 상황을 지켜보며 재이는 가슴팍에 기도하듯 두 손을 모았다.

그러나 아직은 먼 희망이었을까. 손 원장의 상태에 의미 있는 변화라고는 없다는 것이 의사의 최종 견해였다.

기대에 찬 폭풍이 한바탕 지나간 뒤, 병실엔 다시금 재이와 무영 둘만 남았다.

"두 번째예요. 아까 나 혼자 있을 때도 그랬거든요. 착각인 줄 알았는데 아니었나 봐요. 아마 세 번째, 네 번째도 있을 거예요."

"다섯 번째, 여섯 번째, 일곱 번째도 있겠지."

"그러니까 기다려 봐요, 우리."

"그래."

끄덕이는 무영에게 손을 겹쳤다. 무영이 재이 손을 껴안고 단단한 깍지를 꼈다.

배려 혹은 욕망, 그 외에 다른 이유들로 서로 간에 두었던 거리가 있었다면. 벽이 있었다면. 오늘 나눈 대화들이 지우개가 되어 주었으리라 믿고 싶었다.

한 발짝 더 가까이.

오늘부터 더욱 새롭게.

"멋진 데이트였어요."

"아직 시작도 안 했는데?"

"흠. 하지 못한 말들이 아직 남아 있다는 뜻일까요?"

"무호에 대해서."

"아."

듣기도 전에 어떤 이야기들이 펼쳐질지 재이는 짐작할 수 있었다. 아마 무호도 무영과 비슷한 경로를 거쳐 손 원장의 셋째아들이 되었을 터.

큰 줄기야 그렇다 해도 재이는 무영에게서 듣고 싶었다. 비밀이든 약점이든 무영과 관련된 것에 대해서는 제삼자가 아닌 무영에게서 들어야 했다.

"벌써 짐작해 버린 얼굴인데?"

"그래도 듣고 싶어요. 중요한 건 디테일이잖아요."

"그렇겠지. 그리고 오빠에 대해서도."

"이야기가 길어질 것 같네요. 그럼 우리, 저녁부터 먹을까요?"

"그럽시다."

무영이 일어섰다. 재이도 그를 따라 일어났다.

"아버님. 저희 또 올게요. 그때까지 편안히 계셔야 돼요."

손 원장에게 다정히 인사를 드리고 나설 때, 창 너머 세상은 밤을 밝히는 불빛들로 찬란해지고 있었다.

금요일 저녁, 재이는 주은이 일러 준 와인 바에 도착했다.

와인 바라고 해서 좀 어두운 분위기일 줄 알았는데 실내가 밝고 따뜻했다. 낮에는 브런치 카페였다가 저녁엔 와인 바로 변신한다고 했다.

자리를 잡고 앉으니 주은에게서 전화가 왔다.

"응, 주은아."

—어디야?

"방금 들어왔어."

—벌써?

"집에서 좀 일찍 나왔어. 넌 어디야?"

—어떡하냐. 나 좀, 아니 많이 늦어질 것 같은데. 꼬맹이 녀석 하나가 아직 남았어. 걔네 아빠한테서 전화가 왔는데, 20분은 더 기다려야 될 것 같아.

이따금 이런저런 사정으로 아이 하원 시간을 맞추지 못하는 부모가 있다는데, 오늘이 그런 경우인가 보았다.

"할 수 없지, 뭐. 괜찮아. 여기 분위기도 좋은데, 책 보면서 기다리고 있을 테니까 잘 마무리하고 와."

—얘 보내고 가면 한 시간은 걸릴 텐데, 기다리다가 너 배고파지겠다.

"배 안 고파. 걱정 마. 배고파지면 뭐든 먹고 있을게."

—그래, 최대한 빨리 갈게. 참, 거기 정오 알바하는 데야. 주말에만 일한다고 했으니까 오늘은 없겠구나. 있으면 너 덜 심심할 텐데.

하고많은 데 중에 정오가 일하는 곳이라니.

—재이 너 지금 무슨 생각하고 있는지 다 알아.

"무슨 생각하는데?"

—하필이면 정오 일하는 가게냐. 그러고 있잖아. 맞지?

"알면서 왜 굳이 여기로 잡았어? 오늘은 없다니 신경 쓰일 일이야 없겠지만."

—신경 쓰여? 그 어린 남자애가? 도대체 왜?

옥탑방 살 때 정오가 적극적으로 대시해 왔던 일들에 대해서 주은에게는 상세히 말하지 않았었다. 배경을 모르니까 주은으로선 의아할밖에.

아는 것과 모르는 것.

그것이 얼마나 큰 차이를 초래하는지 재이는 새삼 느꼈다.

오늘 주은을 만나기로 한 것도 주은에게 다 말해 주기 위해서였다. 지금껏 가슴 안에만 두고 말하지 않은 것들을 주은과 나누기 위해서였다.

무영과도 그런 시간들을 가졌듯이. 그리하여 서로가 더 가까워지고 깊어졌듯이.

주은과도 그러고 싶었다. 간직하지 못할 테니까, 공감하지 못할 테니까, 라는 예단은 미리부터 하지 않기로 했다.

일정한 선 바깥에 세워 두는 일. 그래서 주은이 서운함을 느끼게 되는 일. 이제 안 하리라 마음먹었다.

—서재이. 화난 거 아니지?

"화는 무슨. 그런 거 아냐."

—말 안 하고 있으니까 화난 거 같잖아. 자기 이름 대면 서비스 제대로 챙겨 줄 거라고, 정오가 꼭 놀러 오라고 그랬거든.

"알았어. 만나서 얘기하자. 나 오늘 너한테 할 얘기 진짜 많아."

—우왓. 기대되는데? 우리 오늘 밤새는 거 아냐?

"아마도?"

주은에게서 즐거운 환호가 날아들었다.

통화를 마친 재이는 가방을 들고 일어났다. 들어오기 전에 얼핏 루프탑을 본 기억이 나서였다.

주택을 개조했는지 옥외로 노출된 계단을 두 층 더 올라가니 옥상처럼 탁 트인 공간이 나타났다. 봄날의 저녁 바람이 상쾌했다.

지붕과 연결되는 차양이 넓게 드리워져 있고, 정면으로는 흰 난간을 따라서 탁자가 바 형태로 길게 이어졌다. 탁자 앞에는 둥그런 스툴들도 군데군데 놓여 있었다.

어디에 앉을까 둘러보던 재이는 멈칫했다. 계단 반대편의 난간에 기대어 서서 담배를 피우고 있는 남자의 뒷모습이 낯익었다.

주은의 귀띔 때문인지, 옥탑방 옥상에서의 첫 장면이 떠올라서인지, 재이는 뒷모습만으로도 남자가 누구인지 금세 알아보았다.

탁자 위에 가방을 놓고, 정오가 서 있는 난간 쪽으로 걸어갔다. 발자국 소리를 들었는지 정오가 무심히 고개를 돌렸다.

"어."

살짝 놀라는 정오에게 재이는 미소로 인사했다.

"꿈인 줄 알았네."

맑게 웃으며 정오가 말했다. 과장된 느낌 없이, 어제 보고 오늘 또 보는 사람처럼 편안하면서도 친근한 태도였다.

"꿈 아닐걸요?"

미소와 더불어 말하자, 정오가 벽에다 담뱃불을 비벼 껐다.

"혼자 온 건 아니겠고."

"주은이가 올 거예요."

아아, 하며 고개를 주억거리던 정오가 묻지도 않았는데 설명했다.

"원래 주말에만 일하는데, 오늘은 대타예요. 한 녀석이 급한 일이 생겼다고 부탁을 해서, 귀찮아 죽겠네, 그러면서 나왔는데……."

뒤에 줄여진 말에 대해서는 듣지 않아도 알 것 같았다. 아마 정오 스스로도 절제하려는 것일 테다.

재이는 산뜻해지기로 했다. 서로가 서로의 처한 현실을 잘 아는 상태이니 굳이서 어색해지거나 부자연스럽게 대할 필요까진 없을 것이다.

"이렇게 보니까 반갑네요."

"그러니까요."

"할머니는 잘 계시죠?"

"그렇겠죠?"

"연락 잘 안 하는 거예요?"

"그게……. 전화하면 꼭 우셔서."

슬픔의 정서를 잘 견디지 못하는 사람들이 있다. 고통을 직면하기보다는 회피하려는 사람들. 무호처럼, 정오도 어쩌면.

"여기 루프탑, 괜찮죠?"

"그러네요."

"노을도 볼 수 있고."

재이는 끄덕였다.

정오 말대로 서녘 하늘엔 진분홍 노을이 가득 번져 있었는데, 거칠 것 없는 시야 덕분에 더욱 투명하게 아름다웠다.

재이는 난간에다 두 팔을 얹고 잠시 노을로만 시선을 두었다. 곁에 무영이 같이 있었으면 더 좋았을 거라 생각하면서.

기나긴 데이트의 밤, 무영이 해 준 말도 생각했다.

윤이에 대해서나 서진수에 대해서나 기본 원칙은 오직 한 가지.

마음이 흐르는 대로 따라갈 것.

무영의 그 말에 재이는 고마운 마음으로 끄덕였다.

어떤 것도 미리 정해 두지는 않기로 했다. 핏줄이니까 무조건 우선해야 한다는 의무감은 갖지 않기로 했다.

오로지 마음이 흐르는 쪽으로 걸어갈 것.

그 전제하에서 어떠한 돌발적인 경우와 마주치더라도 함께 걸어가 줄 것이라고, 그가 말했다.

재이의 마음이 흐르는 방향이라면 어떤 선택을 하더라도 곁에서 기꺼이 지지해 주겠다고 그는 말했다.

재이 또한 무영에게 그런 사람이고 싶었다. 그런 사람으로 존재하며 그의 곁에 내내 살고 싶었다.

"떠난 사람의 빈자리는 새로운 사람으로 채워야 한다고들 하잖아요."

듣고만 있는 재이에게 정오가 덧붙였다.

"채우고 싶었나 봐요."

"……나로요?"

"네."

산뜻해지기로 마음먹었으므로 재이는 가뿐하게 대꾸했다.

"그런 거였다니, 좀 서운해지려고 하네."

정오가 웃었다. 웃음이 잦아들기를 기다려 정오에게 물었다.

"누가 떠났는데요?"

"여자 사람 친구."

"아."

"살아 있었다면, 7년쯤 후엔 연인이 되었을지도?"

"7년이라."

"서른이 되어도 둘 다 솔로면 애인 해 주자, 뭐 그런 얘길 한 적 있었거든요."

친구 이상 연인 이하.

그런 어정쩡한 상태에서 관계를 정립하기도 전에 영영 떠나 버린 건가.

할머니에게도 절대 말하지 않는 어떤 일. 잘 다니던 학교를 그만두게 하고 살던 곳을 등지게 만든 일.

그것이었나 보다.

"갑자기 떠났나 봐요."

"알바 마치고 돌아오던 밤거리에서 총에 맞았어요."

"아……."

"매일 밤 알바 끝날 시간 맞춰 마중을 나가곤 했는데, 그날은 잠도 오고 귀찮아서 꾸물대다가 좀 늦게 나갔어요."

재이는 정오를 돌아보았다. 정오의 시선은 노을 진 서쪽 하늘로만 닿아 있었다.

자책하지 말라는 말이야 쉽다. 하지만 쉬운 말 한마디로는 위로도 치유도 어렵다.

무원을 아주 떠나보낸 뒤 무영이 등에 지고 살아가는 죄책감을 안다. 무영에게 들어서 이젠 알고 있다.

몇 마디 말로는 해결되지 않을 고통과 자책의 무게에 감히 무어라 말을 보탤 수 있을까. 시작된 말을 그저 끝까지 들어주는 것밖에는.

"내가 거기 있었어도 어쩔 수 없었겠지만……. 그래도, 어쩔 수 없었을 거라는 변명 정도는 남았을 거잖아요."

"후회되고 속상하겠어요."

"네. 근데…… 나를 위한 후회인지도 몰라요. 그날 평소처럼 마중을 나가기만 했더라면. 그랬더라면……."

그랬더라면 정오 씨가 죽었을지도 모르죠, 라고는 차마 말할 수 없어 재이는 침묵했다.

정오의 부모 입장에서는 정오가 그날 마중 나가지 않았던 것에 얼마나 안도했을지에 대해서도 말하진 않았다.

입장이란 언제나 상대적인 것이어서, 위로의 수단으로 삼기엔 완벽하지 않으니까.

"채워 주지 못해서 미안해요."

"이기적인 바람이었는걸요."

"그래도요."

"내가 한국에 좀 더 일찍 들어왔으면. 누나하고 나, 달라질 수도 있었을까요?"

달라지기는 힘들었을 것이다. 연하의 남자에게는 조금도 이끌리지 않으니까.

동생처럼 여길 수야 있었겠지만, 그래서 지금보다 친밀한 사이를 유지할 수도 있었겠지만. 남자로서는 빠져들지 못했을 것이다.

그러나 이미 지나온 시간. 돌이킬 수 없는 날들에 대해서 곧이곧대로 대답해 주는 것만이 최선은 아닐 터.

졸지에 가까운 사람을 잃고 죄책감에 시달리며 살아가는 이에게는 더더욱 그러할 터.

재이는 정오에게 하얀 거짓말을 해 주기로 했다.

"그랬을지도."

"거짓말인 거 아는데도 기분은 좋다."

거짓말 아니라고까지는 말해 주지 않았다. 빤히 헤아려 보는데 거짓말로 덧칠해 봐야 무의미할 테니 말이다.

재이는 노을을 바라보며 그냥 조용히 웃었다. 정오도 그랬다.

얼마간 평온한 침묵이 흐른 뒤 정오가 말했다.

"재이 누나한테 이런 얘기들을 하게 될 줄은 몰랐어."

"괜히 했다 싶어요?"

"그런 건 아니고."

"그럼?"

"잊어도 돼요."

재이는 미소 지었다. 어린 남자의 배려가 귀여웠다.

"갖고 있으면 어쩐지 부담스럽고 무거운 이야기들이 있잖아요. 그러니까 오늘 나한테 들은 얘기들 다 지워도 괜찮아요."

"자기애가 너무 강한 거 아니에요?"

정오가 재이를 돌아보았다.

"노력하지 않아도 잊히고 지워질 테니까, 그런 당부는 안 해도 될걸요?"

"와. 나야말로 잊고 있었어. 이 서늘한 거리 두기의 자세를."

재이는 웃었다. 정오도 웃었다. 조용한 웃음 끝에 정오가 말했다.

"그만 내려가 봐야겠다."

"주문은 주은이 오면 할게요."

"와인은 서비스."

"주은이가 좋아하겠네."

환하게 웃고는 춤추듯 리드미컬하게 걸어간 정오가 계단 아
래로 사라졌다. 재이는 노을 쪽으로 몸을 돌렸다.

미안해

주은이 오려면 30분가량 남아 있었다. 저녁이 깊어 가며 루프탑엔 하나둘 불이 켜지기 시작했다.

점점 짙어지는 노을에 눈길을 빼앗겨 있을 때, 등 뒤에서 발자국 소리가 들렸다. 무심히 뒤돌아본 재이는 흠칫 놀랐다.

용의주도한 자세로 재이와의 거리를 좁히며 앞까지 바짝 다가온 사람은 박태상이었다. 반사적으로 경계심이 돋았지만 재이는 내색하지 않으려 애썼다.

"당황하는 척이라도 하시지?"

시비조의 말에 재이는 아무 대꾸도 하지 않았다. 태상과 말을 섞고 싶지도, 자극하고 싶지도 않았다.

"연하남과의 밀회를 들켰으니 이를 어쩌나?"

제멋대로 지껄이는 태상이 어이없었다. 그놈의 밀회 타령도 진부하기 짝이 없었다. 그렇지만 가만있으면 인정하는 꼴이 될 것 같아 말하지 않을 수 없었다.

"함부로 넘겨짚지 마세요."

되도록 예의를 지키면서 단정하게 반박했지만, 태상이 입술을 비틀며 웃었다.

"밀회가 아니다?"

"당연히 아니죠."

"사모님도 그 말을 믿어 주실까?"

"믿든 안 믿든, 그쪽과는 이젠 상관없는 일 아닐까요?"

"보기보다 순진하시네. 사모님이 어떤 분인지도 모르고, 겁 없이 밖에 나와서 남자나 만나고."

"그래서, 어머님께 고할 거리를 만들어 보려고 절 미행이라도 하셨나 봐요?"

"이제야 좀 겁이 나나 본데."

"박태상 씨."

태상이 삐뚜름한 시선으로 재이를 쏘아보았다.

"저 누구한테도 겁날 일 한 거 없으니까 그만 가 보시는 게 좋겠어요."

"서재이."

되갚아 주기라도 하려는 듯 이름을 부르더니 태상이 재이에게 한 걸음 더 다가섰다. 물러서고 싶었으나 등 뒤는 난간으로 막혀 있었다.

처마에 열매처럼 매달린 알전구의 불빛이 태상으로 인해 가려져 태상의 얼굴엔 음험한 그늘이 드리웠다.

"넌 매사에 뭐가 그렇게 특별한 척 구는 건데? 네가 잘났으

면 얼마나 잘났다고 사람을 무시해? 말해 봐. 내가 너 따위한
테 마음껏 무시당해도 되는 사람이야?"

"무시한 적 없습니다."

"거짓말 집어치워."

"거짓말 아니에요. 제가 왜 박 기사님을 무시하겠어요?"

"갑자기 왜 박 기사님이래? 그쪽이니, 박태상 씨니, 상관없
다느니 하더니만. 그새 왜 공손해지셨어?"

공손해진 것은 아니었다. 자박자박 밀려드는 두려움에 저도
모르게 박 기사님이라 칭했을 뿐이다.

"서재이 너, 처음부터 재수 없었어."

누가 할 소릴.

치미는 말을 재이는 눌러 삼켰다. 퇴로가 막힌 이 상황에서
누구든 도와줄 사람이 나타나 주었으면 좋겠다고 바랄 뿐이었
다.

"나 쫓아내라고 손 대표 들쑤신 것도 너지?"

재이는 고개를 저었다.

"아니에요."

분명히 대답도 했다.

무영으로부터 박 기사를 내보내게 된 과정에 대해서 전후
사실 관계를 다 들었다. 박태상의 불쾌한 언행들을 무영에게
말한 것은 태상이 집에서 나간 후였다.

"하여튼 말끔한 얼굴로 거짓말도 잘해요."

"아니라고 했잖아요."

태상이 주머니에서 예의 그 칼을 꺼냈다.

"내가 오늘 너 남자랑 같이 있는 거 사진도 다 찍어 놨거든. 사모님께 보여 드리면, 알량한 그 계약 결혼도 끝장나고 말 거야."

계약 결혼이라는 표현이 마음을 긁었다. 모욕감도 들었으나 휘말리지 않으려 노력하며 재이는 침착하게 말했다.

"비켜요."

태상은 비키지 않았다. 태상의 손에서 날렵한 소리를 내며 칼날이 튀어 올랐다.

"비켜 주세요."

"싫은데."

"소리 지를 거예요."

"소리 지르면 누군가 달려오겠지. 근데, 그 전에 그 매끈한 얼굴에 칼자국이 생길 거야. 그래도 상관없다면 소리 질러 보시든가."

재이의 얼굴에다 위협적으로 칼을 들이밀고는 태상이 비열한 웃음을 지었다.

"원하는 게 뭐예요?"

"원상복구."

원래대로, 고 여사의 곁으로, 그 집으로 다시 들어가는 것을 의미하는 듯했다.

"제가 할 수 있는 범위가 아니에요."

"알긴 아네. 넌 할 수 있는 게 없지. 왜냐하면 그 집은 너의 집이 아니고 사모님의 것이니까."

"그런데 나한테 왜 이래요?"

"나만 당하는 건 불공평하잖아. 너도 뭔가 하나쯤은 잃는 게 있어야지. 안 그래?"

재이는 입을 다물었다. 어떤 말로도 태상을 물러나게 할 수 없을 것만 같았다. 주은이 곧 올라오지 않을까, 막막한 중에도 시간을 가늠하고 있을 때.

"거기, 뭡니까?"

항의에 가까운 목소리가 루프탑에 울려 퍼졌다. 정오였다.

태상이 칼날을 접고 재이 얼굴에서 손을 내렸다. 한시름 놓았다고 생각한 순간, 정오가 성큼성큼 걸어와 태상의 어깨를 잡았다.

"이거 놓지?"

정오를 돌아보지도 않은 채로 서서 태상이 시비조로 말했다.

"여기서 뭐 하는 겁니까? 누나, 아는 사람이에요?"

앞은 태상에게, 뒤는 재이에게 정오의 물음이 건너왔다. 태상의 어깨 너머로 정오와 눈빛이 마주쳤다. 재이는 눈으로 저어 보였다.

"거짓말엔 도가 텄다니까?"

뇌까리는 태상을 정오가 확 잡아당겼다. 갑작스런 힘에 태상이 휘청하는가 싶더니, 정오를 와락 밀쳤다.

밀려나 뒤로 넘어질 뻔한 정오가 헛웃음을 짓고는 다짜고짜 태상의 얼굴에 주먹을 날렸다. 태상 역시 정오에게 주먹으로 되갚았고, 둘 사이에 여러 차례 주먹질이 오갔다.

정오가 먼저 태상을 때려눕혔다. 태상도 무호 때처럼 맞고만 있진 않았다. 마구 발버둥 치며 정오에게 맞섰다. 태상의 주먹은 정오 얼굴에 맞기도 하고 엇나가기도 했다.

엎치락뒤치락하며 혈기 왕성한 두 남자의 몸싸움을 재이 혼자서 떼어 내기엔 역부족이었다.

도움을 청하려 서둘러 아래층으로 내려왔지만 카운터가 비어 있었다. 와인 바 주인을 찾다가 마침 들어서는 남자 손님 둘을 데리고 다시 루프탑으로 뛰어 올라왔다.

재이가 내려갈 때만 해도 한데 엉겨 붙어 있던 두 사람이 각각 분리되어 있었다.

태상은 기진맥진한 듯 바닥에 널브러져 있고, 정오는 난간 아래 벽에 머리를 기대고 거의 누운 모습이었다.

"누나……."

재이는 정오 앞에 엎어질 듯 주저앉았다. 정오가 손으로 움켜쥐고 있는 그의 목덜미에서 피가 콸콸 흘러나오고 있었다.

"이번엔…… 내가…… 같이…… 있었어."

드문드문 힘겹게 이어지는 정오의 말과 119를 부르는 누군가의 목소리가 교차했다.

재이는 두 손으로 정오의 환부를 눌렀다. 뜨끈한 피가 손을 적셨다. 머리는 하얗게 바래고 심장은 미친 듯이 뛰어 댔다.

"재이…… 누……. 미안……해……."

"하지 마. 말하지 마. 아무 말도…… 하지 마."

울음인지 말인지 모를 소리들이 연거푸 재이 입에서 새어 나왔다.

옆에서 흐흐흐, 체념에 물든 웃음소리가 들려왔다. 태상의 것이었다.

"재이야!"

비명 같은 주은의 부름. 누구의 것인지 모를 남자들의 목소리. 낯설고도 불안에 찬 웅성거림. 요란하게 퍼지는 사이렌 소리.

그 모든 것들이 귓가에서 먼 바람처럼 스쳐 지나갔다.

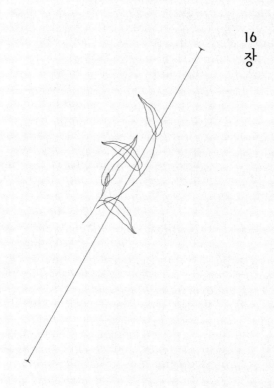

16
장

너 때문이 아니야

　응급실 앞 복도에 동그마니 쭈그리고 앉아 있는 재이가 보였다. 몸과 넋은 어딘가로 빠져나가고 옷가지만 한 무더기 남아 있는 듯했다.

　무영은 재이 앞으로 다가가 무릎을 굽히고 꿇어앉았다.

　"서재이."

　간절히 이름을 부르자, 고개를 든 재이가 초점 없는 눈으로 무영을 보았다.

　"재이야."

　"무영 씨……."

　생기라고는 전혀 찾아볼 수 없는 부름이었다.

　신고를 받고 119 응급 구조대원들이 올 때까지 정오의 목덜미를 누르고 있었다던 그녀의 두 손은 피로 물든 채 바닥에 내려뜨려져 있었다.

무영에게 연락한 주은의 전언에 의하면, 병원에 도착했을 때 이미 늦었다고 했다.

태상의 칼에 목을 찔린 정오는 병원으로 오는 구급차 안에서 죽었다. 직접 사인은 과다 출혈.

무섭게 쏟아지는 피와, 죽어 가는 모습과, 한 생명이 숨을 거두는 그 찰나까지 오롯이 지켜봤을 재이에게 형벌처럼 남겨질 마음을 막아 내야 했다.

지금 무영이 할 수 있는 건 오직 그것이 전부였다.

"재이야."

재이는 무영과 눈을 맞추지 못했다. 아니, 눈은 무영과 마주하고 있어도 현실의 세상이 아닌 어느 먼 곳을 바라보고 있는 것만 같았다.

무영은 두 손으로 그녀의 얼굴을 감싸고 자신을 보게 했다. 비어 있던 눈동자에 무영의 얼굴이 어렸다.

"서재이."

"응……?"

"너 때문이 아니야."

재이 눈동자가 흔들렸다. 잔잔하던 호수에 문득 바람이 일어 물결치듯이, 여리고도 불안한 흔들림이었다.

무영은 다시금 힘주어 그녀에게 말해 주었다.

"너 때문이 아니야."

어쩌면 그것은 무영 스스로에게 되새겨 주는 말이기도 했다. 열세 살의 여름날, 세상을 다 잃은 것만 같았던 소년 무영에게.

희미하게나마 눈을 끄덕이며 재이가 대답했다.

"응."

"내 말 믿어."

"응."

"믿어야 돼."

"......응."

"착하다, 우리 재이."

재이 눈에 눈물이 고였다. 흐르지도 못하고 맺혀만 있는 눈물이 아팠다.

무영은 그녀를 품에 들었다. 온 마음을 다해 껴안았다. 품 안의 그녀는 고요했다. 울지도 못하고 숨듯이 무영에게 갇혀 있었다.

재이의 등을 토닥이고 또 토닥였다. 울어도 된다고, 괜찮다고 말해 주듯이.

응급실 안팎에서 흘러나온 어수선한 소음들이 무영의 등 뒤로 먹먹하게 지나갔다.

밤이 다가오고 있었다.

마주 앉은 무영과 고 여사 사이에 한동안 팽팽한 침묵만이 감돌았다.

고 여사에게 사실대로 알리지 않을 수 없는 일인 것이, 태상의 주소지가 아직 이 집으로 되어 있어 조사차 경찰이 다녀갔기 때문이었다.

태상이 쓰던 방을 한차례 뒤집고 난 경찰은 참고인으로 다시 소환할 수 있다면서 재이더러 국내에 머물러 줄 것을 요청했다.

바깥의 소란스러운 상황들을 안방에 앉아 소리로만 듣고 있던 고 여사가 경찰들이 물러가고 잠잠해진 후에야 무영을 방으로 불러들였다.

불러들이고도 이내 질문을 던지지 않는 것은 고 여사의 심중이 그만큼 복잡다단하다는 의미였다.

2층 방에 혼자 있을 재이가 걱정스러워, 지금 무영의 마음은 절반 이상이 재이에게로 날아가 있었다.

무영은 말을 아낄 생각이었다. 처음부터 끝까지 시시콜콜하게 설명하려 들자면 재이와 정오를 엮을 수밖에 없는데, 고 여사의 시점에서 재이에게는 결코 이롭지 않을 터였다.

"태상이가 한 짓이냐?"

고 여사의 첫 질문을 거꾸로 뒤집어 보면, 태상의 짓이 아니기를 바라는 마음에 다름없었다.

이렇게 된 와중에도 태상에게 더 마음을 쓰고 있는 고 여사가 밉기보다는 안타깝고 안쓰러웠다.

말이 길어지면 길어질수록 감정이 격해지기 십상이라, 무영은 사실만 간결하게 대답하기로 다시금 마음을 굳혔다.

"네."

"그 아이는 지금 어디 있느냐?"

그 아이가 누구를 말하고 있는지, 잠깐 혼란스러워 무영은 대답할 타이밍을 놓쳤다. 그러자 고 여사가 덧붙였다.

"태상이 말이다."

"구속됐습니다."

"재판도 하기 전에 구속이라니."

"사람이 죽었습니다. 현행범으로 그 자리에서 긴급 체포됐는데 당연한 결과 아닙니까?"

결심을 깨며 치솟은 말들을 후회하기도 전에 고 여사가 미간을 찡그리며 물었다.

"지금 나를 원망하고 있는 거냐?"

"그럴 리가요."

원망 같은 감정을 가질 단계는 지나 버린 지 오래라고, 무영은 굳이 덧붙이지 않았다.

돌이켜 보면, 태상을 가까이에 두고 필요 이상으로 신뢰해 온 고 여사로부터 이 사단이 시작되지 않았다고 어찌 장담할 수 있으랴.

그러나 이제 와서 부질없는 책임 전가는 하고 싶지 않았다. 언성이 커지고 대화가 길어질수록 재이만 더 불편해질 테니 말이다.

"불쌍한 아이다."

'아이'가 태상임을 이젠 곧바로 알아들었으므로 무영은 묵묵히 앉아만 있었다. 인정하고 싶지도, 반대하고 싶지도 않았다.

살인범이 되었으니 그 인생이 불쌍하게 된 것은 맞겠지만, 진짜로 불쌍한 사람은 새파란 청춘에 억울한 죽음을 맞이한

정오니까.

진실은 종종 사실 뒷면에 존재한다.

"변호사를 사야겠다."

지시 같은 고 여사의 말에 무영은 결국 한숨을 내쉬고 말았다.

"현장에서 자수했다고 들었다. 과실 치사이니, 참작될 여지가 분명히 있을 것이야."

"자수가 아니라 체포된 겁니다."

"달아나지 않았으니 자수나 다름없다."

희한한 논리였다.

무영은 호흡을 가다듬고 덤덤히 말했다.

"어쨌거나 우리 집과는 상관없어진 사람입니다."

"상관이 없다니?"

어처구니가 없다는 듯 반문하는 고 여사의 태도가 무영에게 의구심을 불러일으켰다. 무영은 확인 차원에서 말했다.

"그만두고 나간 지 일주일이 넘지 않았습니까."

"뭐라?"

금시초문인 고 여사의 얼굴을 보며 무영은 태상이 뭔가 꼼수를 부려 두었다는 걸 알았다.

"급히 휴가를 달라고 하여 내 허락해 주었거늘."

책상 위에 올려 둔 고 여사의 손이 파르르 떨렸다.

살인이라는 범죄를 전해 듣고도 겉으로는 고아한 모습을 유지하고 있던 사람이 기사의 퇴직 소식에 더 휘청거리다니.

안타깝다 못해 이젠 고 여사가 가여워질 지경이었다. 오죽 마음 붙일 데가 없었으면, 싶어진 것이다.

하지만 고 여사의 가련한 이 미망을 더는 두고 볼 수 없었다. 무영은 안주머니에서 계약서가 든 봉투를 꺼내 책상 위에 내려놓았다.

"무엇이야?"

"보십시오."

고 여사가 못마땅한 기색을 감추지 못한 채 봉투를 열고 계약서를 꺼냈다. 태상이 작성해서 품고 다니던 거짓 종신 계약서가 고 여사의 눈길 앞에 비로소 모습을 드러냈다.

태상을 감싸기 위해 본인이 직접 사인했다고 우기기까지 하면 어쩔까. 그땐 정말 어찌해야 좋을까.

다행히도 무영의 걱정은 기우였다.

계약서는 고 여사의 노쇠한 손아귀에서 과일이 으깨지듯 구겨졌다. 푸르른 핏줄이 돋아 오른 고 여사의 손등을 보며 무영은 찬찬히 설명했다.

"그래서 내보낸 겁니다. 동의하에 제 발로 나갔고, 그것으로 말끔히 정리되었다고 생각했습니다."

"태상이가 나한테는 그런 얘길 하지 않았다."

"우리 집에, 어머니 곁으로 다시 돌아올 계획을 세우고 있었나 봅니다."

"감히 이 따위 짓을 저지르고도 말이냐?"

살인보다 배신을 더 한스럽게 여기는 듯한 고 여사야말로 가장 불쌍한 사람이 아닌가.

무영은 자조적으로 한탄했다.

"친척 어른에게서 막대한 유산을 물려받게 될 거라고, 친구들한테 자랑하고 다녔답니다. 그 친척 어른이라는 사람이 누구겠습니까?"

고 여사는 대답하지 못했다. 어차피 답을 듣고자 건넨 물음이 아니었기에 무영은 잠자코 있었다.

방 안에 다시금 침묵이 이어졌다. 처음과 달리 눅눅한 침묵이었다.

계약서를 구겨 움켜쥐고 있던 고 여사의 손에서 차츰 힘이 풀어졌다. 태상에 대한 애착도 놓아 버리는 것이리라 생각했다.

"이제 우리 집과는 상관없는 사람이니, 어떻게 되든 마음 쓰실 필요 없습니다."

태상을 두고 하는 말이었지만, 무영 스스로에게 적용하는 말일 수도 있었다.

머지않아 재이와 함께 이 집을 떠나고 상관없는 사람이 되어 버릴 테니, 마음 쓸 필요 없게 될 거란 예고.

고 여사에게선 아무런 대꾸도 건너오지 않았다.

그만 일어나려는데, 그제야 고 여사가 입을 열었다.

"무영아."

무영은 폈던 다리를 다시 굽혀 앉았다. 고 여사가 이름을 부르는 것은 아주 드문 일이었지만 대답은 따로 하지 않았다.

"죽이고 싶었던 순간이 나한테도 있었느니라."

고 여사의 낭독하는 듯한 어조만 아니었더라면 내밀한 고백으로 다가왔을 테지만. 무영은 무감한 얼굴로 듣고만 있었다.

죽이고 싶었던 그 순간이 언제였는지, 죽이고 싶었던 사람은 또 누구였는지, 딱히 알고 싶지도 않았다. 지금 그 얘길 꺼내 놓는 고 여사의 의중이 더 궁금했다.

"궁금하지 않은 모양이구나."

"저였습니까?"

그렇다고 대답한다 해도 상처받지 않을 자신쯤은 있었다. 말은 이미 무용해졌으니 말이다. 지난 20년 동안 말 그 이상의 것들로 무영을 죽여 왔으니 말이다.

"너를?"

고 여사가 입가에 비릿한 웃음을 올리고는 이내 말했다.

"너였다면 벌써 수십 번을 죽이고도 남았겠지."

"그렇겠지요. 죽음은 순간일 뿐. 오래도록 고통을 맛보게 하는 것이 진정한 복수일 테니까 말입니다."

"복수라고 생각하니?"

"아닙니까?"

고 여사가 다시금 비린 웃음을 머금었다.

"아들에게 복수의 칼날을 가는 어미도 있다더냐?"

제게 당신은 어미가 아니었습니다. 그해 여름 이후로 단 한 번도 어머니였던 적이 없습니다. 잘 아시지 않습니까?

무영은 치미는 말들을 혀 밑에만 두었다. 지나온 감정에 불을 지피고 싶은 생각은 추호도 없었다.

"누구였습니까?"

그저 건조한 음성으로 물었다. 고 여사가 시작한 이 대화를 빨리 마무리 짓고 재이에게 가기 위해서였다.

"네 아버지다."

무영은 놀라움을 감춘 채 고 여사를 응시했다.

"끝내 버리려고 갔다. 아주 쉬울 줄 알았지. 영화에서는 베개 하나로도 잘만 끝을 내곤 하더구나. 살아 있는 사람한테도 그러할진대, 반송장인 사람한테야 오죽 쉬울까."

그러고 보니 언젠가 고 여사가 손 원장의 병실에 다녀갔다는 말을 간호사로부터 들은 기억이 났다. 등이 서늘해져 왔다.

그러니까 그날 고 여사가 안 하던 걸음을 했던 이유는 손 원장의 남은 생을 끝내기 위해서? 마지막 순간을 축복하듯 화려한 꽃다발까지 사 들고 방문했던 것인가.

"그러고 싶을 만큼 미우셨습니까?"

"모든 일의 시작점이 네 아버지라고 생각했다."

결국 돌고 돌아 미움의 출발점은 무영 자신임을 깨달았다.

손 원장이 어린 무영을 보육원에서 데려오지만 않았어도 친아들 무원은 생생히 살아 있었으리라는 결론. 그것이 고 여사에게 살인의 충동마저 불러일으켰던 것이니.

"네가, 아버지의 핏줄인 줄로 알았던 때도 있었다."

"그런 분이 아니시라는 거, 누구보다도 잘 아시지 않습니까."

"상실의 고통이 사람을 망쳐 놓기도 하느니라."

고 여사 본인에 대한 해명인지, 박태상의 살인에 대한 변명인지, 또렷이 분별하기 어려웠다. 어쩌면 둘 다일 수도 있었다.

"순간을 이겨 내지 못했다면 나도 그 아이와 같은 처지가 되어 있었을지 모른다."

침묵하는 무영에게 고 여사가 말을 이었다.

"태상이한테 변호사를 붙여 주어라."

지시이자 부탁인 고 여사의 말에 무영은 공감도 수긍도 할 수 없었다.

아버지 이야기를 끄집어낸 목적이 태상에게 있었음을 인지하고는 씁쓸한 마음을 곱씹을 뿐이었다.

"어머님께서 뭐라고 하세요?"

기다리고 있던 재이가 물었다. 얼굴이 유난히 해쓱했다.

소화가 안 돼 사흘째 밥을 제대로 먹지 못한 탓도 있겠지만, 정오의 죽음으로 인한 스트레스가 극심해서일 터였다.

무영은 고 여사와의 대화를 간추려 재이에게도 전해 주었다.

"상심이 크시겠어요."

상심으로 말할 것 같으면 오로지 정오 가족의 몫이겠으나, 생각을 그대로 꺼내 놓을 수는 없었다. 재이 앞에서 정오 이름을 입에 올리는 건 당분간 금기로 삼아야 했다.

"어느 날, 어머님과 같이 있는 모습을 봤는데, 마치 막내아들 같더라고요."

재이 눈에 그렇게 보였다면 그랬을 것이다.

둘째와 셋째도 당신 배에서 나온 아들이 아니니, 태상을 막내로 여겼던 것쯤 무엇이 대수일까 싶지마는. 불현듯 가슴속 어느 부분이 공허해지는 것은 어쩔 수 없었다.

"감기가 오려나."

중얼거리며 재이가 이불을 어깨까지 끌어 올렸다.

"추워?"

"한기가 좀 드네요."

무영은 재이의 이마에 손을 얹어 보았다. 다행히 열기는 느껴지지 않았다.

"열은 없어요. 괜찮아요."

"좀 누워."

눕히려 하자 재이가 고개를 가로저었다.

"누우면 속이 울렁거려서요."

그러고는 재이가 베개를 침대 헤드에 세우고 머리를 기댔다.

"병원에 가 봐야 되는 거 아냐?"

"그럴 정도면 얘기할게요."

재이 주변으로 바람이 들지 않게 이불을 덮어 잘 여며 주고는 무영 또한 그녀처럼 곁에 기대어 앉았다.

얼마쯤 고요한 시간이 흘러간 다음 재이가 말했다.

"변호사 말이에요."

무영은 재이를 돌아보았다.

"가능하다면 우리가 지원해 주면 어떨까요?"

"그래도 될까?"

정오네 가족 측의 입장을 생각하지 않을 수 없어 되묻긴 했지만, 무영으로선 무엇보다도 재이의 의향을 알고 싶었다.

"어려울까요?"

"그러고 싶어?"

재이의 대답은 조금 틈을 두었다가 다가왔다.

"네."

"왜?"

"……."

"어머니 때문에? 어머니 마음까지 배려하지 않아도 돼. 그럴 필요까진 없어."

"어머니 때문만은 아니에요."

"그럼?"

재이는 이번에도 여백을 두고 있다 대답했다.

"원한으로 남겨질까 봐 두려워요."

"아……."

거기까지는 생각하지 못했다.

교도소에서 죗값을 치르고 나온다 해도 한창 나이일 태상이 제 인생 망가진 것에 대해 보복이라도 하려 든다면…….

"우리가 할 수 있는 한 모든 것을 해 주면, 그나마 진심이가 닿지 않을까……. 원한이 차차 수그러들지 않을까……."

그러니까 이 간청은 재이가 시도할 수 있는 최선의 방어인셈이었다. 재이 자신을 비롯하여 남겨진 사람들을 위한 안간힘이라 볼 수도 있었다.

"비극이 반복되게 만들 수는 없잖아요."

재이의 말에 무영은 끄덕였다. 끄덕여 줄 수밖에 도리가 없었다.

"그렇게 합시다."

"고마워요."

"궁극적으로는 우리 모두를 위해서야. 그러니까 고맙다는 말은 하지 마. 그런 말은 안 해도 돼."

"그래도 고마운걸요."

"서재이."

재이가 대답 대신 무영과 눈을 맞추었다.

"내가 고마워."

물음을 담고 물끄러미 다가드는 눈동자를 보며 무영은 말을 이었다.

"이렇게…… 견뎌 주어서."

'이렇게'와 '견뎌 주어서' 사이에 들어갈 가장 적확한 말을 무영은 찾지 못했다.

'잘' 또는 '꿋꿋이' 견디고 있다고 말하기엔 지금 그녀의 상태가 썩 좋지만은 않으니까. '열심히'나 '애써' 정도라면 적합할까.

생략된 말 속에 숨은 마음을 재이가 헤아릴 거라 믿었다.

"고마워, 서재이."

"둘이서 같이 있으니까요. 그래서 버틸 수 있는 거예요."

언제까지나 같이 있어 달라는 말로 느껴졌다. 그 어떤 사랑의 고백보다도 더 간절하게 다가왔고, 무영은 가슴이 뭉클해졌다.

"무슨 일이 있어도 떠나지 않겠다는 말처럼 들리는데?"

재이 입가에 엷은 미소가 서렸다. 정오의 사건 이후 처음 보는 미소였다.

무영은 재이를 끌어안았다. 품으로 작은 새처럼 파고든 그녀가 조그맣게 중얼거렸다.

"따뜻해······."

무영은 재이의 등을 쓸어내렸다. 아기 달래듯이, 자꾸만. 힘든 마음 다 녹아내리라고.

창밖에서 4월이 꽃처럼 지고 있었다.

결혼의 첫 번째 목적은

퇴근하고 들어오는 길, 재이가 보이지 않았다.

보통은 정원으로 나오거나, 현관에서 기다리거나, 주방에서 아주머니의 저녁 준비를 돕고 있거나. 셋 중 하나였는데 오늘은 아무 데서도 자취를 찾을 수 없었다.

다른 날보다 한 시간쯤 이른 퇴근이긴 했다. 내내 집을 나가 있던 무호가 들어오기로 한 날이었다.

주방 입구에서 기웃거리다 돌아서는 무영에게 아주머니가 조심스레 말했다.

"좀 전에 사모님께서 부르셔서……."

"어머니 방에 있습니까?"

"네."

대답하고도 아주머니가 무영에게서 눈길을 돌리지 못했다. 뭔가 할 말이 있는 듯 머뭇거리는 모양새였다.

"말씀하세요."

"그게…… 새댁이 찻상을 들여갔거든요."

"그런데요?"

"요즘 사모님 심기도 편치 않으신데 괜찮을지……. 지난번에도 새댁한테 죽 소반을 엎으셔서는……."

일순 이마가 뜨거워져 왔다.

"그런 일이 있었습니까?"

탓이라도 하는 것처럼 들렸는지 아주머니가 난처해진 표정으로 고개만 겨우 끄덕였다.

그런 얘길 왜 이제야 하는지 아주머니에게 따질 계제가 아니었다. 이제라도 귀띔을 해 주어 고마워해야 할 일이었다.

무영은 곧장 고 여사의 방으로 향했다. 방문 앞에 서자, 고 여사의 노기 어린 음성이 흘러나왔다.

"너를 내 집에 들인 이후로 흉사가 연이어 터지니, 후회가 막심할밖에. 죽은 그 남자애하고는 도대체 어떤 관계냐? 어떤 관계기에 그런 끔찍한 일까지 벌어지게 만들……."

더 듣지 못하고 무영은 방문을 와락 열어젖혔다.

고 여사 앞에 오도카니 무릎 꿇고 앉은 재이가 보였다. 책상 너머 보료 위에 한복 차림으로 정좌한 고 여사가 무영을 보곤 미간을 찌푸렸다.

무영은 재이에게 다가가 그녀를 일으켜 세웠다.

"방에 올라가 있어요."

짐짓 어미를 높여 말했다. 재이를 아내로서 존중하는 모습을 고 여사에게 보여 주고 싶어서였다.

무영의 말에 재이는 토를 달지도, 저항하지도 않았다.

손을 떼면 그대로 주저앉을 것 같은 모습이라 방문 밖까지 그녀를 이끌고 나온 무영은 아주머니를 불렀다.

"이 사람 좀 방으로 데려다주세요."

주방에서 달려 나온 아주머니가 재이를 부축했다. 무영은 다시 방으로 들어와 고 여사 앞에 앉았다.

앉고 보니, 아주머니의 우려대로 찻상이 방바닥에 엎어져 있었다. 찻잔과 찻주전자도 젖은 채 나뒹굴었다. 그나마 다행인 것은 재이가 앉아 있던 방석과는 조금 떨어진 자리였다.

"감히."

고 여사가 냉엄하게 씹어뱉었다. 그 뒤에 줄줄이 나올 말들이야 듣지 않아도 알 수 있었다.

분노가 차오르면 오히려 침착해질 때가 있는데, 지금이 그랬다. 무영은 서늘할 만큼 차분히 말문을 열었다.

"충격에서 아직 헤어나지 못한 사람입니다."

"자초한 일 아니더냐?"

"그렇게 생각하시건 말건 이젠 상관하지 않겠습니다."

"……뭐라?"

"힘든 일을 겪은 사람에게 최소한의 자비심마저 보여 주지 못한다면, 어찌 가족이라 할 수 있겠습니까?"

고 여사의 입이 한일자로 굳게 다물어졌다.

"3개월이라는 조건, 더는 무의미하다 생각합니다."

"그래서? 아버지를 걸고 한 약속을 깨겠다는 얘기냐?"

"저는 아버지를 건 적도, 약속을 한 적도 없습니다. 아버지를 내세워 일방적으로 협박하신 겁니다."

"내 앞에서 그따위로 말하는 걸 아버지가 들으면 참으로 기뻐하시겠구나."

협박이 아니라 정서적 고문이라고, 무영은 정정하고 싶었다.

이번 한 번이 아니라 셀 수조차 없게 많이, 그리고 지속적으로 행해진 고문이라고 말이다.

무원의 죽음에 끊임없이 죄를 물어 온 고 여사에게.

가장 약한 고리인 아버지를 앞세우며 발을 묶어 온 어머니에게.

그 사람이 만들어 온 무자비한 세월에.

더는 흔들리지 않으리라, 무영은 다짐했다.

스스로에 대한 다짐이면서, 결혼과 동시에 무자비한 나날들이 더 많았을 재이가 애틋해서이기도 했다.

"나가겠습니다."

무영은 단호하게 말했다.

떠나겠습니다. 이 집에 다시는 발을 들이지 않을 것입니다.

당신의 아들이 되려는 마음, 사랑받으려는 바람, 버린 지 오랩니다.

헛된 희망은 버리고 당신을 떠나겠습니다. 재이와 같이 이 집을 나가겠습니다.

지난 세월 내내 쌓여 온 상처를 불씨 삼아 활활 타오르는 그 말들을 무영은 가슴 안에다 심어 두었다.

나가겠습니다.

선언 같은 그 한마디 속에 뼈저린 모든 말들이 살아 있음을 누구보다도 고 여사가 잘 알고 있을 것이므로.

고 여사는 차갑게 침묵했다.

마치 이렇게 될 줄을 알고 있었다는 듯이. 닥쳐올 미래를 예감하고 있었다는 듯이. 이제야 결말을 만나고 말았다는 듯이. 그 결말을 바꾸려 매달리지 않겠다는 듯이.

석상처럼 앉아 있는 고 여사를 등지고 무영은 방에서 나왔다.

재이는 테라스에 나가 서 있었다.

무영은 가만히 다가가 뒤에서 그녀를 품어 안았다.

어둠이 내리기 시작하는 정원엔 나무들이 짙어지고, 담장 너머의 하늘은 노을이 지워지는 중이었다.

"무슨 얘기를 하고 왔는지, 안 물어봐?"

"안 물어봐도 알 것 같아서요."

"우리, 우리 집으로 갈 거야."

"우리 집……."

재이 말끝에 여운이 감돌았다.

무영은 단단한 어조로 다시 말했다.

"우리 둘만의 집."

"허락하셨어요?"

"그런 건 상관없어."

"내가 상관있다고 하면요?"

"그래도 나가. 나가야겠어."

"결혼의 첫 번째 목적이니까?"

"두 번째로 밀렸을걸?"

"두 번째는 스캔들 무마 아니었나?"

"그건 세 번째."

"그럼 첫 번째는 뭘까."

"그거야말로 안 물어봐도 알아야 되는 거 아닌가?"

"그래도 듣고 싶어요."

무영은 재이를 돌려 세워 자신을 보게 했다. 그리고 그녀의 허리를 감아 안고는 눈을 들여다보며 말했다.

"결혼의 첫 번째 목적은 서재이야."

재이가 미소 지었다. 미소가 머무는 그 입술에 키스했다. 그녀가 무영의 목을 휘감아 안으며 열렬히 응해 왔다.

입술이 서로에게서 잠시 떨어져 나왔을 때, 재이가 속삭였다.

"밤이었으면 좋겠어."

그녀의 그 말이 가두어 두었던 욕망에 불을 당겼다. 무영은 그녀를 안아 올려 침대로 향했다.

아직은 밤이 무르익지 않은 저녁.

방문을 잠갔는지 생각해 볼 틈도 없이 옷을 벗어 던지고 재이의 몸속으로 파고들었다. 깊이 더 깊이.

무영의 몸을 받아들이며 재이의 숨소리가 마음껏 거칠어졌다. 매순간 무영 역시 재이와 같았다.

가파른 절정의 순간이 지났을 때, 재이가 항복하듯 중얼거렸다.

"사랑해……."

재이의 목덜미에 더운 숨을 쏟으며 무영은 고백했다.

"사랑해……. 사랑해, 서재이."

양가감정

깊어 가는 밤, 무영은 2층 거실에서 무호와 나란히 앉았다.

테이블 위엔 맥주 캔이 하나씩 놓여 있었지만, 둘 다 첫 모금 이후로는 손을 대지 않은 상태였다.

"형수님은 좀 어때?"

"견디고 있어."

"나간다면서?"

"음."

"결국 그렇게 되는군."

결국.

무호도 예견해 온 일일까.

"이 집엔 엄마 혼자 남겠네."

무영은 무호를 돌아보았다. 친구네 집을 전전하며 밖에서만 돌더니, 오늘에야 집으로 들어온 이유를 말하려나 보다.

"나도 시드니로 돌아갈 거야."

"윤……. 유진 씨하고도 얘기 끝난 거야?"

"응, 낮에 만났어."

"정리야, 잠시 이별이야?"

"모르겠어."

"모르다니? 그런 무책임한 말이 어디 있어?"

"왜 화를 내? 형이랑은 상관없는 일이잖아. 신경 꺼."

"상관있어."

무호가 인상을 찡그렸다.

"뭔 소리야, 그게?"

"편유진. 본래 이름은 서윤이야."

"……뭐?"

"서재이 동생 서윤이라고."

무호 입이 떡 벌어졌다. 몇 초쯤 멍한 얼굴로 무영을 쳐다보고만 있던 무호가 발칵 욕설을 내뱉었다. 도무지 믿기지 않는다는 표정이었다.

"윤이가 어릴 때 입양되어 재이하고 강제로 헤어졌다가 이번에 만났어. 기적처럼 만나고도 서로 기뻐하며 껴안지도 못했지."

"나 때문에?"

"우리 관계 때문이라고 하는 게 더 정확하겠지만, 누군가의 잘잘못이라는 관점에서 생각하는 건 의미 없다고 봐."

"둘이 자매라는 거, 엄마도 알아?"

"알든 모르든 상관없어."

"우리가, 핏줄이 아니라서?"

피식 웃으며 무호가 자조적으로 물었지만, 무영은 대답하지 않았다.

엄밀히 따지자면 그 또한 해답이 될 수도 있겠으나, 핏줄이더라도 상관없다는 게 무영의 생각이었다.

"핏줄은 개뿔, 법률적으로 따져야지. 유진이랑 내가 결혼하면 족보가 꼬이잖아."

이 집에서 나간다는 말의 의미를 무호는 아직 충분히 모르고 있었다. 이 시점에서 그것까지 제대로 설명해 주어야 할지, 무영은 고민스러웠다.

고 여사와의 관계를 법률적으로 해소하는 부분까지는 고려하지 못하고 있어서 더욱 그랬다.

"뭐야, 그 표정은? 형 설마……."

이럴 땐 퍽이나 기민한 무호다.

무영은 대답하지 않음으로써 무호의 의혹을 인정했다.

"하아……."

무호가 허탈한 한숨을 내쉬었다. 한숨 끝에는 습관적으로 쓰던 욕설도 어김없이 갖다 붙였다. 욕설만으로는 분이 안 풀리는지 무호가 장황하게 늘어놓기 시작했다.

"끝이야? 이대로 진짜 끝인 거야? 그럴 생각으로 나가는 거였어? 그냥 단순한 분가가 아니란 소리야? 말도 안 돼. 형이 어떻게 그래? 우리 집안의 장남이라고, 어디서든 엄마가 자랑스레 내세우는 건 형인데."

쓸데없는 소리라는 것을 무영은 물론이고 무호도 잘 알고 있을 터였다. 고 여사가 무영에게 어떻게 대해 왔는지를 가장 가까이에서 지켜본 사람이 무호니까 말이다.

지켜보며 무호가 은근히 즐기기도 했다는 것을 안다. 고 여사의 편애를 한 몸에 받으며 무영 앞에서 우쭐대던 청소년기의 무호도 무영에겐 아직 생생했다.

그러므로 무호가 방금 늘어놓은 말들은 듣기 좋은 허울에 불과했다.

"아버지는? 아버지는 어떡할 건데? 아버지마저도 버릴 거야?"

"무호야."

"왜."

"내가 버리는 거라고 생각해?"

"아냐? 엄마도 버리고 아버지도 버리고 아주 연을 끊어 버릴 생각인 거잖아, 지금."

"버린 사람은 어머니야. 나는 이미 오래전에 어머니한테서 버려졌어. 새삼스럽게 모르는 척 굴지 마."

기가 질린 듯 빤히 보고 있던 무호가 맥주 캔을 쥐고 꿀꺽꿀꺽 들이켰다. 단숨에 비운 캔을 손아귀에서 힘껏 구겨서는 바닥에다 내던져 버렸다.

"아버지께는 지금처럼 자주 찾아뵐 거니까 걱정 안 해도 돼. 너야말로 아버지 안 뵌 지 꽤 됐잖아."

"또 재촉 시작이시네."

"재촉이 아니라……."

무호가 무영의 말을 자르고 들어왔다.

"형한테는 아버지가 세상에 다시없을 은인일지 모르지만, 나는 형하고는 경우가 좀 달라."

"어떻게 다른데?"

우리 둘 다 아버지의 손에 이끌려 이 집으로 들어왔고, 아버지의 성을 물려받게 되지 않았느냐는 의미였다.

"형."

"말해."

"선한 의도가 항상 선한 결과를 가져오는 것은 아니야."

무호의 말에 무영은 머리가 띵했다. 터무니없는 소리도, 틀린 말도 아니어서 더욱 그랬다. 정곡을 찌르는 말을 아버지에게 대입시키는 무호가 놀라웠다.

"알아듣게 얘기해 봐."

"형은 아버지의 적극적인 의지에 의해 둘째 아들로 선택되어 온 거였지만, 나는 죽은 큰형의 대용품으로 입양된 거잖아. 그게 얼마나 개 같은 기분인지 알아?"

무호가 그런 생각을 갖고 있는지는 몰랐다. 전혀 모르고 있었다.

"대용품이라……."

"아들이 죽고 무덤같이 되어 버린 집에 일종의 기쁨조 역할을 해 주길 바라며 날 데려다 놓은 거였잖아."

소스라치도록 정확한 인식이었다. 더구나 무호가 그걸 환히 꿰뚫고 있었음에 무영은 다시금 놀랄 수밖에 없었다.

"무호야."

"아니라고 말하지 마. 아무리 어려도 그런 건 본능적으로 아는 거니까. 어떻게 해야 내가 이 집에서 살아남는지, 아홉 살 짜리가 첫날부터 딱 알아채 버렸던 거라고."

간단치 않았을 어린 무호의 마음이 손에 잡히는 듯했다.

낯가림이라곤 없이 첫날부터 고 여사에게 엄마라고 부르며 막내딸처럼 굴던 무호가 떠올랐다. 낯선 이 집에서 생존하기 위한 저 나름의 전략이었으리라 생각하니, 무영은 마음이 아릿해져 왔다.

무호가 등장함으로써 외로움은 더욱 깊어지고, 외로움을 떠안고서 무호의 뒤로 밀려나야만 했던 시간들. 언제나 생기발랄한 동생이 미워서 마음이 얼어만 갔던 나날들.

무호에게도 혼자만 간직해 왔던 외로움이 있었을까. 누구에게도 말하지 못하고 삭여야 했을 아픔들이 있었을까.

이 집에서 지나온 모든 날들 동안 켜켜이 누적되어 온 외로움과 고통들이 조금쯤 흐릿해지는 느낌이었다.

"복잡한 얼굴 안 해도 돼. 형한테 뭘 따지거나 하자는 얘기 아니니까. 아버지에 대해서 내가 갖고 있는 양가감정 같은 거, 그런 걸 말하는 것뿐이야."

"그래, 말해 줘서 고마워. 알게 되어 다행이고."

"고마운 건 뭐고 다행은 또 뭐야. 손무영답지 않게 왜 이래? 어색하니까 그런 거 하지 마. 그냥 원래대로 하라고."

"예쁜 동생은 아니었어."

"알아."

"미워했어."

"그것도 알아. 나는 바보가 아니라고."

"네가 우리 집에 오지 않았다면, 어머니와의 관계가 회복될 수도 있었을지 모른다고 생각했었어."

"어울리지도 않는 고해성사는 그만해. 형은 형대로 나는 나 대로, 각자가 자신에게 집중했던 거야. 나는 내가 원했던 것들을 얻었고, 형은 그렇지 못했지. 그러니까 괜히 미안해할 필요도 없어. 결론적으로 승자는 나거든."

말을 마친 무호가 크크, 웃었다. 무영은 끄덕여 주었다.

그래, 승자는 너야. 결국 이 집을 떠나는 건 나니까. 내 삶을 찾아 이 집을 아주 등지려 하면서 개운하지만은 않은 것도 나니까.

"있잖아, 형."

"그래."

"둘 중에 굳이 선택하라면, 나는 엄마야. 왜냐하면 나한테는 더 가여운 사람이라서."

무호가 무영의 맥주 캔을 집어 들고 몇 모금 들이켜고는 말을 이었다.

"엄마는 슬픔과 상실의 고통에 성실했어. 그런데 아버지는 외면하고 회피했지. 기껏해야 다른 데서 대용품이나 찾으려 들었고. 봐. 지금도 세상의 곤란한 일들은 다 잊은 채 혼자 편안히 잠들어 있기만 하잖아?"

웃음 섞인 무호의 논리에 무영은 억지라고 반박하지 않았다.

손 원장이 무영에게 얼마나 크고 넓은 사람이었는지를 말해주어서 무호에게 재를 뿌리고 싶지 않았기 때문이었다.

무영과 손 원장 사이에 무호는 모르는 것들이 있었다. 무영을 오늘까지 지켜 주고 지탱해 준 것들. 그것은 아버지로서의 존재감.

무호가 모르고 있을 것들에 대해서 의기양양하게 자랑할 필요도, 친절하게 가르쳐 줄 필요도 없을 것이다. 조금 전 무호의 표현처럼 각자가 자신에게 집중하며 살면 될 터였다.

"근데, 형."

"왜."

"나도 끝인 건 아니지?"

본래의 계획대로라면 끝이었다. 이 집을 나가며 무호와도 연을 정리할 생각이었다.

그러나 지금은 잘 모르겠다. 아무래도 계획대로만 되지는 않을 것 같다. 그럴 것만 같다. 재이의 동생 윤이도 변수로 남아 있으니까.

"생각 좀 해 보고."

무덤덤한 대답에 무호가 씩 웃었다.

무영은 지금 재이를 생각하고 있었다. 재이와 그녀의 동생 윤이를 한데 묶어서.

오늘 무호와의 대화처럼, 재이도 윤이와 허심탄회하게 서로의 마음을 보여 줄 기회가 있으면 좋을 거라고.

정답게 교류하건 각자의 생을 살아가건, 적어도 이만큼의 바탕은 있었으면. 그러면 둘 다 앞으로의 삶이 한결 가뿐해지지 않을까.

"전화가 꺼져 있다고 하던데."

"유진이? 엄마가 압수했던 휴대폰 이제 돌려받았대. 받자마자 나한테 전화한 거였고."

"그럼 유진 씨 마음은 여전한 건가?"

"나도 잘 모르겠어."

혼돈의 시절을 지나고 있는 것일까. 무호뿐만 아니라 윤이도.

인간의 내면이라는 게 잘 드는 칼로 잘라 낸 단면처럼 깔끔하기만 하다면야 살아가는 일이 훨씬 수월하겠지만.

그와는 반대일 경우가 대부분이니, 마음이라는 걸 한마디로 규정하기는 힘든 법.

"유학 갈 거래."

"시드니는 아니겠지?"

웃음을 띤 채 묻자, 무호도 웃으며 대답했다.

"미국. 어릴 때 부모님과 살기 시작했던 곳으로."

조금 놀란 무영의 눈길을 받으며 무호가 말했다.

"알고 있었어. 입양이라는 건."

"너랑 같다고 했던 말, 그거였어?"

"그것도 그렇고."

"그리고?"

"유진이도 나처럼 일종의 대용품이었다는 거. 유진이 부모님께서 유진이 데려오기 전에, 시험관 시술로 어렵게 얻은 딸을 잃었대."

무영은 턱을 끄덕였다. 대용품이라는 표현에는 적극 동조하기 힘들었지만, 본인이 그렇게 느낀다면 어쩔 수 없을 테다.

윤이로서는 세상 누구에게도 알리고 싶지 않은 비밀을 무호에게 말했던 것인데, 그런 그녀에게 무호가 동질감 같은 걸 가졌던 것인지도 모르겠다.

그러니 무호와 윤이 사이에는 남자와 여자로서의 끌림을 넘어서서 인간과 인간으로서의 유대가 깔려 있었던 모양이다.

두 사람에게 과연 어떤 미래가 기다리고 있을지에 대해서는 두 사람의 몫으로 남겨 두는 편이 좋을 것이다.

주변 사람들이라든가 얽히고설킨 관계라든가 하는 문제들은 그때 가서 고민해 봐도 좋으리라.

"그러니까 오늘 만남은 이별이자 가능성이겠네."

"글쎄. 나야 뭐, 눈에서 멀어지면 마음도 멀어진다고 생각하는 주의라서."

"그건 윤이도 마찬가지 아닐까?"

"유진이랬다가 윤이랬다가, 통일 좀 하지?"

"윤이로 하지. 나한테는 재이가 세상의 중심이니까."

"세상의 중심? 와……. 손무영 진짜 인간 다 됐네. 그런 말랑하고 오글거리는 말도 입에 올릴 줄 알고."

무호가 딱 짚어 내니 약간 겸연쩍었다. 하지만 정정하려 들진 않았다.

"뭐, 나쁘진 않아."

무호의 한 줄 평을 들으며 무영은 미소 지었다. 일어나려다 문득 생각이 나서 물었다.

"왜 시드니였어?"

전부터 조금은 궁금했던 것인데 굳이 물어본 적은 없던 부분이었다.

"갑자기 그게 왜 궁금해지셨을까?"

"갑자기는 아니고."

"그럼?"

"그냥 대답이나 하시지?"

캔에 남은 맥주를 깨끗이 비우고는 무호가 대수롭지 않다는 어조로 말했다.

"엄마가 거기 있다고 들었어."

무영은 무호를 돌아보았다. 무영의 눈길에 담긴 의문을 읽어 낸 무호가 선선히 덧붙였다.

"여기 엄마 말고, 나를 낳은 사람 말이야."

"아."

기분이 또 묘해졌다. 자신의 근원을 찾아 헤매는 건 무호에게 어울리지 않는 일이라 여겨졌건만. 친엄마를 찾아 날아든 곳이었다니.

"찾았어?"

무호가 어깨를 으쓱했다. 부정하지 않는 걸 보니 찾기는 찾은 건가.

"만났어?"

"아니."

"왜?"

"만나기를 원하지 않는대."

소재지를 알아내서 찾아갔다가 만남 자체를 거절당한 모양이었다. 쓰라리고 힘겨웠을 무호의 마음결이 무영에게도 고스란히 느껴졌다.

"힘들었겠네."

"뭐, 약간은. 내가 누구야. 불굴의 뻔뻔한 손무호잖아. 일주일 있다 또 갔지. 여전하더라고. 일주일 지나서 또 찾아갔더니, 남편이란 작자가 화를 내는 거야. 매번 친절하게 막아서더니만 그날은 자기도 좀 빡쳤나 보지."

"거기다 대고 주먹을 휘두른 건 아니겠지?"

"그랬음 한국 못 들어왔겠지."

클클, 웃음을 덧대는 무호 눈빛에 습기가 서렸다. 그러나 그뿐, 무호는 여느 때처럼 빈 맥주 캔을 구겨서는 날렵하게 내던졌다.

"맥주 더 갖다 줄까?"

"됐어."

"그래서, 그 후의 이야기는 어떻게 되는 거야?"

"흥미진진한 스토리도 아닌데 웬 관심이야?"

"말하기 싫으면 하지 마."

"포기했어."

무호가 가뿐했으므로 무영 또한 담담히 대꾸했다.

"잘했어."

"오래 살고 볼 일이네. 손무영한테서 내가 잘했다는 소릴 다 듣고 말이야."

"나한테서 어떤 소리를 듣건 조금도 신경 안 쓰는 거 아니었어?"

"조금은 쓰거든?"

무영은 소파에서 일어섰다. 무호에게 흔연한 웃음을 내비치게 될까 봐, 오래 닫아걸어 두었던 마음의 어느 한 부분이 허물어질까 봐, 미리 차단하기 위해서였다.

　오늘 밤 무호하고의 대화는 넘치도록 나누었으므로 이제 재이 곁으로 돌아갈 시간이었다. 그녀에게로, 둘만의 시간으로 다시금 깊이 파고들 시간이었다.

　밤은 아직 길고, 내일 아침은 멀리 있으니.

우리가 만들어 갈 세월

무호가 시드니로 떠나던 날은 하늘이 더없이 푸르렀다.

무영은 재이와 함께 공항에서 무호를 배웅했다.

"촌스러우니까 이런 거 하지 말랬지."

투덜거리면서도 무호는 웃는 얼굴이었다. 표정만 봐서는 개운한지 미련이 남아 있는지 파악하기 어려웠다.

주위를 살폈지만 오가는 사람들 속에 윤이 모습은 보이지 않았다. 이따금 주변을 휘둘러보는 걸로 봐선 재이도 무영과 같은 마음인 듯했다.

"뭘 그리 살피시나들. 유진이 안 와요. 오지 말랬어, 내가."

무호의 말에 재이가 살짝 서운한 기색이 됐다. 행여나 윤이를 만날 수 있을까, 하고 기대했나 보았다.

"애도 아니고, 초행도 아니고. 알아서 잘 갈 테니까 그만 들어들 가세요."

무호가 또 내치듯이 말했다. 탑승하기까지 넉넉하게 남은 시간을 배웅 분위기에 젖어 있는 게 영 어색한 모양이었다.

어디든 혼자 떠나고 혼자 들어오고.

매번 그랬으니 그럴 만도 했다.

재이가 아니었다면 공항까지 나오지 않았을지도 모른다.

며칠 전 밤의 긴긴 대화들에도 불구하고 평범한 형제간에 나눌 수 있을 일들이 어색한 건 무영 역시 마찬가지니까 말이다.

"뭐, 뜨거운 포옹이라도 해 줘?"

장난스럽게 건너오는 말 속에 어쩌면 무호의 진심이 들어 있는 것은 아닌지, 무영은 좀 혼란스러웠다.

지금껏 살아오면서 한 번도 해 본 적 없는 일. 공항에서의 이별을 빌미로 한 번쯤은 해 봐도 나쁘진 않겠지.

"하자면 할 거야?"

무영의 물음에 무호가 화들짝 놀라는 시늉을 하며 외국인인 것처럼 되물었다.

"리얼리?"

"못 할 것도 없지."

무영은 팔을 벌려 무호를 가볍게 안았다. 등을 툭툭 두드리자, 무호도 무영의 등을 두어 번 토닥였다.

겨우 3초나 되었을까. 아주 짧은 순간이었지만 처음 느껴 본 무호의 체온이, 그 온기가 나쁘진 않았다. 무호도 그랬기를 바랐다.

"두 분, 보기 좋은데요?"

옆에서 재이가 말했고, 무호가 쑥스럽다는 듯 웃었다.

"저랑은 악수하실래요?"

재이의 제안에 무호가 흔쾌히 응했다.

"기꺼이."

무호와 손을 하나씩 나누어 쥔 채로 재이가 인사했다.

"건강하세요, 도련님."

"형수님도요. 아! 다음번엔 손무영 주니어랑 같이 만나기로."

무호의 덕담이 재이 뺨에 수줍은 미소를 물들여 놓았다.

"힘내, 힘내."

무호가 주먹을 불끈 감아쥐고는 무영에게도 짓궂은 응원의 말을 날렸다. 무영은 미소로만 답했다.

"이제 가. 날씨도 죽이는데 형수님이랑 데이트도 하고."

무호가 삐딱한 손놀림으로 재이에게 거수경례를 해 보였다. 그러고는 돌아서 가는 무호에게 무영은 인사 대신 말했다.

"오래 있지는 마."

포기했으니까, 라는 말은 가슴 안에만 두었다.

도로 뒤돌아서진 않았지만 무호가 웃음 짓고 있으리라는 걸 무영은 알 수 있었다.

무호를 보내고 재이와 둘이서 공항을 나오는데 의미심장한 기분이 되었다. 복잡다단하게 흘러가던 드라마의 1막이 내려가는 느낌이랄까.

앞으로 펼쳐질 무대가 몇 막 몇 장일지, 그 모든 무대들에서 과연 어떤 일들이 일어날지 지금으로선 알지 못하지만.

내려간 1막 뒤에는 해결되지 못한 채 남겨진 것들이 기다리고 있지만. 다음 막들에서도 그 문제들이 진행형으로 성가시게 따라붙을지도 모르지만.

오늘까지는 비교적 잘 걸어왔다고 말해도 괜찮지 않을까.

앞으로의 날들을 위해 서로에게 격려와 애정을 퍼부어도 괜찮지 않을까.

그리하여 이제부터 닥쳐올 모든 일들을 둘이 함께 맞서 나갈 힘을 얻을 수만 있다면.

늪도 함께 건너고, 함정도 함께 뛰어넘도록.

"무슨 생각해요?"

무영을 올려다보며 재이가 물었다.

"우리."

"우리?"

"우리가 만들어 갈 세월."

"세월이라……. 먹먹해지잖아요."

"슬퍼지는 먹먹함은 아니지?"

"감동하는 먹먹함일걸요?"

무영은 걸음을 멈추고 재이를 마주 보았다.

"왜요?"

"감동하는 서재이 얼굴 보려고."

재이 얼굴에 은은한 미소가 번졌다.

무영은 연한 바람결에 흐트러진 재이의 머리칼을 쓸어 넘겨주었다. 뽀얗게 드러난 그녀의 이마에 입술을 눌렀다.

잠시 눈 감았다 뜨며 재이가 이름을 불렀다.

"손무영 씨."

"그거 말고."

"무영 씨."

"음?"

"나의 세월이 되어 주어서 고마워요."

"내가 하고 싶은 말인데, 서재이가 선수를 쳐 버렸네."

재이가 웃었다. 그녀의 부드러운 웃음이 가슴속 가장 연약한 데를 어루만졌다. 무영은 행복했다.

뭉게구름이 군데군데 떠 있는 하늘을 바라다보며 재이가 말했다.

"날씨가 진짜 예술이네요."

"데이트하기 좋은 날."

"우리가 살아갈 모든 날들도 오늘 날씨 같았으면 좋겠다."

"날마다 데이트처럼?"

"응."

"그럴 거야."

확신에 찬 대답을 건네고서 무영은 약속하듯 재이 손을 쥐었다. 무영의 손 안에서 손가락들을 꼼지락거리며 그녀가 손깍지를 껴 왔다.

맞잡은 두 손이 빈틈없이 하나로 겹쳤다. 그대로 둘이서 같이 걸었다. 어깨에 내리는 햇빛이 따뜻했다.

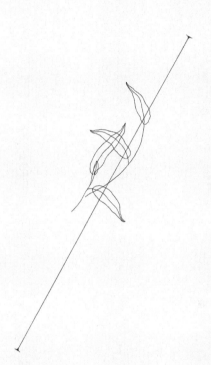

에
필
로
그

무자비한 모든 날들에 축배를

순서대로만 흘러가지 않는 것이 삶일지도 모른다.
인생에 원칙은 없다. 결혼도 그렇다.
행복은 목표가 아니라 과정이다.
무자비한 모든 날들에 축배를.

윤이를 기다리는 동안 지나온 날들을 생각하며 냅킨에다 낙
서하고 있을 때, 카페 문이 열리고 윤이가 들어섰다. 재이는
윤이를 향해 미소 지어 보였다.

저만치에서 잠시 재이를 바라보고 서 있던 윤이가 또각또각
구두 소리를 내며 재이에게로 걸어왔다.

하늘거리는 분홍빛 원피스가 윤이에게 참 잘 어울렸다. 재
이의 취향이 아닌 퍼프소매도 윤이에게선 사랑스러운 느낌을
자아냈다.

"예쁘다."

보고 싶었다는 말. 걱정했다는 말. 이렇게 만나서 반갑다는 말. 만나 주어서 고맙고 기쁘다는 말.

그토록 많은 말들을 품은 채 재이는 동생에게 첫인사를 건 넸다.

윤이는 별 대꾸 없이 재이 맞은편에 앉았다. 살아오면서 숱하게 들어온 말이라 별다른 감흥이 없을지도 몰랐다.

예쁘다는 말 한마디에 들어 있을 언니의 마음들이야 윤이가 몰라줘도 상관없었다. 전화를 받아 주고 만남에 응해 주어 고마울 뿐이었다.

낯이라도 가리는 것처럼 창가의 작은 화분들에만 두고 있던 윤이의 눈길이 테이블 위의 냅킨으로 내려왔다.

"뭐야?"

무심한 듯 윤이가 물었다. 재이도 덤덤히 대답했다.

"아. 그냥 낙서."

"여전하네."

"내가?"

"옛날에도 종이쪽지만 보면 뭔가 끄적이곤 했잖아."

"그랬나?"

재이는 가만히 웃음 지었다. 자신도 잊어버린 어린 날의 어느 한때들을 기억하고 있는 윤이가, 기억하고 있음을 드러내는 동생이 기뻤다.

냅킨을 집어 들고는 재이의 글귀들을 눈으로 읽던 윤이가 마지막 구절을 나직이 뇌까렸다.

"무자비한 모든 날들에 축배를."

의식의 흐름대로 끄적여 놓은 글이 윤이 목소리에 실려 흐르니 기분이 색달랐다.

다 자란 지금이야 그때보다는 훨씬 정돈되고 성숙해진 목소리 톤이 되었지만, 어린 날의 여리고 낭랑하던 윤이 목소리도 아슴푸레하니 떠올랐다.

"이런 마음으로 살면 쓰러지지는 않겠네."

독백 같은 윤이 말에 재이는 끄덕이며 말을 보탰다.

"자비로운 날들이라면 더 좋겠지만, 그렇지 못한 날들이 더 많은 게 인생이니까."

윤이가 말없이 냅킨을 본래 있던 자리에다 내려놓았다.

"뭐 마실래?"

"아이스티."

재이는 아이스티를 받아다 윤이 앞에 가져다주었다. 윤이가 빨대에 입을 대고 한 모금 마셨다.

물이나 음료를 컵으로 능숙하게 마실 수 있게 되고 나서도 곧잘 빨대를 요구하곤 했던 어린 윤이가 생각났다. 그럴 때마다 재이는 윤이가 원하던 빨대를 구해다 주었다.

재이를 기다리고 있다가 당연한 듯이 받아 들고는 빨대로 쪽쪽 빨아 먹던 윤이 모습이 지금도 생생했다. 조그만 요구르트 하나도 윤이는 그렇게 아껴 먹었다.

"윤이라고 불러도 돼?"

"이미 불렀잖아."

전화 통화에서 윤이야, 하고 부른 것을 말하는 거였다. 그때 아무런 제지나 불만도 드러내지 않았던 윤이였지만, 재이는 정식으로 허락받고 싶었다.

재이 앞에서만이라도 편유진이 아니라 서윤이로 존재해 줄 것인지에 대한 확인이자, 꼭 그래 주었으면 좋겠다는 바람이기도 했다.

"고마워."

"뭐가 고마운데?"

윤이가 다소 공격적으로 물었다.

언니라고 불렀잖아, 너도.

재이는 목에 차오르는 말을 삼켰다.

그날, 무영의 본가에 인사 왔던 날, 욕실에서. 피를 흘리며 윤이가 애타게 불렀던 사람은 무호가 아니라 재이였다. '언니'였다.

그 순간을 생각할 때면 재이는 가슴이 찢기는 것만 같았다. 너한테마저 버려졌다는 생각은 안 해 봤냐며 윤이를 다그쳤던 자신이 밉고 후회스러웠다.

그 말 때문에 윤이가 충격에 사로잡혔던 것은 아닌지, 그래서 아기를 잃게 되어 버린 것이 아닌지.

그날 이후로 늘 가슴 저 아래에 죄책감을 닮은 마음이 도사리고 있었다.

가장 위급한 순간에 온몸으로 투항하듯 언니를 불렀던 윤이를, 윤이가 품고 있던 사랑을, 언니로서 지켜 주지 못했다는 자책이 깊었다.

윤이를 위해서 무영을 떠날까, 하고 그 무렵 심각하게 고려

해 보았던 것도 그런 마음들로 괴로워서였다.

"지금, 이렇게 너랑 마주 앉아 있는 거."

담담히 말하자, 윤이가 새침한 표정을 지었다.

웃는 얼굴을 보면 더 고마울 거라고, 잠깐이라도 좋으니 환하게 웃어 주면 좋겠다고 말하는 대신 몸의 안부를 물었다.

"몸은 괜찮아?"

"괜찮아."

"유학 간다면서."

무호한테서 들은 얘기지만 무호의 이름을 입에 올리지는 않았다. 무호에 대한 현재의 윤이 마음이 어떤지 모르니 조심스러웠다.

"그러기로 했어. 결심하고 나서야 휴대폰을 돌려주셨지."

"결심……."

아마도 부모님의, 그중에서도 엄마의 설득에 의한 결정인가 보다. 권유인지 강요인지 묻고도 싶지만, 결심하기까지 윤이가 보냈을 시간을 존중해 주기로 했다.

"공부하는 거 정말 지긋지긋하지만, 그래도 한 만큼 결과가 나와 주는 건 공부밖에 없더라."

윤이 말이 유독 안쓰럽게 다가들었다. 그렇지만 재이는 내색 않고 고개만 끄덕여 주었다.

"공부를 마치고 나서도 지금과 같은 마음이면 허락해 주시겠대."

지금과 같은 마음.

윤이는 몰라도, 무호가 그럴 수 있을까. 몇 년이 지난 뒤에도 무호가 지금 같은 마음을 유지하게 될까. 지금도 그다지 붉어 보이지는 않는데.

우려스런 마음은 미래의 일로 밀어 두고 재이는 그저 *끄덕*였다.

"어릴 때 살았던 곳이라 들었어."

"열세 살까지 살다가, 중학교부터는 한국에서 다녔어."

"그랬구나. 그럼 아주 낯설지는 않겠다."

"그렇지 뭐."

"부모님은 어떤 분들이셔?"

"좋은 분들이야."

좋은.

포괄적이고도 피상적인 말. 세세한 언급을 피하고 싶을 때 방패처럼 가져다 쓸 수도 있을 말.

윤이한테서 직접 듣고도 안심이 되지 않는 건 무호로부터 스치듯 들은 말들이 있어서일 터였다.

끄덕이지 않는 재이에게 윤이가 또다시 공격적으로 물어 왔다.

"거짓말 같아?"

"거짓말이라면 슬프겠지."

"거짓말 아냐."

"그래."

"안 믿고 싶은 거야, 못 믿는 거야?"

"믿어. 믿어, 윤이야."

생각들을 모으듯 다시금 창가의 화분들로 시선을 두었다가 윤이가 재이를 돌아보고는 말했다.

"1부터 100까지 선하기만 하거나 악하기만 한 사람은 없어. 처음부터 끝까지 올바르기만 하거나 나쁘기만 한 사람도 없고. 사람은 누구나 다 복합적인 요소들의 총합이야."

윤이가 하려는 말의 맥락과 요지를 재이는 알 수 있었다. 그래서 차분히 동의해 주었다.

"그래, 그렇지."

윤이의 말이 이어졌다.

"어떤 면은 아주 좋았고 이로웠지만, 어떤 면은 나빴고 해로웠지."

왈칵 눈물이 쏟아져 버릴 것만 같아 재이는 이를 악물어야 했다.

인간의 양면성에 대해서 고찰해 버린 윤이가 애틋해서. 철없고 얕은 줄만 알았는데 짐작했던 것보다 성숙하고 깊어서.

"나빴던 면들. 많이 힘들었어?"

재이는 되도록 담담하게 물었다.

윤이의 대답도 담담히 건너왔다.

"규격에 맞춰 살기를 원하시는 분들이라서."

재이는 끄덕였다.

"그렇구나."

그러니 결혼도 하기 전에 아이를 갖고, 그 아이를 낳지도 못한 채 잃게 된 딸이 얼마나 충격적이었을까.

고 여사의 추측처럼, 아이 때문에 결혼을 서둘렀다가 아이 때문에 정리를 강요한 것인지도 모르겠다.

"제일 힘들었던 건 왼손 교정이었어. 매사에 잘 보이고 싶고 사랑받고 싶은데 날마다 실수를 하고 마는 거야. 엄마한테 손등을 맞을 때마다 왼손잡이인 내가 싫었어. 지겨웠어."

재이는 입 안의 여린 살점을 이로 짓이겼다. 속절없이 터져 나올지 모를 울음을 참기 위해서였다.

"그런 얼굴 보려고 말한 거 아니야."

"내가…… 어떤 얼굴인데?"

"죽어라 눈물을 참고 있는 얼굴."

알아보는구나. 하나뿐인 내 동생이라서 나를 알아채는구나.

가까스로 마음을 다잡고서 재이는 애써 웃음 지어 보였다.

"언니 울보잖아. 온 세상이 다 떠내려갈 듯 눈물을 펑펑 쏟으면서 나 붙잡아 놓곤, 이제 와서 왜 말간 척해?"

"그때 다 울어 버려서. 그때 너무 많이 울어 버려서……."

목이 메어 말 끝자락이 흐려졌다.

유리컵에 꽂힌 빨대를 만지작거리며 윤이가 말했다.

"사랑받았고, 사랑했어."

"그래, 그랬구나."

"그때 언니 떠나온 거, 나는 후회 안 해."

"그래……. 그래……."

"그렇지만 몰랐어. 언니가 나한테까지 버려진 거라고 생각했을 줄은. 그런 마음이었을 줄은 진짜 몰랐어."

입 안에서 피 맛이 느껴졌다.

"미안해."

윤이가 툭 내뱉었다.

재이는 고개를 저었다. 두 번, 세 번, 여러 번.

가슴이 벅차올라서 말은 오히려 지워져 버렸다.

"그땐 나 너무 어렸잖아. 그런 것까지 생각하기엔 내가 너무 아이였잖아. 그러니까 언니가 이해해 줘. 아니⋯⋯용서해 줘."

윤이 말 속에 울음 기운이 비쳤다. 그러나 울지는 않았다. 끝내 버텼다. 끄덕이고 또 끄덕이며 재이도 그랬다.

기나긴 세월의 견고한 벽이 사르르 녹아 없어지는 기분이었다. 야속했던 마음도, 원망도, 갈증 같던 그리움도 벽과 함께 녹아 사라지고 있었다.

"고마워, 윤이야."

"또 뭐가 고맙다는 거야?"

"이렇게 예쁘게 잘 자라 줘서. 사랑받고 사랑하며 살아 줘서. 그리고⋯⋯."

"그리고 뭐."

"언니라고 불러 줘서."

이슬 맺힌 유리컵을 두 손으로 감싸 쥔 채 윤이가 입술을 깨물었다.

재이는 윤이에게로 두 손을 뻗었다. 윤이는 뿌리치지 않았다. 제 손에 덮이는 언니의 손을 가만히 내버려 두었다.

그대로 아련한 시간이 흐르고 난 뒤에 윤이가 물었다.

"저거, 내가 가져도 돼?"

윤이 눈길이 냅킨을 가리키고 있었다.

재이는 기꺼이 끄덕여 주었다.

"좀 쑥스럽지만, 가져. 그래도 돼."

윤이에게 말하면서 재이는 스노우 볼 아래 얌전히 숨어 있던 그 냅킨을 생각했다. 무영과 함께 마침내 성북동 본가를 나오던 날, 짐을 싸다 발견하게 된 그것.

무영일 때는 0이었지만
재이를 만나서 2가 되었습니다.

신이 나서 무영의 코앞에다 들이밀었더니, 그는 겸연쩍어했다.

나 몰래 가져가서는 여태 여기다 간직하고 있었던 거냐며 즐겁게 추궁했더니, 먹먹해져서 그럴 수밖에 없었다고 그가 재이에게 고백하기도 했다.

아주 맘에 들잖아요, 하고는 무영에게 입을 맞추어 주었더랬다.

이내 물러나지 못하게 무영의 손길이 재이를 가두었고, 한 손엔 냅킨을 든 채 그와 다크 초콜릿처럼 진한 키스를 나누었더랬다.

"책갈피처럼 책 속에 끼워서 간직하고 있었는데, 엄마한테 들키고 말았어."

문득 건너오는 말에 재이는 의아해진 눈으로 윤이를 보았다.

"사진 말이야."

"사진……이라면?"

짐작하면서도 두근거림으로 물었다.

"우리 사진. 반으로 찢어서 나눠 가졌잖아."

"아……."

콧날이 시큰거렸다. 재이는 침을 삼켜 메여 오는 목을 다독였다.

"한국 들어오려고 짐 정리할 때였어. 엄마가 보고는 가져가 버렸어. 과거에 매여 있으면 안 된다나? 발이 묶여서 발전하지 못한다나? 뭐 그런 이유들을 댔던 것 같아."

"그랬구나."

그래서 많이 속상했어?

묻고 싶은 마음도 다독이고만 있는데, 대답하듯 윤이가 말했다.

"그날 처음이자 마지막으로 엄마한테 대들었어. 예쁘고 사랑스러운 딸 노릇, 그날만큼은 하기 싫었어."

끄덕이며 재이는 간신히 말했다.

"그랬었구나."

"버렸나 봐. 떼를 쓰며 울면서 대들었는데도 끝내 돌려받지 못했어."

"괜찮아. 어릴 때 사진 한 장인 걸, 뭐."

"반 장이지."

"그래, 반 장."

재이는 지갑 속에 든 나머지 절반의 사진을 꺼내 윤이에게 건넸다. 어린 날의 제 모습이 담긴 사진을 들여다보며 윤이가 은은히 웃음 지었다.

"이때도 눈부시게 예뻤잖아, 나."

"넌 언제나 눈부셨어."

"언니도 예뻐. 나랑은 다른 눈부심이야."

"칭찬 퍼레이드 맘에 들잖아."

"언니는 웃고 있지 않을 때도 예뻐. 좀 샘날 정도야."

"주은이도 비슷한 얘길 했는데. 참, 주은이 생각나?"

"어렴풋이."

"율은? 율도 생각나겠네?"

"율?"

고개를 갸웃하던 윤이가 반짝이는 눈이 되어 물었다.

"설마. 이카로스의 김율이 그 율?"

"맞아. 옛날에 그 개구쟁이 율이야."

"신기하다."

"그지."

"율 오빠 지금도 만나?"

"아주 가끔. 워낙 대스타가 되신 몸이라서 정신없이 바쁘니까. 아, 율이 우리 회사 소속이잖아."

끄덕이고는 윤이가 산뜻한 어조로 말했다.

"언제 율 오빠 만나면 사인이나 받아 줘. 친구들한테 자랑하게."

"그래, 그럴게. 율도 아마 너 기억하고 있을 거야. 무척 반가워할걸?"

윤이가 웃었다. 환해져서 기뻤다.

"윤이야."

"응?"

"우리 오늘 사진 찍을까?"

"또 절반씩 찢어 갖자고?"

"그래도 좋고."

윤이가 휴대폰을 꺼내 들었다.

"찢어서 나눠 갖는 사진 말고, 찢을 수도, 버릴 수도 없는 사진으로 찍자."

"그래, 좋아."

재이는 윤이 곁으로 자리를 옮겼다. 나란해진 두 얼굴 조금 위로 윤이가 휴대폰을 들어 올렸다. 알맞은 각도를 찾아내고는 찰칵. 자매의 모습이 윤이의 휴대폰에 담겼다.

윤이가 재이에게도 사진을 전송해 주었다. 사진 속에서도 윤이는 환하게 웃고 있었다.

잠긴 문 앞에서 재이는 망연해졌다. 한낮인데도 집 안은 사람 기척 없이 어두웠다.

미리 연락을 하고 올 것을 그랬나. 그랬으면 오지 말라고 하셨을 게 분명했다.

배척이 아니라 배려. 거부가 아니라 사양.

정오가 그토록 황망하게 죽고 나서도 정오 할머니는 재이에게 그런 분으로 남았다. 그래서 더 죄송하고 맘이 아팠다.

장례 후 처음 찾아뵈었을 때, 할머니는 재이에게 무영과 결이 같은 말을 했다.

누구 때문도 아니라고. 책임 소재를 따지며 거슬러 올라가기 시작하면 한도 끝도 없다고. 그러니까 자책하지도 말고 미안해하지 말라고.

이렇게 찾아와서 들여다보지 않아도 된다고. 그 누구의 마음에도 짐이 되고 싶지 않다고.

아깝고 속상해도 손에 잡히지 않는 사람은 마음자리에서 흘려보내야 한다고. 그래야 살아진다고.

할머니의 말씀들을 들으며 재이는 눈물을 훔쳐 내야 했다. 돌아앉아서 할머니도 눈시울을 적셨다.

떨어지지 않는 발걸음으로 대문가에 서서 '또 올게요' 했더니, 이렇다 저렇다 말은 없이 아련히 웃어만 주시던 할머니였다.

정오 가족들이 미국으로 돌아가고 다시 혼자 남겨진 분. 그간엔 미처 인식하지 못했을 외로움이 나날이 커져 가고 있을 터였다.

재이는 현관문 앞 계단에 앉았다. 헛걸음일지라도 기왕 온 김에 조금만 더 기다려 볼 생각이었다.

머리 위로 내리는 볕은 따뜻하고, 대문 밖 골목에서는 동네 꼬맹이들이 뛰어노는 소리가 정겨웠다.

어느 집에서는 푸짐한 음식 냄새가 풍겨 오고, 또 어느 집에서는 볼륨을 높여 놓은 TV 소리가 흘러들기도 했다.

먼 데 살던 가족들이 오랜만에 모여들었는지 어느 집 마당에서는 왁자한 웃음소리가 울렸다.

집집마다 속속들이 들여다보면 내밀한 아픔과 슬픔이 그들의 일상과 공존하겠지만, 동네 전체를 조망하면 평화롭기 그지없는 휴일 풍경이었다.

재이는 모처럼 주은에게 전화를 걸어 보기로 했다. 기다리고 있었던 것처럼 주은이 단박에 받았다.

—재이야!

"엄주은."

—잘 있는 거지?

"그럼. 잘 있지. 너는?"

—나는 별로 잘 있지 못했어.

반갑게 이름을 부를 땐 언제고, 금세 뾰로통해진 주은의 목소리가 재이에게 웃음을 불러들였다.

"왜."

—몰라서 물어?

"응, 모르겠어."

짐짓 시침을 떼자, 주은이 흥, 콧방귀를 꼈다. 삐친 척하는 주은의 얼굴이 눈앞에 선해서 또 웃음이 났다.

—야속한 것.

"보고 싶었어."

—야!

"뭐."

—그렇게 갑자기 훅 들어오면 어떡하냐?

"한 시간쯤 뜸들이다 말할 걸 그랬지."

—누구 숨넘어가는 꼴 보려고 그래?

뾰족한 말투 너머 주은의 마음이 고스란히 다가들었다. 당사자도 아니면서 마음고생을 제일 많이 했을 주은에게 새삼 미안해졌다.

그리로 불러내지 말 것을 그랬지. 다른 데서만 만났어도 그런 끔찍한 일까지는 일어나지 않았을 텐데.

늦게 가지만 않았어도. 아니, 10분만 더 일찍 도착했어도.

그랬으면 내 태권도 실력으로 그놈쯤 거뜬히 제압할 수 있었을 텐데. 칼 따위도 발차기로 한방에 날려 버렸을 텐데.

정오 가여워서 어떡해? 정오 할머니 불쌍해서 어떡해?

재이 너 그 트라우마가 평생 갈 텐데, 미안하고 속상해서 어떡해?

너희 시댁에서 그 일로 괜히 너 흠잡고 다그치면 어떡해?

대표님한테 죄송스러워서 어떡해?

사고 이후, 주은의 그 많은 가정과 '어떡해?' 들엔 자책과 후회가 가득했다.

그땐 경황이 없어서 주은에게 똑 부러지게 말해 주지 못했다.

너 때문이 아니라고, 무영이 그래 주었던 것처럼 그 말부터 먼저 건네주지 못했다.

괜찮아. 시간이 흐르면 다 흐릿해질 거야. 그러니까 괜찮아.

그 정도 말밖에는 꺼내지 못했다.

자기 탓이라 여기며 날마다 가시방석이었을 주은에게, 전화조차 선뜻 걸어오지 못한 채로 내내 애태우고 있었을 친구에게, 재이는 비로소 말해 주었다.

"주은아."

―응?

"너 때문이 아니야."

―알아, 나도 안다고.

말은 그렇게 해도 울먹임이 한 줌 배어 있었다.

―아는데 자꾸만 생각하게 되잖아. 말끔해지지가 않잖아. 자꾸만 시간을 돌이키게 되고, 그날 이전으로 되돌리고만 싶고.

"나도……."

목이 따끔거려 와서 말이 더 나가질 못했다.

눈물이라도 닦는지 전화 저편의 주은이 조용했다. 울음을 들키지 않으려 스스로를 다스리고 있는지도 몰랐다.

재이도 마음을 가다듬고 말했다.

"나도 그래, 주은아."

―거 봐. 나만 그런 거 아니잖아.

다시 들려온 주은의 목소리엔 코맹맹이 소리가 섞여 있었다.

"그렇지만 언제까지나 그날에 매여 있을 수는 없으니까. 그날에 묶여서 살아갈 수는 없는 거니까."

―그러니까 지우자고? 잊어버리려 애쓰자고?

그날 그 순간의 냄새, 촉감, 색깔, 소리들.

그 생생한 피의 기억을 과연 지울 수 있을까. 애쓴다고 하여 잊어버릴 수나 있을까.

"그렇다기보다는……."

시간의 풍파에 맡겨 두자고.

기억을 억지로 떼어 내려 애쓰지도 말고, 외면하려 노력하지도 말고, 그저 하루하루를 주어진 대로 잘 버텨 내 보자고.

시간은 어김없이 흘러갈 테고, 기억도 점점 엷어져 갈 테지. 그렇게 된 어느 날엔가는 지금을 돌아보며 잊고 살던 날들을 반성할지도 모르겠지만⋯⋯.

우리가 지금 할 수 있는 건 고요히 견디는 거라고.

세월에 의지해 보는 거라고.

—그렇다기보다는 뭐?

"힘내자고."

—다 지나갈 거니까?

다 지나가 버리더라도 흉터는 새겨지겠지만. 다 지나가기까지 무수한 시간들이 필요하겠지만. 그래도 지금은, 그렇게라도 지금은.

—그래. 힘내자, 우리. 힘내자, 재이야.

"힘내, 엄주은."

—파이팅!

"파이팅."

—근데 거기 어디야? 애들 소리 들리는 것 같은데.

"아. 할머니네 왔어."

—정오 할머니네?

"응."

—나도 같이 가지. 다음엔 나도 데려가.

"그래, 그러자."

—할머니께 다음엔 나도 같이 갈 거라고 말씀드려 놔. 혼자

가 아니라고, 나도 있다고.

"알았어. 그 전에 우리 둘이 시간 한번 만들자. 그날 못 한 이야기들도 있고."

—그러니까. 이번엔 우리 진짜로 밤새는 거다?

"그래, 이번엔 꼭."

—힘내자, 힘!

명랑한 구호와 함께 귓가의 주은이 떠났다. 얼마 지나지 않아 대문 안으로 할머니가 들어섰다.

반가운 마음에 활짝 웃으며 일어섰건만, 할머니 얼굴엔 지난번 같은 웃음이 떠오르지 않았다.

"저 왔어요, 할머니."

"왜 또 왔어."

"할머니 보고 싶어서 왔죠."

애를 어쩌나, 하는 표정으로 할머니가 재이를 바라보았다.

"정오한테 갔다가, 그냥 집에 가기에는 할머니가 맘에 밟혀서 왔어요."

그러니까 혹시라도 가라고는 하지 마세요. 이대로 밀어내지는 마세요.

그러면 제가 더 아프고 힘들어질 거예요. 옆에 있게 해 주세요, 할머니.

가슴속에서 뭉클대는 말들을 재이는 다정한 웃음으로 대신했다.

"일요일인데 신랑은 어쩌고?"

"신랑님은 저 없어도 잘 놀아요, 할머니."

재이는 할머니에게 다가가 장바구니를 받아 들었다.

"시장 다녀오셨어요, 할머니?"

"먹을 복은 있네. 냉장고가 텅텅 비어서 간만에 장을 좀 봐 왔더니만."

"신난다. 저도 고기 사 왔어요, 할머니. 우리 고기도 구워 먹어요."

"그럴까?"

"네. 무지 비싼 한우니까 많이 드셔야 돼요, 할머니?"

할머니가 웃었다. 재이도 웃었다. 함께 웃을 수 있어 다행이었다.

재이는 집에 들어가자마자 창을 열어 바깥 공기를 안으로 들이고 실내의 눅눅한 냉기는 밖으로 날려 보냈다.

"올 줄 알았으면 청소라도 좀 해 놓을 걸 그랬지."

"제가 손님이에요? 청소 그런 거 안 하셔도 돼요, 할머니."

할머니를 도와 점심 준비를 하면서 재이는 할머니에게 자꾸만 말을 걸었다.

"있잖아요, 할머니. 그동안엔 전혀 모르고 있었는데, 저한테 오빠가 있었대요."

"응?"

할머니 눈이 둥그레졌다.

"친오빠?"

"친오빠는 아니고, 이복오빠요."

"세상에나."

"그게 어떻게 된 거냐 하면요……."

서진수 이야기를 털어놓자, 재미난 드라마라도 보는 것처럼 흥미롭게 귀를 기울이던 할머니가 재촉하듯 물었다.

"그래서 다시 만났어?"

"네, 만났어요."

"뭐래? 또 돈 달라고 안 해?"

"저한테도 은근슬쩍 사업 얘길 꺼내려 들더라고요."

"내 그럴 줄 알았지. 그래서 뭐라고 했어?"

"돈을 원해서 제 앞에 나타난 거라면 다시는 만나지 않겠다고 했어요."

"잘했네, 잘했어."

"남편도 저랑 같은 생각이라고 똑똑히 일러두었고요."

"옳거니."

"제가 워낙 단호하니까 기가 좀 질린 것 같더라고요."

"싹수 노란 건 초장에 잡아야지. 돈 나올 구멍 없는 거 알면 다시 연락 안 할걸?"

"그렇겠죠, 할머니?"

"그럼. 암만 봐도 핏줄 그리워 나타난 놈은 절대 아니야."

씩씩한 목소리로 편을 들어 주는 할머니를 보고 있으니 재이는 맘이 푸근해졌다.

"할머니가 제 편이라서 너무 좋아요."

"우리 재이가 내 편이라서 나도 좋아."

환히 열린 창 앞, 마당이 내다보이는 거실에 밥상을 차리고 할머니와 마주 앉았다.

잘 구워진 고기에다 할머니가 끓인 찌개를 곁들여 오붓한 점심을 시작하려는데, 두어 숟갈 뜨지도 않아 불쑥 목으로 신물이 올라왔다.

아침 먹은 게 소화가 덜 됐나 보다 생각하며 찌개를 한 술 떴더니만, 이번엔 메슥거림까지 치밀었다. 재이는 입을 틀어막으며 눈살을 찌푸리고 말았다.

"왜? 속이 안 좋아?"

"네, 조금. 갑자기 왜 이러죠, 할머니?"

"가만있자."

그러고는 재이 얼굴을 유심히 살피던 할머니가 반색하며 말했다.

"내 보기엔 좋은 소식인 것 같은데?"

좋은 소식이라면…… 아기?

그러고 보니 생리 예정일로부터 보름이 훌쩍 지났다.

정오 사건의 참고인 조사를 비롯해서 '우리 집'으로의 이사며, 이런저런 일들이 연이은 통에 미처 깨닫지 못하고 있었던 것이다.

평소에 생리 주기도 일정한 편이라 임신이 거의 확실했다.

"할머니……."

"내 말이 맞지? 그렇지?"

"그런 것 같아요, 할머니."

"아이고, 이렇게 기쁠 데가."

두 팔을 펼친 할머니에게 재이는 무릎걸음으로 다가가 품에 안겼다.

"장하다, 우리 재이. 정말 장해."

등을 토닥여 주며 할머니가 몇 번이고 하는 말을 재이는 뭉클한 감동으로 듣고 간직했다.

"이러고 있을 게 아니라 신랑한테 전화부터 해야지."

재이보다 더 기뻐하는 할머니 등쌀에 무영에게 전화를 걸었다.

―서재이.

한결같은 그의 목소리를 들으니 콧날이 찡해져 왔다.

"저예요."

―왜 벌써 전화했어? 할머니 안 계셔?

정오한테도 같이 갔다가 여기까지 태워다 주었고, 갈 때도 재이가 전화하면 데리러 올 예정이었다. 온 지 한 시간 남짓 지났을 뿐인데 전화를 걸었으니 의아한 모양이었다.

"할머니랑 밥 먹다가……."

―밥 먹다가?

"밥 먹다가……."

목이 매캐해져 와서 자꾸만 말이 흐려졌다.

―재이야.

걱정스런 무영의 부름을 듣고서야 재이는 겨우 말을 이었다.

"우리, 가족이 생길 것 같아요."

―가족……?

귓가에 흐르는 먹먹한 여백이 무영의 심정을 대변해 주는 듯했다. 보이지도 않을 텐데 끄덕이고만 있는 재이에게 무영의 목소리가 다가들었다.

―멋진 소식이네.

"그죠."

―축하해.

"축하해요."

―고마워.

"나도요."

―뭐 먹고 싶은 거 없어?

"있어요."

―뭔데?

"감자탕?"

무영이 하하, 소리 내어 웃었다. 거리낌 없이 터지는 웃음소리가 듣기 좋았다. 행복하다고, 재이는 생각했다.

"우리 첫 데이트했던 시장 골목 안의 감자탕 집 생각나요?"

―생각나.

"저녁에 거기 가요, 우리."

―알았어. 6시쯤에 데리러 갈게.

"응."

무영이 데리러 올 때까지 재이는 내내 설레었다. 마치 그와 처음 데이트를 앞둔 여자가 된 것처럼.

해가 지지 않아 아직 밝은 저녁, 재이는 시장 입구의 공영 주차장에서 무영을 기다렸다.

약속했던 6시가 채 못 되어 무영의 차가 주차장으로 들어섰다. 차를 향해 총총 뛰어갔더니, 차에서 내린 무영이 살짝 걱정스레 물었다.

"그래도 되는 거야?"

"뭐가요?"

"그렇게 막 뛰어도 되는 거냐고."

"아차."

재이는 부러 깜짝 놀라는 시늉을 하며 눈을 크게 떴다. 무영이 알아채고서 미간에 가는 선을 그렸다.

"막 뛴 거 아니거든요?"

"아무튼. 이제부턴 뛰어다니지 마."

"명령하는 거예요?"

"걱정하는 거야."

"알았어요."

웃으며 대답하자, 무영도 그제야 웃음 지었다.

재이는 가방에서 임신 테스트기를 꺼내 무영에게 보여 주었다.

아까 정오 할머니 집에서 검사해 본 것인데, 선명한 두 줄을 확인할 때의 기분이 되살아났다.

받아 들고 들여다보며 무영의 입가에도 뿌듯한 미소가 자리 잡았다.

"오묘한 기분이죠?"

"그러네."

"특별하기도 하고."

"근데 이런 건 나하고 같이 있을 때 해 봐야 되는 거 아닌가?"

살짝 서운한 기색을 내비치는 무영에게 재이는 엄지를 치켜보였다.

"뭐지? 그 엄지는."

"아주 맘에 들잖아요, 할 때의 엄지예요."

"나 방금 항의한 건데?"

"그러니까요. 불만을 가둬 두지 않고 솔직하게 내보이는 손무영 씨한테, 엄지 척, 한 거라고요."

무영이 조용히 웃었다. 웃음이 물들어 가는 그의 입술이 육감적이었다. 그 입술에다 입 맞추고 싶었다. 재이는 참지 않기로 했다.

한껏 발돋움해 쪽 입을 맞추고 물러 나니, 무영이 재이의 손목을 휘어잡았다. 더 뒤로 물러나지 못하도록 잡아당기려는 의지일 테지만, 시장 앞에는 오가는 이들이 많았다.

"이제부터 손무영 씨 힘들어지겠다."

왜냐하면 이제부터는 마음껏 몸을 탐할 수 없을 테니까.

욕망도 얼마쯤은 가두어 두어야 할 테니까. 몸과 마음의 열망들을 조율해야 할 테니까.

"나만?"

재이는 고개 저으며 순순히 인정했다.

"나도."

손목을 놓아준 무영이 손을 꼭 잡았다. 그의 커다란 손 안에 포근히 안겨 있는 느낌이었다.

손잡은 채로 시장 골목을 걸으며 무영이 물어 왔다.

"속은 좀 어때?"

"괜찮아졌어요. 할머니랑 밥도 먹었고요. 지금은 감자탕 먹을 생각하니까 식욕이 마구 솟아나고 있어요."

"다행이네."

"이제부터는 먹고 싶은 게 아주 많아질 예정이니까, 나의 무영 씨는 각오 단단히 해야 할 거예요."

"나의 무영 씨. 듣기 괜찮은데?"

"그럼 자주 그렇게 말해 줄게요."

"톡."

무영이 건네준 '좋아요'가 가슴 안쪽 어딘가를 간지럽게 만들었다. 이래도 안 웃을래? 다정히 채근하는 듯했다. 재이는 맑게 웃었다.

"웃고 있다, 서재이."

보지 않고도 알아채 버리는 무영에게 재이는 끄덕이듯 대답을 주었다.

"응, 웃고 있어요."

무영이 손가락을 펴 손깍지를 껴 왔다. 그가 이루어 내는 든든한 결속에 기대어 천천히 걸었다.

한 생명은 너무도 일찍 꺼져 버리고, 한 생명은 가장 푸르를 때 영영 떠나 버리고.

그러나 이제 또 하나의 생명이 세상에 오고 있었다. 이 거친 세상에 오려고 조용히 문을 두드리고 있었다.

고귀한 생명의 시작을 빛처럼 소중히 받아 안아야겠다.

세상으로 나올 때까지 감사히 기다려야겠다.

그리고 닥쳐오는 모든 날들을 기꺼이 사랑하며 살아가야겠다.

재이는 무영의 손을 더욱 힘주어 쥐었다.

메일 두 편

언니에게

잘 지내고 있지? 날이 제법 추워졌네.

내 하루는 늘 어제랑 똑같아.

눈 뜨면 가방 챙겨 학교 가고, 해 지면 돌아와 밥 먹고, 잠들기 전까지 공부하고.

어떤 돌발 상황도 생기지 않는 이 생활이 나는 좋아.

공황 장애 약도 안 먹은 지 꽤 됐고.

지긋지긋하다고만 생각했던 공부에도 이젠 이력이 나서, 사실은 원래 내 특기가 공부였던 게 아닌가 싶을 정도야.

나, 뭔가를 이루고 싶어졌어.

내 힘으로 이룰 수 있는 건 결국 공부밖에 없겠다는 생각도 들더라고.

다음 주말엔 엄마가 오셔.

밉고 서러웠던 적도 있었지만, 나를 아주 많이 아끼는 분.

등 돌려 버릴까 봐 불안했던 순간에도 내 손을 잡아 주고 안아 주신 분.

내게 실망하지 않고 격려와 용기를 북돋워 주신 분.

다음 발자국을 내딛도록 힘을 주고 든든한 기둥이 되어 주신 분.

그런 엄마에게 나날이 더 감사하는 마음을 갖게 돼.

이번에 오시면 엄마 희망대로 교수가 되어 대학 강단에 서는 날을 꼭 보게 해 드리겠다고 말할까 해.

나를 데려다 키운 보람이 있게끔, 엄마와 아빠한테 자랑스러운 딸이 되고 싶어.

이따금 무호 오빠 생각을 해.

햇살이 밝게 비칠 때, 버스를 기다리고 서 있을 때, 노을이 짙을 때⋯⋯.

당장이라도 달려가고 싶어질 만큼 그립지는 않아.

무호 오빠를 만나려고 무작정 시드니로 날아갔던 내가, 그때의 내 모습이 그리워지긴 해.

돌이켜 보면 너무 많은 날들을 한꺼번에 건너뛰어 버린 느낌이야.

그렇게 폭주하듯 서두르지 않았더라면 어땠을까, 그런 생각도 해 보고.

언젠가 오빠를 다시 만나게 되면.

그땐 마음을 구걸하지 않고 담담한 모습이고 싶어.

예쁘니까 내세우고 싶고, 남들 앞에서 미모 때문에 으쓱해지는 여자 말고.

존재 자체로 사랑하지 않고는 도저히 못 배길, 그런 사람이 되어 있을래.

오빠에게든 다른 누구에게든 그런 여자가 되어 있고 싶어.

이제 두 달쯤 뒤면 내 조카를 볼 수 있겠다.

지난번 사진에서보다 언니 배가 더 둥그레졌겠지?

이모가 된다는 건 어떤 기분일지 무척 기대가 돼.

엄마가 된다는 건 정말 근사한 느낌일 것 같아.

아기 낳을 때까지 부디 몸조심하고, 형부한테도 안부 전해 줘.

윤이가.

윤이에게

지금은 밤이야.

우리 꼬맹이 우리는 형부한테 맡겨 놓고 주방 식탁에 앉아 너한테 메일 쓰고 있어.

네가 떠난 지 어느새 2년이 다 되어 가네.

시간 참 빠르다. 그치?

잘 지내고 있는 거지?

나도 잘 지내고 있어. 나 다음 달에 복직하기로 했어.

천안 계시던 이모가 우리 집 근처로 이사 오셨다는 얘긴 지난번에 했었지?

복직하면 이모께서 우리 집에 와서 우리 돌봐 주시기로 했어.

우리가 이모를 무척 잘 따라.

걸음마도 곧잘 하는데 뒤뚱거리는 엉덩이가 얼마나 귀여운지 몰라.

있지, 윤이야. 우리 얼굴에서 문득문득 네가 보여.

형부랑 나랑 반반씩 닮았다고들 하는데, 내 눈엔 네 얼굴이 겹쳐 보이곤 하는 거야.

널 닮아서 자라면 너만큼 예쁘겠지? ^^

우리 우리가 너한테 이모라고 부르게 될 날이 빨리 왔으면 좋겠다.

참, 주은이 곧 결혼할 거야.

누구랑 하는지는 말 안 해도 알겠지?

아직은 비밀이니까 회사에서 공식 발표할 때까진 너도 혼자만 알고 있어야 돼. 알았지?

지구한테는 달이, 지구한테는 달이.

날마다 노래를 부르더니만 주은이가 드디어 소원을 이뤘네.

행복해하는 주은이 보면 나도 덩달아 흐뭇해져.

좋은 소식 또 하나 있어, 윤이야.

며칠 전에 형부 아버님께서 의식을 회복하셨어.

사람들은 다들 기적이라고들 하지만, 나는 소망이 이루어졌다고 생각해.

너도 알다시피 그동안 나와 형부가 간절히 바라 온 일이잖아.

덕분에 제주도에 내려가 계시던 어머님도 올라오셨어.

의식을 찾으셨다고는 해도 아직은 거동도 못 하시고 말씀도 어눌하시지만, 나날이 좋아지실 거라 믿어.

아버님 퇴원하시게 되면 어머님도 다시 집으로 돌아오신대.

내내 비어 있던 그 커다란 저택에 이제야 사람 온기가 돌겠구나 싶어.

우리 낳고 한 번 뵈었으니, 근 1년 만에 어머님을 뵙는 건데 여전하시더라.

어떤 의미의 여전함인지는 말하지 않아도 알겠지? 하하.

근데 윤이야.

난 여전한 게 꼭 나쁜 것만은 아니라는 생각이 들어.

자기만의 방식으로 꿋꿋이 자신의 삶을 영위해 나가고 있다는 뜻이기도 하니까.

견딤과 버팀의 방법은 사람마다 다 다를 수 있다고 생각하니까.

거기에서 여전히, 그리고 매일같이 성실한 하루들을 이어 가고 있을 너를 응원해.

우리 삼촌은 요즘 영화 음악 작업 중인가 봐.

여전히 혼자서 자유롭게. 일도 놀이도 술도, 모든 걸 즐겁게.

도련님과 너, 둘이 다시 만날 날이 하루빨리 다가오기를 바라고 있어.

(만나서 꼭 무엇을 이루지 않더라도 만남 그 자체로 의미가 있지 않을까?)

부디 나만의 바람이 아니기를.

보고 싶다, 내 동생.

아프지 말고 지금까지처럼 잘 지내.

언니가.

P.S. 방금 우리 안고 나온 형부가 너한테 안부 전해 달래.

그리고 필요한 거 있으면 언제든 얘기하래. 힘닿는 한 도와주겠다고.

나도 형부랑 같은 마음이야. 알지?

해피 오프닝

오늘, 초여름 강가에서, 가장 눈부신 것은 강물 위로 부서질 듯 내리는 저 햇빛 떼가 아니다.

지금 두 눈과 가슴에 가득 담기고도 모자라도록 빛나는 것은 서재이.

무릎까지 내려오는 새하얀 원피스를 입은 그녀. 머리엔 작은 꽃들로 엮은 티아라를 얹고 있다.

그녀 곁에는 네 살배기 딸아이 우리가 엄마랑 똑같은 디자인의 원피스를 차려입고서 한껏 뽐내는 중이다.

우리의 머리에도 앙증맞은 꽃 티아라가. 그리고 재이의 배 속에는 그간 기다려 왔던 둘째가.

이제 겨우 3개월째라 아직은 표도 안 나지만, 아들이었으면 좋겠다고 재이는 종종 말하곤 한다.

무영으로서는 아들이건 딸이건 상관없다고 생각한다. 아들이면 아들이라서, 딸이면 딸이라서 좋을 것이다.

만일 또 딸이면 셋째도 낳을 테야, 라고 재이는 장난스럽게 주장하지만.

장난만이 아님을 무영은 안다. 아들도 갖고 싶어 하는 재이의 소망을 알고 있다. 셋째든 넷째든 그녀가 원한다면 기꺼이 동의할 생각이다.

아이를 낳음으로써 가족을 이루고 싶어 하는 그녀의 마음을 무영 또한 너무도 잘 알고 이해하고 있기 때문이다.

"아빠! 찰칵, 찰칵!"

재이 곁의 우리가 무영을 향해 새처럼 재잘거린다.

무영은 딸아이의 모습을 카메라에 담는다. 찰칵, 찰칵, 찰칵. 수도 없이 여러 번.

말문이 늦게 트인 어린 딸은 이즈음 시끄러울 정도로 수다스럽다. 잠시도 쉬지 않고 종알거려 일일이 받아 주기에 버거울 정도랄까.

하지만 말이 느려 조바심을 냈던 시간들을 생각하면 고마운 일이다.

우리가 누구를 닮았는지 모르겠다며 즐겁게 투정하는 재이를 보는 일도 기쁨이다.

재이에게 무어라고 재잘거리던 우리가 뒷짐 지고는 엄마에게 발돋움을 해 입술을 뾰족 내민다. 그 순간 또한 무영은 놓치지 않고 사진으로 담는다.

허리를 굽힌 재이가 우리의 입에 입을 맞추고, 우리는 뻐기듯 자랑스레 무영을 바라본다.

찰칵, 찰칵, 찰칵.

무영은 그 모든 순간들을 카메라로 기록한다. 머리에다, 가슴에다 기억한다.

부케 같은 꽃송이를 두 손에 모아 쥐고 우리가 포즈를 취한다. 찰칵, 우리의 아리따운 자태를 사진으로 남긴다.

자갈밭 위를 아장아장 걷는 모습도, 돌아보며 환히 웃는 얼굴도, 엄마와 아빠를 차례로 부르는 순간도, 모두 사진 속에 담겼다.

가족들만의 리마인드 웨딩.

아이디어는 재이가, 실행은 무영이 맡았다.

실행이라기보다는 결심이라고 말하는 게 정확할지도 모른다.

강가에서 결혼하고 싶었던 재이의 꿈을 이루어 주기 위해서.

오래전 이맘때 시퍼런 강물이 영원히 데리고 가 버린 형 무원을 기억하는 동시에 편안히 떠나보내기 위해서.

하지만 결혼식 장소를 굳이 이곳으로 정한 재이의 마음을 무영은 안다.

그러니까 오늘은 무영에게 재이가 마련해 주는 덮어쓰기의 시간.

이 강가에서 겪어야 했던 무원과의 이별을, 애통한 상실의 기억을, 오늘의 행복한 결혼식으로 덮어쓰기 하자는 것.

그것이 재이의 깊은 마음이자 배려이며 애정임을 무영은 잘 알고 있다.

그래서 받아들였다. 재이와 우리를 데리고 이 강가로 찾아왔다.

오래도록 외면해 왔던 강물을 바라보며 무영은 열일곱 살의 무원에게 고백한다.

사무치게 외롭던 소년이 자라 한 여자를 만나고, 사랑하고, 그녀와 가족을 이루었다고.

그리하여 매일 조금씩 행복해져 가고 있다고.

긴 세월 등에 지고 살아온 죄책감을 이제는 좀 덜어 내고 싶다고. 감히 그래도 되겠느냐고.

덜어 낸 자리를 가족으로 채우겠다고.

비워 낸 만큼 행복으로 채우겠다고.

사랑으로 채우겠다고.

이 소박한 소망을 형이 반드시 지켜 줄 거라 믿는다고.

"무영 씨!"

"아빠!"

재이와 우리의 부름이 팝콘처럼 터진다.

카메라를 삼각대에 올려놓고 무영은 뚜벅뚜벅 모녀에게로 걸어간다.

재이 곁에 서자, 딸아이 우리가 가운데 자리를 차지하려 무영과 재이 둘 사이로 파고든다.

무영은 우리를 답삭 안아 올리고 재이를 마주 본다. 재이도 총명하고 그윽한 눈길로 무영을 올려다본다.

신뢰의 미소를 나눈 다음, 카메라를 바라보며 재이가 먼저 말한다.

"언제나 사랑합니다."

재이를 따라 우리도 맑은 목소리로 말한다.

"언제나 사랑합니다."

무영은 재이의 눈을 들여다보며 말한다.

"언제나 사랑합니다."

무영의 눈길을 받으며 재이가 웃는다. 무영의 품 안에서 우리도 함박 웃는다.

무영은 결혼 서약서의 글귀들을 하나하나 불러와 가슴 안에 되새긴다.

오늘부터 우리

같이 웃고, 같이 울며

우리에게 주어진 모든 시간을

귀하게 아끼며 살아가겠습니다.

지쳤을 때는

편히 기댈 수 있는 등이 되고

어두울 때는

발밑을 비춰 주는 빛이 되고 싶습니다.

만나서 참 다행이라고 생각되도록

서로에게 좋은 친구가 되겠습니다.

세상에서 가장 소중한 사람,

가족을 이루겠습니다.

결혼은 행복한 엔딩이 아니라 오프닝.

지금까지의 시간은 프롤로그에 불과한 것인지도 모른다.

그러므로 이제부터 시작이다.

서재이와 나와 우리, 오늘부터 해피 오프닝!

— fin